HAYMON verlag

Manfred Wieninger

Prinzessin Rauschkind

Ein Marek-Miert-Krimi

KULTUR NIEDERÖSTERREICH
WIEN KULTUR

Gedruckt mit freundlicher Unterstützung
des Landes Niederösterreich und der Stadt Wien,
Magistratsabteilung 7 – Kultur.

HAYMON verlag
Innsbruck-Wien
www.haymonverlag.at

ISBN 978-3-85218-626-9

Umschlag- und Buchgestaltung:
Kurt Höretzeder, Büro für Grafische Gestaltung, Scheffau/Tirol,
Mitarbeit: Ines Graus
Coverfoto: Stephen Witherden (wikimedia-commons)

Gedruckt auf umweltfreundlichem,
chlor- und säurefrei gebleichtem Papier.

„Vier/fünf sieht aber nicht gut aus, gar nicht gut", murmelte Dr. Muratovic. Sein Akzent war so dezent wie das Glitzern des Geldes in den Augenwinkeln eines Weltbankpräsidenten. „Da werden wir wohl um klitzekleine Wurzelbehandlung nicht herumkommen, mein Lieber."

„Weil ich mich auch immer so in meine Fälle verbeiße ...", antwortete ich.

Ich lag im Behandlungszimmer 3 von Dr. Muratovics Ordination. Seit jeher weigerte ich mich beharrlich, in 1 oder 2 unter die Bohrer zu kommen. Denn in Zimmer 3 hing an der Wand links von der Patientenliege ein Foto von Dr. Muratovics fröhlich Zähne putzendem, zehn- oder zwölfjährigem Sohn. Die Aufnahme beruhigte mich immer ein wenig, auch wenn ich sie für gewöhnlich gar nicht sah, da ich meine Augen ab dem Zeitpunkt, da ich mich auf der Behandlungsliege niederließ, fest geschlossen hielt und meinen Nacken gegen die abgenutzte, schwarzgrüne Kunstlederpolsterung drückte. Auf rätselhafte Weise beruhigte mich das Foto, auch wenn der Filius längst eine eigene, orthopädische Ordination in Simmering betrieb und eine ganze Menge seiner putzigen Zähne bei einer Rauferei in einem Studentenwohnheim verloren gegangen waren. Er hatte es eben nicht mehr ertragen, dass einige seiner Kommilitonen seinen Vornamen geradezu systematisch durch die Bezeichnung „Tschusch" ersetzt hatten. Ordination 3 also. Drei hielt ich sowieso für so etwas wie meine Glückszahl. Dreimal hätte ich fast geheiratet. Dreimal ist in meiner Laufbahn als Detektiv schon auf mich geschossen worden und mittlerweile gab es in Harland drei Konkurrenz-Detekteien, darunter sogar einen Franchise-Betrieb von Pinkerton's, dessen junge, absolut dynamische, aber schwer unterbezahlte Mitarbeiter weiße Hemden, schwarze, dünne Krawatten und dunkelblaue Firmungsanzüge trugen wie Mormonenmissionare. Die meisten von ihnen kauten auch im Außendienst permanent verzweifelt auf Zahnstochern oder irgendwelchen Lollis herum, weil sie zur amerikanisch-puritanischen Firmenphilosophie der totalen Nikotin-Abstinenz vergattert worden waren und Angst davor hatten, von Kollegen oder Kunden verpfiffen zu werden. Ich dagegen gönnte mir seit jeher den Luxus, mannhaft zu meinen diversen Süchten zu stehen, hauptsächlich zu Mozartkugeln und Manner-Schnitten, tiefgründigen Rotweinen und doppelten Portionen.

„Spritzerl?", fragte Dr. Muratovic sachlich.

„Zwanzig Euro?"

„Siebenundzwanzig. Alles ist teurer geworden."

„Gibt es denn eine Alternative?"

„Meinetwegen können Sie sich für irgendeinen Tapferkeitsorden vorschlagen lassen, aber bei Ihnen habe ich da so meine Zweifel ..."

„Überredet", meinte ich. Dann schloss ich wie immer fest die Augen, um Dr. Muratovics flinke, kleine Hände ja nicht sehen zu müssen, nicht die Spritze, nicht meine Schuhspitzen, die am unteren Ende der Behandlungsliege auf und ab zuckten, mit den Fersen auf das abgewetzte Kunstleder schlugen, nicht den weißen Glaskasten mit den Medikamenten, Pasten, Lösungen, Zahnzementen und -prothesen und nicht den uralten, jugoslawischen Fremdenverkehrsprospekt mit einer zuckerlbunten Ansicht von Sarajevo, der gerahmt über der Spüle hing. Ebenso wenig wie ich all die Instrumente und Werkzeuge, die Bohrer und Bohrköpfe, Zangen und Haken, Messerchen und Skalpelle, Küretten und Schaber sehen wollte, die rechts von mir griffbereit für den Doktor auf einem großen Tablett auf einem Rollkästchen lagen. Irgendwo über mir schwebte bereits der Kranarm des Zahnarztstuhls mit seinem penetrant surrenden Elektromotor.

„Tut gar nicht weh, nur bisserl! Genießen Sie es, Sie bezahlen ja schließlich dafür", murmelte Dr. Muratovic und dann spürte ich auch schon den Stich und meine gesamte Muskulatur verspannte sich von den Ohrmuscheln bis zu den Zehenstreckern. Kerle wie ich erhielten nur höchst selten Einladungen zu Kuschelpartys und konnten auch was vertragen, aber beim Zahnarzt schmiss ich für gewöhnlich derart meine Nerven weg, dass es mir selbst schon ein wenig peinlich war. Wie schafften es all meine harten Kollegen aus den Filmen und Büchern bloß, niemals zum Zahnarzt zu müssen? Und wenn doch einmal, dann steckten sie die Spritzen, Bohrer, Meißel und die übrigen Folterwerkzeuge so locker weg wie nichts, wie den Stich einer gerade erst flügge gewordenen Baby-Gelse.

Muratovic, dachte ich, war ein guter Mann. Er hatte mir schon zweimal einen gebrochenen Unterkiefer zusammengeflickt, weil in meinem Beruf Schlägereien gelegentlich unvermeidlich waren, aber seine Vorstellung von Leidensvermögen entstammte einer völlig anderen Welt. Er war Bosnier und hatte zusehen müssen, wie die Tschetniks das elterliche Dorfwirtshaus plünderten und seine Mutter mit einem Besenstiel vergewaltigten. Als sie endlich fertig waren, hatten sie auch noch die restlichen Vorräte an Speise- und Heizöl, die sie nicht abtransportieren konnten, in den beiden Schankräumen und in der Wirtswohnung vollständig ausgeleert.

„Damals hätte ich Teufel meine Seele dreimal für Gewehr gegeben, aber meine Regierung hat immer auf Diplomatie gesetzt, und so gab es keine Gewehre, jedenfalls nicht auf unserer Seite."

Muratovic wusste genug von mir und meinem Beruf, um mir gelegentlich solche Sachen zu erzählen, aber ein bisschen verachtete er dabei meine mitteleuropäische, vielleicht auch nur phäakisch-österreichische Wehleidigkeit. Wortlos verließ er mich, um in den beiden anderen Behandlungsräumen an Patienten weiterzubohren, bis das Lokalanästhetikum in meinem Kiefer seine Wirkung tat. Dr. Muratovics plump tänzelnden Schritt würde ich selbst in diesem nervösen Halbschlaf erkennen, in dem ich darauf wartete, dass das bitter schmeckende, aber doch unendlich süße Gift sich endlich ausbreitete, meine Lippen, meine Mundschleimhaut, meinen Kiefer ertauben und monströs anschwellen ließ und mir die Fähigkeit des Quasselns weitgehend nahm, die einzige Gabe, die ich von meinem Schöpfer in überreichem Maße erhalten hatte. Nur als eine Art sabbernder Glöckner von Notre-Dame blieben einem die banal-gemeinen Schmerzen einer Wurzelbehandlung erspart.

Die Welt, dachte ich im Einnicken noch, wird wahrscheinlich nicht durch die Liebe zusammengehalten, sondern eher durch die Bosheit. Eigentlich ist es nur der Hass, der Stabilität und langjährige „Beziehungen" stiftet und die Vereinzelung des Individuums aufhebt. Seinen Peiniger vergisst man nicht, der Hauch einer Sommerliebe verfliegt dagegen bald wie Küchendunst.

***

„Heute stünden die Sterne günstig, sagt meine Nachbarin, ein Sternenfenster sei offen. Ich müsste mich am Abend nur ins Freie begeben und seinen Namen ins Universum rufen, dann würde er mir antworten. Was meinen Sie? Sie sind doch Detektiv und haben Erfahrung in so Sachen", sagte eine sehr junge, weibliche Stimme irgendwo rechts neben mir, während ich mit immer noch krampfhaft geschlossenen Augen völlig verspannt auf der Liege in Dr. Muratovics Ordination lag und das Gefühl hatte, als wäre der rechte Teil meiner Ober- und Unterlippe gerade auf das Fünf- bis Achtfache der normalen Größe angeschwollen. Die leichtfüßigen, schnellen Schritte der Person, die mich da eben angesprochen hatte, waren mir völlig unbekannt. Wer auch immer sich da in den Behandlungsraum 3 eingeschlichen hatte, ich wollte sie nicht sehen, ich wollte nicht mit ihr sprechen. Ich presse meine Augen noch fester zusammen.

Was für Sachen denn, dachte ich, Sterngucken? Ufoschauen?

„Waassch“, war aber zunächst so ziemlich alles, was ich herausbrachte, um diese Fragen zu verbalisieren, der Rest des Satzes verschallte an den diversen veritablen Schwellungen in meinem Mund. Hilflos blubberte ich mit meinen Lippen, die wahrscheinlich hässlich angeschwollen waren. Auch diese Lippen würde ich jetzt keineswegs sehen wollen. Ich musste mich erst daran gewöhnen, dass ich momentan wohl einen Rachen wie ein Elefantenmensch hatte oder jedenfalls etwas, das sich so anfühlte.

„Wie man so hört, riskieren Sie doch sonst immer eine dicke Lippe. Sie könnten also jetzt wenigstens den Mund aufmachen, wenn ich Ihnen schon mein Innerstes offenbare!“, meinte die junge, weibliche Stimme ein wenig gereizt. Sie schien jetzt viel näher zu sein, etwa einen halben Meter von meinem rechten Ohr entfernt. Plötzlich spürte ich, wie mir ein kleiner Notizblock und ein Plastik-Kugelschreiber unter die rechte Handfläche geschoben wurden.

Meine ganze mühsam aufgebaute Konzentration zur potenziellen Schmerzminderung bei der bevorstehenden Wurzelbehandlung war mit einem Mal dahin. Entnervt öffnete ich die Augen. Vor mir stand eine hochaufgeschossene, anämische Blondine in einem weißen Kittel mit traurigen, hellblauen Basedow-Augen und einer kreidehellen, großporigen Haut. Irgendwie sah sie aus wie eine Prinzessin Diana für Arme. Vom Alter her hätte sie meine Tochter sein können. Ich hatte mir schon gedacht, dass die Stimme der neuen, zweiten Sprechstundenhilfe von Dr. Muratovic gehören könnte, die meines Wissens in einem kaum briefmarkengroßen Kammerl die Buchhaltung machte und den Einkauf für die Praxis erledigte.

„Sie sind doch Marek Miert, der Diskont-Detektiv? Ich kenne Sie doch aus der Zeitung!“, gab die junge Frau keine Ruhe.

Nein, dachte ich, momentan bin ich nur ein Bündel von tausend Ängsten, das entnervt auf den Beginn einer Wurzelbehandlung wartet. Ich schloss erneut die Augen, um die lästige Erscheinung ignorieren zu können. Aus dem Behandlungsraum 2 nebenan war das höllische Surren eines hochfrequenten Bohrers zu hören und das schmerzliche Aufheulen eines offenbar älteren Mannes. Beim nächsten Mal, dachte ich, werde ich mit Ohropax hier antanzen oder gleich eine Vollnarkose verlangen.

Plötzlich hatte ich eine Eingebung. Ich griff in die Brusttasche meines schweißnassen Hemds und holte die Visitenkarte hervor, die mir der Installateur heute Vormittag gemeinsam mit einer mehr als stolzen Rechnung von 170 Euro überreicht hatte, obwohl der gute Mann keine Viertelstunde gebraucht hatte, um meine Gastherme zu reparieren. Ich klemmte das Kärtchen zwischen Zeige- und Mittelfinger meiner rechten Hand und schwenkte meinen Arm aus wie ein Industrieroboter. An einem winzigen Ruck spürte ich, wie mir der dünne Karton aus den Fingern gezogen wurde. Dann war immerhin zwei, drei Sekunden Ruhe, während derer ich versuchte, in meine fast schon zen-buddhistische Zahnarztstuhl-Meditation zurückzufallen.

„Glauben Sie, ich hätte meine Hausaufgaben nicht gemacht, bevor ich jemanden engagiere?", beschwerte sich die Sprechstundenprinzessin.

Ich vermeinte zu hören, wie der Karton der Visitenkarte zweimal auseinandergerissen wurde.

Engagiert ist gut, dachte ich, ich werde mein Geschäftsfeld aber partout nicht auf Ufosichtungen und Überwachung Außerirdischer erweitern. Nolens volens öffnete ich wieder die Augen, um die junge, lästige Frau endlich abzufertigen.

„Was hätte ich schon davon, wenn ich Ihnen zuhöre?", schrieb ich auf den Notizblock. Natürlich könnte man auch mit einer örtlichen Betäubungsspritze im Mund noch sprechen, wenn auch undeutlich und vernuschelt wie Hans Moser, und so wollte ich nicht sprechen.

„Die heutige Spritze gratis. Und künftige sowieso. Ich mache hier nämlich die Verrechnung“, antwortete der Quälgeist.

„Worum geht es eigentlich“, kritzelte ich auf das Papier und fügte drei Fragezeichen hinzu.

„Ich habe in einer Dreiviertelstunde hier Schluss, wir treffen uns am Würstelstand vor dem Hauptbahnhof!“

Diese Frau, die gleichsam in Rufzeichen sprach, während ich eher ein Mann der Fragezeichen war, duldete offenbar keine Widerrede, so jung und unbedeutend sie auch sein mochte.

„Worum geht es hier, verdammt noch ein... “, schrieb ich, aber da war die Sprechstundenhilfe schon leichtfüßig wie eine erbrechsüchtige, englische Adelige aus dem Zimmer geeilt und Dr. Muratovic im Türrahmen erschienen.

Ich schrieb ein ganz großes Fragezeichen in den Notizblock und stecke ihn zusammen mit dem Kugelschreiber in die Brusttasche meines klatschnassen Hemdes.

„Wie geht's?“, fragte Dr. Muratovic.

„Alles in deutscher Hand“, antwortete ich und schloss gottergeben die Augen.

***

Was wird schon groß passiert sein, dachte ich, während ich vor Dr. Muratovics Ordination etwas Blut auf die Fahrbahn der Maximilianstraße spuckte, außer dass ihr wahrscheinlich gerade der Freund abhanden gekommen ist und sie in dem Alter ist, wo man den Verflossenen noch verzweifelt suchen lässt oder ihm selber nachspürt oder beides. Wenn man älter wurde, ließ man das schön langsam bleiben und tröstete sich beim Badeurlaub in Tunesien mit einem netten Zahlkellner oder einer Gourmet-Reise durch das Elsass. Liebe war sicherlich mehr als Reibung, aber vielleicht alles in allem doch nur Selbstbetrug, und die einzige Freiheit, die uns letztlich wirklich blieb, war die Freiheit des Konsums. Wenn du gerade beim Zahnarzt warst, Miert, bist du wirklich nur schwer zu ertragen, dachte ich. Oder sie war einfach eine Gläubigerin, die sich mit meiner Hilfe auf die Spur eines Schuldners setzen wollte. Das wäre wenigstens kein romantischer Schwachsinn, sondern etwas Reelles. Immerhin hatte ich einmal eine Zeitlang für eine Leasingfirma gearbeitet und denen zig Autos von zahlungsunwilligen oder betrügerischen Kunden zurückgeholt, für die meistens nicht einmal eine einzige Leasingrate berappt worden war. Mit diesen Gedanken und gelegentlich ein bisschen Blut und Schleim spuckend spazierte ich langsam quer durch mein Viertel in Richtung Bahnhof. Ich war noch immer etwas high von der Spritze, aber die Schwellung meiner Lippen ging bereits spürbar zurück.

Das Viertel hinter dem Hauptbahnhof war in der Gründerzeit in die Felder nördlich der Westbahn hineingewachsen wie die Sporen eines aggressiven Pilzes in die Zimmerwand einer schlecht gelüfteten Altbau-Gemeindewohnung. Hastig hochgezogene, wuchtige Mietskasernen mit winzigen Zimmern und rattenkäfigähnlichen Kleinstwohnungen für die slowakischen und ruthenischen Wanderarbeiter, die einst in den Fabriken der Stadt malochten für meist nicht viel mehr als ein bisschen Brot und ein Bett und dann und wann ein Hemd. Dazwischen hin und wieder eine Branntweinstube, wo man sich das Hirn wegsaufen konnte, einfachste Läden, die auch und sowieso den Fabriksbesitzern gehörten, Hinterhofwerkstätten, Gerbereien, Abdeckereien, deren Gestank und Abwässer schon zu Kaisers Zeiten keinem anderen Stadtteil zuzumuten gewesen waren. Die schlammbedeckten Straßen zwischen den Elendsquartieren hatten die klangvollen Namen vergangener Regenten, Erzherzöge, Erbprinzen und Hofmaler bekommen, ein Zeichen dafür, dass man den im Gemeinderat sitzenden Fabrikanten einen gewissen Sinn für Zynismus nicht absprechen konnte. Mittlerweile waren viele Fabriken geschlossen, die zum Großteil aus Ziegeln mit unter den Lehm gemischtem, gehäckseltem Stroh errichteten Mietskasernen abgenutzt wie Duftsteine, die hundert Jahre in einem Urinal gelegen hatten, oder zusammengebrochen unter der Last des landläufigen Unglücks, und dazwischen hatten die amerikanischen und russischen Bomben des letzten Krieges auch noch Lücken gerissen wie die Karies in ein Gebiss. In diesen Löchern hatte man seit jeher Bauschutt abgelagert und Schlimmeres oder bestenfalls ein paar Verkaufsbuden aus Blech, Eternit und Sperrholz aufgestellt, weil sich wirkliche Investitionen schon seit dem Attentat von Sarajevo nicht mehr gerechnet hatten. Nicht einmal für reservierte Dauer-Parkplätze auf den Trümmergrundstücken fand sich genügend Kundschaft. Nur der Teufel hatte in dieses Grätzel gelegentlich ein bisschen Zeit und Mühe investiert, aber auch kein Geld. Dafür bezahlte man hier nur sehr wenig Miete oder gar keine, weil die vielen Abbruchhäuser längst ein diskretes, wenn auch keineswegs stilles und sehr gemischtes Publikum angezogen hatten. Verkommene, versulzte Hagestolze, ältere Alkoholiker, die ihre letzten Monate und Jahre nicht in einem trockenen, kirchlich geführten Obdachlosenheim oder in einem staatlichen Seniorenwohnheim verbringen wollten, in dem das Aufregendste der dort ausgeschenkte Früchtetee war, Flüchtlinge und Asylanten aus aller Herren Länder, vor allem Tschetschenen, Kurden und Afghanen, die aus der Bundesbetreuung gefallen waren und jahrelang auch keine Arbeitserlaubnis erhielten, jugendliche Ausreißer, die in den verfallenen Hinterhöfen die pflanzliche Basis ihrer Kiffe anbauten, kaputte, irrwitzig gewordene Geheimprostituierte, die in keinem Bordell im weiten Umkreis mehr unterkamen, durchreisende Einbrecherbanden aus Moldawien und weiß Gott wo, und nicht zuletzt eine ansehnliche Menge an ganz gewöhnlichen Verlierern wie ich, die den Offenbarungseid schon mehr als einmal geleistet hatten. Ich weiß nicht, wann dieses Viertel endgültig vor die Hunde gehen wird, dachte ich, ich weiß nur, dass ich hier wahrscheinlich nicht mehr herauskommen werde, mein Lebtag lang. Wenn nicht noch ein Wunder geschieht, aber manche Dinge bringt nicht einmal der liebe Gott zustande. Zum Beispiel, dass beim nächsten Derby zwischen dem SC Harland und Sturm 19 beide Mannschaften gewinnen.

***

Den ganzen Nachmittag lang war es schon so kühl gewesen wie bei einem Familientreffen der Windsors. Trotzdem entdeckte ich in einem Schanigarten vor einem Albaner- oder Kosovaren-Beisel an der Einmündung einer Seitengasse in die Daniel-Gran-Straße, der aus nicht mehr als zwei großen, dunkelblauen, umgedrehten Plastiktonnen, auf deren Boden man Gläser und Teller abstellen konnte, und einem ausgebleichten Visa-Sonnenschirm bestand, Vickerl Vavra, einen stadtbekannten, alten Pseudo-Achtundsechziger. Seine kurze, gedrungene Gestalt steckte in einem dunkelgrünen, verwaschenen Jeansanzug und ein schwarzgrauer, dünner Pferdeschwanz, wohl sein ganzer Stolz, hing ihm fast bis in die Gegend des Kreuzbeins. Geschleckte, aber irgendwie schiefmäulige Visage mit einer Strandsonnenbrille von Bulgari. Wenn man ihn nicht näher kannte, hätte er durchaus als berufsjugendlicher Moderator bei irgendeinem Radiosender durchgehen können oder als alternder Kurator für aktionistische Kunst. Ich wusste von ihm eigentlich nur, dass er sich Ende der Sechzigerjahre als Sechzehn- oder Siebzehnjähriger am Morgen vor einer Französisch-Nachprüfung am ganzen Körper zitternd geweigert hatte, aus dem Bett aufzustehen und seiner alleinerziehenden Mutter erklärt hatte, dass er der Schule und natürlich auch einer eventuellen Lehre, die sie für ihn eventuell im Auge hätte, in Hinkunft fernbleiben werde. Dazu passend war er in eine kurze, aber offenbar beeindruckende

Ohnmacht gefallen. Seine besorgte Mama, eine beamtete Putzfrau in der Bezirkshauptmannschaft, hatte ihn darauf zeit ihres Lebens gehegt und gepflegt, ernährt und unterhalten, umsorgt und ausgestattet, nicht zuletzt mit ebenso coolen wie teuren Sonnenbrillen. Leider war sie vor einigen Jahren beim Stadtfest an einer gegrillten Flugentenbrust erstickt, sodass der Sohnemann sich spät, aber doch zu irgendeinem Erwerb durchringen musste. Vickerl hatte sich vernünftigerweise auf das Einzige geworfen, von dem er wirklich etwas verstand, nämlich auf Rohypnol, Valium, Substitol und das weite, lohnende Geschäftsfeld der Morphine. Darüber hinaus konnte man bei ihm dem Vernehmen nach eine Vielzahl rezeptpflichtiger Medikamente en gros und en detail erwerben. Er musste, dachte ich, auch über ziemlich gute Beziehungen nach oben verfügen, weil er, soviel ich wusste, immer wieder darum herumgekommen war, länger einzusitzen. Mehr als insgesamt ein paar Wochen Untersuchungshaft hatte er wohl nicht hinter sich, und das war in seiner Branche durchaus ungewöhnlich. Vor sich hatte er ein großes, gut gefülltes Wasserglas stehen, auch der Ouzo war sein Ding, nicht nur die Pulver und Tabletten, die er verhökerte. Das einzig Positive, das sich über den Kerl sagen ließ, war, dass er sein Zeug nicht an offensichtliche Kinder abgab. Jedenfalls erzählte man sich das im Viertel, aber vielleicht war das auch nur ein von ihm selbst gestreutes Gerücht, um ein paar Gutpunkte zu sammeln.

Auf jeden Fall trat ich kurz entschlossen von der Gasse auf ihn zu. Vielleicht hatte ich Blut am Kinn und an Hemd und Jacke, denn der Bursche brachte sofort eine der Mülltonnen zwischen sich und mich und umklammerte sein Ouzo-Glas, als wolle er es im nächsten Moment nach mir werfen.

„Bist gerade entlassen worden, Compañero?“, fragte er mit einer Stimme, die nach kubanischen Zigarren, Klo am Gang und Feigheit klang.

„Ich weiß nicht, was man genau zu Ihnen sagen muss, um eine schön starke Schmerztablette zu bekommen, aber ich hätte jetzt so eine Pille nötig."

„Kennen wir uns?" Vickerl Vavra hatte die Sonnenbrille in die Stirn hochgeschoben, um mich besser betrachten zu können. Er hatte grüne Augen und violette Augenringe und hätte glatt ohne Maske in einer rumänischen Science-Fiction-Fernsehserie mitspielen können.

„Ich habe vor ein, eineinhalb Jahren einen Stammkunden von Ihnen eine Zeitlang beschattet und weiß daher, dass Sie so ein Zeugs und dazu noch ein paar andere Pulver verscherbeln."

„Wenn du Schmerztabletten einwerfen willst, dann geh doch in die nächste Apotheke, Compañero!"

„Die Leute sagen Ihnen, was Sie wollen, und Sie verlassen kurz den Schanigarten, gehen um die Straßenecke bis zu einer blechbeschlagenen Holzkiste mit einem schweren Vorhängeschloss, in dem die Straßenkehrer Sand, Schotter und ein bisschen Streusalz für den Winterdienst im Grätzel lagern. Da drin haben Sie Ihre Ware, und Sie haben sich natürlich einen Schlüssel nachmachen lassen."

Nicht ungeschickt der Bursche, dachte ich, auf diese Weise konnte nie jemand mehr als die paar Pulver, die er gerade einstecken hat, in seinem Besitz vorfinden, die Kiste gehört ja der Stadtgemeinde.

„Ist das jetzt Versteckte Kamera oder was?"

„Ich habe mich immer gefragt, was Sie eigentlich im Winter machen, wo ja die Straßenkehrer diese monströse Kiste öfter mal aufschließen müssen, um Streugut zu entnehmen."

„Mann, hörst du schlecht? Bist du taub? Glaubst du echt, dass ich hier allein stehe? Ich habe mal so einen Typen gekannt, einen großmäuligen, verwirrten Wandschrank genau wie du, der ist auf fünf Polizisten, die ihn bereits umstellt hatten, mit einem Käsemesser losgegangen. Die haben ihm dann einfach eine Niere und die Hoden weggeschossen. Suicide by Cop, wenn du weißt, was ich meine! Und du begehst hier gerade Suicide by Albaner, Compañero!"

„Was wetten wir, dass sich Ihre Albaner einfach einen neuen Grüßaugust suchen, wenn Ihnen etwas passiert? Also, wenn Sie nicht sofort ein, zwei Schmerztabletten rüberwachsen lassen, zeige ich Sie an. Und wenn du mich noch einmal duzt, zeige ich dich sowieso an. Haben wir uns?!", sagte ich völlig ruhig.

Vickerl Vavra schien einen Moment zu überlegen, soweit das sein chronisch vergiftetes Hirn überhaupt zuließ. Dann schob er die Sonnenbrille in einer theatralischen Geste über die Augen und meinte: „Schon gut, wir sind im Geschäft."

„Aber mach dalli! Und glaub ja nicht, dass du für das Zeug auch nur einen Cent von mir siehst! Das hier läuft unter Nachbarschaftshilfe!"

Das nächste Mal, dachte ich, wenn ich wieder mal nicht einschlafen kann, werde ich vielleicht nächtens hierher zurückkommen, mich von der Seitenstraße zu seiner Wunderkiste schleichen, sie aufbrechen und auf seine Ware pinkeln. Auch Spaß muss sein.

***

„Gratuliere, der Würstelstand war ja echt eine enorm gute Wahl von Ihnen! Eine Viertelstunde darf ich noch nichts trinken, eineinviertel Stunden nichts essen – was können Sie mir empfehlen?", fragte ich die Sprechstundenhilfe, die sich als Silvia Sladki vorgestellt hatte und grüne Jeans und ein knallbuntes, viel zu großes T-Shirt der L. A. Lakers trug. Außerdem hatte sie eine dieser riesigen, goldpaillierten Leinen-Handtaschen dabei, die einem in 1-Euro-Shops nachgeworfen wurden.

„Dass di glei wieder schleichst, Schwindlicher, und deine deppatn Schmäh woanders probierst. Hamma uns?", mischte sich der Standler ein, ein grobschlächtiger, unrasierter Mann in einem langärmeligen, weiten Rapid-Leiberl und einer ebenfalls tiefgrünen Kellnerschürze. Er roch nach Bratenfett und Kanal und jener Art von verschwitzter Vorstadt-Ritterlichkeit, die gerade noch in einer Provinzstadt wie Harland für nonchalant gehalten wurde.

Na, geht der jetzt mit der Gurkenzange auf mich los oder was, fragte ich mich.

„Ist schon gut, Ferry", beruhigte Frau Sladki den Mann, „eh alles in Ordnung." Offenbar war sie Stammkundin, obwohl sie eher nicht hierher passte. Man hat halt so seine Vorstellungen, dachte ich, wie Prinzessinnen sich ernähren.

„Weil's wahr ist!", fauchte der Kerl, wandte sich dann aber wieder den diversen Würsteln zu, die hinter ihm auf einer riesigen Grillplatte brutzelten.

„Billig und sättigend – seit Lászlo fort ist, schwimme ich nicht gerade im Geld", sagte Silvia Sladki leise und wandte sich wieder mir zu. Irgendwie hatte sie, überlegte ich überrascht, meine Gedanken gelesen oder auch nur meinen Gesichtsausdruck.

„Ich habe nichts gegen die traditionelle Esskultur hierzulande, gegen die Unmengen an fettem, hormon- und antibiotikaverseuchtem Schweine- und Rindfleisch, die wir so verschlingen, ganz im Gegenteil. Ein gutes Schweinsbratenrezept, das ist jedenfalls meine Meinung, kann für eine Kultur ungleich wertvoller sein als ein schlechtes Opernlibretto", versicherte ich.

„Dann sind wir ja auf einer Linie!", freute sich die Sprechstundenhilfe.

„Ja, in einem winzigen Detail, aber in der Hauptsache ...", meldete ich meine Zweifel an. „Ich bin jetzt gut eine halbe Stunde vor dem Bahnhof auf und ab gegangen und weiß überhaupt nicht, warum."

„Schauen Sie, ich habe Sie ja nicht zum Spaß hierher bestellt."

„Nicht?"

„Ich meine es ernst, ich meine alles im Leben ernst. Ich bin ein Rauschkind, müssen Sie wissen. Mein Vater hat meine Mutter vierzehn Jahre lang jeden Tag geschlagen. Nur die letzten zwei Jahre hat er sie weitgehend in Ruhe gelassen, da war er mehr mit seinem Sterben beschäftigt. Er ist schließlich an seinem eigenen Blut aus der Speiseröhre erstickt.“

„Ich möchte etwas über den Mann aus dem Universum wissen“, sagte ich leise.

„Ich habe ihn geliebt“, antwortete Silvia Sladki, „fast zwei Jahre lang. Bis zum 2. März dieses Jahres. An diesem Tag ist er um Viertel nach sieben noch vor die Tür gegangen, um Zigaretten zu holen vom Automaten. Seitdem habe ich nie wieder etwas von ihm gehört.“

„Mehr als sieben Monate ...“, überlegte ich laut.

„Seither habe ich unsere Wohnung verloren, unser Auto, unser Bankkonto und meine ganze Zuversicht.“

„Wo haben Sie gewohnt? Wo ist er verschwunden?“

„In der Kremser Landstraße 42. Genau gegenüber auf 43 ist der Zigarettenautomat, vor einem Blumenladen. Er hat Fuchsien geliebt, ihre Farben, ihr Vielfalt.“

„War er vielleicht ein Falter, den es halt, weil er nicht anders kann, von Blume zu Blume zieht?“

„Vor ein paar Monaten hätten Sie mich mit dieser Frage noch beleidigt, aber mittlerweile ...“

„Ich bin wirklich alles andere als ein Bürokrat, aber schön langsam könnten Sie mir der Ordnung halber seinen vollen Namen verraten.“

„Lászlo Zsigmund. Zsigmund mit zs.“

„Ein Ungar?“

„Nein, ein Chinese! Mit dem Namen!“, nutzte Silvia Sladki meine aufgelegte Elferfrage für einen halben Scherz, ihren ersten und einzigen übrigens, den ich jemals von ihr hören sollte. Sonst war sie trotz ihres flotten Outfits innerlich wohl eher eine trauerumflorte Persönlichkeit, eine zugleich schmerzlich und aggressiv trauernde Witwe wie aus einem Lorca-Drama.

Auf jeden Fall hielt sie mir plötzlich ein Foto hin, nach dem ich mechanisch griff. Es war eine postkartengroße, schwarzweiße Porträtaufnahme eines etwa dreißigjährigen Mannes. Ein regelmäßiges, gepflegtes, glatt-hübsches Gesicht, penibel rasiert wie der Pudel der Queen, mit langweiliger, aber modischer Kurzhaarfrisur. Genau der Typ Mann, dachte ich, der garantiert jedes Vorsprechen für eine Modevorführung in einem Tullner Kleiderhaus gewinnt.

„Bestimmt haben Sie das plötzliche Verschwinden auch der Polizei gemeldet und das BKA führt Ihren Lászlo längst in der Vermisstenkartei“, bemerkte ich.

„Sicher. Aber die Polizei hat bloß gemeint, dass es einen Lászlo Zsigmund, geboren am 1. April 1978, in Österreich gar nicht gibt. Der Lászlo Zsigmund mit diesem Geburtsdatum, der Lászlo Zsigmund, der 1999 nach Harland gekommen ist und ein paar Jahre in der Daniel-Gran-Straße 16 gewohnt hat, ist vor etwas mehr als drei Jahren wieder nach Ungarn zurückgegangen, er hat sich jedenfalls ordentlich abgemeldet. Hat man mir erklärt. Laut Polizei habe ich es also zwei Jahre lang mit einem Phantom gehalten, habe ich mit einem Geist zusammengelebt!“

Keine zwei Meter neben dem Würstelstand am südlichen Portal des Hauptbahnhofs blieben immer wieder Linienbusse stehen und spuckten Dieselwolken und Passagiere aus, meistens Wiener, die tagsüber in Harland die besseren, die qualifizierteren Jobs besetzt hielten und nun ihren Zügen zustrebten, um endlich nach Hause zu kommen und ihre abendliche Abovorstellung im Theater in der Josefstadt oder in der Volksoper nicht zu verpassen. Die Busse fuhren weiter in die Remise und bliesen beim Anfahren noch einmal Milliarden Rußpartikel aus. Die Reste des Anästhetikums, der Ruß und all das Kohlenmonoxid machten meinen Kopf schwer und immer schwerer. Ich konnte Frau

Sladkis Geschichte kaum mehr folgen und wollte es auch nicht mehr. Eigentlich sprach alles dafür, dass sich dieser Zsigmund oder wie auch immer er hieß, einfach vertschüsst hatte, als die Romanze erkaltet war.

„Eigentlich kann ich Ihnen auch kaum etwas zahlen", sagte Silvia Sladki, „Sprechstundenhilfen werden nicht so wahnsinnig gut entlohnt, daneben mache ich zwar noch Aushilfe in der Fischhandlung, aber allein für das viele Duschgel und die Lotions, um den Fischgeruch wieder wegzubringen, gebe ich alles in allem wahrscheinlich mehr aus, als mir der Job einbringt."

„Sie machen mir den Auftrag ja richtig g'schmackig ..."

***

„Ich erzähle Ihnen mal eine Geschichte", sagte ich und Ferry, der ritterliche Standler, der unserer Unterhaltung ungeniert und mit voller Aufmerksamkeit zuhörte, musterte mich misstrauisch.

„Ah ja?", meinte die verlassene Sprechstundenhilfe zweifelnd.

„Also, vor ein paar Jahren fährt ein Hiesiger, ein pensionierter hoher Beamter, katholisch bis in die Zehenspitzen, gemeinsam mit zwei, drei Freunden, seinen Haberern, zu Ostern nach Lourdes, Mutter Gottes schauen und auch spirituell und so. Natürlich Tausende Pilger, stundenlanges Anstellen, es ist der kleinen Gruppe aus Harland nicht einmal möglich, einen noch so kurzen Blick in die berühmte Grotte zu werfen, in der die Gottesmutter dem Hirtenmädchen erschienen ist. Da fängt der ehemalige Spitzenbeamte plötzlich am ganzen Körper wie wild zu zucken an, verzieht grässlich das Gesicht und lässt sich auf die Seite hängen, dass man Angst haben muss, er könne jeden Moment umfallen. Seine Haberer in der Warteschlange stützen ihn und können sich die Sache im Übrigen nicht recht erklären. Höchst besorgt tippen sie schließlich auf einen Schlaganfall und zücken hektisch ihre Handys, um die Rettung zu rufen, aber nur einer von ihnen hat sein Handy für das Ausland freischalten lassen und keiner kann genug Französisch, um einen der Einheimischen zu irgendetwas zu bewegen. Da bemerkt ein Angestellter des Heiligtums, ein professioneller Fremdenführer für Schwerinvalide, deren letzte Hoffnung Lourdes ist, den zuckenden Hofrat, holt flugs einen Rollstuhl, setzt den offensichtlichen Spastiker hinein und fährt ihn an den Warteschlagen vorbei zur Grotte, ja sogar in die Grotte. Der Hofrat ist – ruckzuck im wahrsten Sinn des Wortes – am Ziel seiner Wünsche angelangt und natürlich ereignet sich, als er alle Attraktionen von Lourdes im Rollstuhl ausgiebigst besichtigt hat und während seine Kumpel noch immer Schlange stehen, eine erstaunliche Spontanheilung, sprich ein Wunder."

Ich habe mich eigentlich immer gefragt, dachte ich, was dieser Betrug eines an sich Gläubigen in spiritueller Hinsicht bedeutet, ob diese Pilgerreise dort oben zählt oder nicht.

Ferry starrte mich an wie eine Erscheinung und wandte sich dann achselzuckend ab und seinen Würsteln zu.

„Und? Was ist der Sinn hinter der Geschichte? Was wollen Sie mir damit sagen? Dass ich nach Lourdes fahren soll, damit mir Lászlo erscheint?", fragte Silvia Sladki genervt. Sie war jung, sie wollte sich nicht mit Dingen und Geschehnissen außerhalb ihres Lebenskreises beschäftigen.

„Keine Ahnung, für Sinnfragen bin ich von Berufs wegen nicht zuständig. Ich habe die Erzählzeit eigentlich nur gebraucht, um mir darüber klar zu werden, dass ich es mir einfach nicht leisten kann, einen Auftrag anzunehmen, bei dem höchstens mal dann und wann eine Gratisspritze bei Dr. Muratovic herausschaut. Sie haben ja selbst gesagt, dass Sie kaum Geld haben. Als Diskont-Detektiv bin ich zwar billig, aber so billig auch wieder nicht. Schließlich bin ich nicht die Caritas ..."

Ich habe mich, dachte ich, lange genug als Wohltäter der Menschheit aufgespielt, jetzt wäre es mal an der Zeit, Geld zu verdienen. Dieser Gedanke gefiel mir, obwohl ich ehrlich gesagt keinerlei Ahnung hatte, womit in Zeiten wie diesen richtig Geld zu verdienen wäre. Mit meiner Ein-Mann-Hinterhof-Detektei sicherlich nicht.

„Ich könnte Ihnen noch etwas anbieten ...“, sagte Silvia Sladki leise.

„Was?“

„Mich.“ Die Stimme der anämischen Blondine war nur mehr ein Hauch. Ein Zeichen dafür, dass sie solche Angebote nicht jeden Tag machte. Schon gar nicht einem Diskont-Detektiv, der breiter als ein Schaufelbagger und auch nicht wesentlich attraktiver als ein solcher war.

„Hören Sie, Fräulein: Für einen, der Geld für Leberkässemmeln, Benzin und Anzüge von der Stange braucht, ist das keine gültige Währung. Noch dazu, wo ich bei meinen letzten Fällen nicht gerade wahnsinnig viel verdient habe. Außerdem könnten Sie meine Tochter sein ...“, lehnte ich ohne groß zu zögern ab.

Plötzlich trat in Silvia Sladkis junges, glattes Gesicht eine erschreckende Leere. Wie wenn eine, dachte ich, von einer Sekunde auf die andere Alzheimer entwickelt, den Kontakt zur Außenwelt verliert und in sich, in den eigenen, verwirrten Geist zurückfällt, in ein Zentrum ohne Peripherie. Sie drehte sich wortlos und wie in Zeitlupe um und machte einen Schritt in Richtung Innenstadt. Keine Verabschiedung, kein Gruß, nicht einmal eine Beschimpfung oder ein Fluch. Mir wäre alles lieber gewesen als dieser schräge Zusammenbruch von einer Sekunde auf die andere. Als sie schon längst um die Ecke der Brunngasse gebogen war, bemerkte ich erst, dass ich noch immer das Foto ihres verschwundenen Lebensgefährten in der Hand hielt. Ich drehte es um. Auf der Rückseite standen in einer blassblauen, kindlichen Schrift sein Name und sein Geburtsdatum. Das Leben, dachte ich, ist halt ungerecht, nicht unähnlich einer Mafia-Lotterie. Ich steckte das Foto in die Brusttasche meines Sakkos und ging Richtung Bahnhof. Dahinter lag mein Wohnbüro, in dem wohl niemand auf mich warten würde, meine Couch mal ausgenommen. Die Schmerzen hatten ein wenig nachgelassen, aber ich fühlte mich müde und ausgelaugt. Meinen Traumberuf, Versuchsperson in einem Schlaflabor, hatte ich einst klar verfehlt, aber man musste kein Profi sein, man konnte auch als Amateur auf einer guten Couch reüssieren.

Die violettgelbe Tablette von Vickerl Vavra fischte ich aus dem Hosensack und warf sie in einen Gully. Wer weiß, dachte ich, was mir der Kerl da gegeben hat. Außerdem waren es zwar hundsföttische Schmerzen, aber es waren eben meine Schmerzen.

***

Der Harlander Hauptbahnhof sah aus wie ein 1:8-Modell von Schloss Schönbrunn, der ehemaligen kaiserlichen Residenz, minus der Gloriette und minus ein paar Arabesken auf der Schaufassade, vermanscht mit einer frühen Kreuzfahrerburg etwa an der phönizischen Küste, und war wahrscheinlich Mitte der Dreißigerjahre das letzte Mal in einem schwächelnden Schönbrunner-Gelb gestrichen worden. Im Übrigen sahen alle kakanischen Bahnhöfe so aus, die in der Monarchie gebaut und im Zweiten Weltkrieg nicht zerbombt worden waren. Schließlich wurde dieser absurde Vielvölkerstaat in den letzten Jahren und Jahrzehnten seines Bestehens nur noch durch die nivellierende Architektur, den überaus harten Drill in seiner Armee respektive Landwehr und durch das Abbild eines würdevollen, politisch leider nur mäßig begabten Kaisers, der schon uralt gewesen war, als er noch blutjung war, notdürftig zusammengehalten. Daneben hatte man zu republikanischen Zeiten, Anfang der Sechzigerjahre des letzten Jahrhunderts, eine überdimensionierte Kassen- und Wartehalle hingeklotzt, die in etwa die Form eines Kartons für einen alten Schwarzweiß-Fernseher hatte und deren Fassade mit dunkelblauem, glanzlosem Klinker gestaltet worden war, während in ihrem Inneren dunkelbraune und hellgrüne Ölfarben und ein schwarzgrauer Steinboden dominierten. Für farbsensitive Depressive ein Grund mehr, Selbstmord zu begehen, dachte ich, während ich genau auf diese Halle zusteuerte, denn hinter ihr konnte man durch eine unterirdische Passage die Gleise der Westbahn unterqueren und in den Nordteil der Stadt gelangen, während der Durchlass für den motorisierten Verkehr direkt durch das Erdgeschoss des alten historistischen Bahnhofsgebäudes führte, was dieses im Wesentlichen nur mehr als Lager- und Bürogebäude für die zahlreichen ÖBB-Dienststellen brauchbar gemacht hatte.

Den Platz vor diesen beiden gegensätzlichen Bauwerken hatten amerikanische Flying Fortresses zu Ostern 1945 aus dem Häusergewirr rund um den Bahnhof herausgebombt. Weil unter der entstandenen riesigen Schuttfläche so viele Blindgänger zu vermuten waren, zu deren Bergung man nicht genug Nazis – die meisten waren geflüchtet oder hatten es sich bereits gerichtet – vergattern konnte, hatte man 1945/46 einfach den städteplanerischen Akzent eines neuen Stadtplatzes südlich des Bahnhofs gesetzt. Wer heute, mehr als sechzig Jahre später, zur Stoßzeit auf diesem ehemaligen Trümmer- und Gräberfeld stand und sich einen Rest naiver Einbildungskraft bewahrt hatte, konnte sich mitten in der ostösterreichischen Provinz eine köstliche Sekunde lang wie auf dem Times Square vorkommen, allerdings abzüglich der riesenhaften LCD-Werbungen für Calvin-Klein-Unterhosen und fettfreien Eierlikör aus Pennsylvania. Dafür waren die Harlander Passanten hektischer und rüpelhafter als die New Yorker, von den hiesigen Autofahrern und Buschauffeuren ganz zu schweigen, die für jeden Fußgänger, der den Platz queren wollte, eine echte Bedrohung für Leib und Leben darstellten.

Auf das dunkelblau verklinkerte Bahnhofsportal strebten gerade ganze Hundertschaften von adrett justierten Büromenschen zu. Ich ließ mich mittreiben wie eine angebissene Wurstsemmel, die ein Kind in einen Mühlbach geworfen hatte. Fette gelbe Busleiber schoben sich zwischen uns im ersten Gang durch und jeder Meschuggene hinter dem Volant, dessen Hupe noch einigermaßen funktionsfähig war, hupte, was das Zeug hergab.

***

Er hatte zwei oder vielleicht sogar drei große Löcher in der Brust und sein Brustkorb schien sich noch einmal sachte zu heben, aber sein Gesicht war wahrscheinlich bereits tot. Dieses Gesicht schien dem hübschen Burschen auf dem Foto in meiner Tasche nicht nur ähnlich zu schauen, dieses bleiche, angestrengt verzerrte Antlitz gehörte unzweifelhaft Lászlo Zsigmund.

„Aber das ist doch Lászlo Zsigmund!", sagte ich mehr zu mir selbst als zu dem dichten Pulk von Pendlern und Bahnhofsexistenzen, die in der Kassenhalle um die Leiche herumstanden, um sie anzustarren wie das achte Weltwunder, und holte das Foto, das mir Silvia Sladki vor ein paar Minuten gegeben hatte, aus meiner Jackentasche hervor.

So schnell, dachte ich, habe ich auch noch keinen Auftrag ausgeführt, den ich noch nicht einmal angenommen hatte. Über sieben Monate lang war dieser Lászlo Zsigmund verschwunden, und kaum wurde ich mit der Suche nach ihm beauftragt, fand ich ihn auch schon, ohne überhaupt nach ihm gesucht zu haben. Allerdings mit zwei ziemlich hässlichen Löchern in seiner properen, dunkelblauen Steppjacke, seinem feinen, blassrosa Seidenhemd und dem durchaus athletischen Oberkörper. Wahrscheinlich Dumdumgeschosse. Ziemlich ungewöhnlich für hiesige Breiten, überlegte ich, wo ist der Bursche da nur hineingeraten?

Aus dem kleineren Loch in der Brust des Niedergeschossenen sickerte hellrotes, arterielles Blut, der Kopf ruckte plötzlich wie von Geisterhand bewegt ein wenig zur Seite und nach vorne, wie wenn die frische Leiche sich noch einmal aufrichten und etwas sagen wollte. Fast gleichzeitig fingen ungefähr fünfzig Menschen panikartig zu schreien und zu kreischen an und in die dicht gepackte Menge rund um den Erschossenen kam Bewegung: Jeder wollte nur noch schnell wegrennen und schien plötzlich keinerlei Lust mehr auf Mund-zu-Mund-Beatmung oder sonstige Erste-Hilfe-Maßnahmen zu haben. Lászlo Zsigmunds Kopf fiel schließlich nach hinten und krachte auf den schmierigen Steinboden. Jetzt war er wohl endgültig tot.

„Lászlo Zsigmund“, sagte ich unwillkürlich noch einmal und schüttelte den Kopf. Das Foto hielt ich noch immer für alle sichtbar in der Hand wie ein Wanderprediger ein apokryphes Evangelium, das er für den Hort aller Weisheit hielt.

***

„Nimm doch einfach mal die Hände hoch! Sonst pusten wir dich nämlich weg!“, fauchte eine scharfe, aggressiv-tiefe Männerstimme hinter mir.

Ich drehte mich langsam um und tat, sicher ist sicher, wie mir geheißen. Gleichzeitig bemerkte ich zu meiner Überraschung, dass die eben noch proppenvolle Bahnhofshalle komplett leer war. Sogar der Trafikant, der in einem blauen Baucontainer wenige Meter neben dem Tatort residierte, hatte den Rollladen heruntergezogen und bibberte jetzt wahrscheinlich dahinter inmitten seiner Tschick. Nur rund fünf Meter hinter beziehungsweise nun vor mir standen zwei uniformierte Polizisten mit gezogenen Pistolen in Combat-Stellung. Mit kleinen, breitbeinigen und sehr vorsichtigen Schritten kamen sie näher, während die Läufe ihrer Waffen in meine Herzgegend zielten. Die brauchen ihre Glocks nicht mal zu entsichern, dachte ich, denn einer der großen Vorteile – in diesem Fall eher ein Nachteil für mich – der hiesigen Polizei-Standardwaffe ist ja, dass sie sofort schussfertig ist, sowie man sie aus dem Halfter gezogen hat.

„Was soll das, Leute? Ich habe den Typen nur gefunden – gemeinsam mit fünfzig weiteren Leuten, die eben noch hier waren."

Die beiden Uniformierten waren keine Frischlinge, sondern wohl erfahrene Beamte mittleren Alters. Einer von ihnen hatte einen veritablen Spitzbauch, der andere schien im Training zu stehen. Ihre dunkelblauen Uniformen waren neu und frisch gebügelt. Die Achselstücke blitzten. Sie trugen Baseballkappen und mächtig entschlossene, bartlose Gesichter. Immerhin, dachte ich, sind das nicht der oder die Killer und das Missverständnis wird sich schon noch aufklären.

„Siehst du hier fünfzig Zeugen, Karl? Oder siehst du hier noch so einen Kerl mit noch so einem Foto des Erschossenen?", fragte der mit dem Bierbauch seinen Partner, während sie unaufhörlich und einander sichernd näher rückten.

Hätte ich die Hände fallen lassen, hätten sie, da war ich mir fast sicher, sofort geschossen.

„Nur nicht nervös werden, Kameraden, ich leiste keinerlei Gegenwehr, wie ihr seht! Wir wollen doch alle nicht, dass etwas schiefgeht", versicherte ich so sachlich, wie mir das angesichts der Situation noch möglich war.

„Dir werden die Sprüche schon noch vergehen!", fauchte der Durchtrainierte aggressiv, so als hätte ich eines seiner Fitnessgeräte zerdeppert.

„Ihr werdet euren Orden garantiert bekommen, auch wenn ihr mich nicht umbringt", sagte ich, während die beiden schon so nahe heran waren, dass ich den Geruch ihrer fabrikneuen Uniformen riechen konnte.

Der Schlag mit dem Pistolenkolben traf mich seitlich am Kopf und ließ mich sofort zu Boden gehen. Ich sah die schwarzgrauen Steinplatten des Hallenbodens auf mich zufliegen, dann sah ich nichts mehr, absolut nichts mehr.

***

Mucki Emsenhubers Gesicht, aus dem es nach Cola-Rot oder Cola-Rum oder noch Ärgerem roch, kam mir über dem Wirtshaustisch bedrohlich nahe. Vor sich, das heißt unter seinem Kinn, hatte er sechs oder sieben leere Viertelgläser stehen und im Übrigen setzte er wieder einmal zu einer seiner berüchtigten Tiraden an. Eigentlich war Mucki, der mich schon in der Unterstufe des hiesigen Gymnasiums mit großsprecherischen Anekdoten genervt hatte, gelernter Nachrichtentechniker, aber er hatte mehr als sein halbes Leben als Milizoffizier beim Bundesheer verbracht, hatte unzählige Manöver und Truppenübungen im ganzen Bundesgebiet hinter sich gebracht, hatte sich am Golan zwei Zehen abgefroren, war in Zypern nicht einmal vor englischem Lammbraten mit Minzsauce zurückgeschreckt, hatte in Afghanistan angeblich einen Taliban mit der bloßen Faust niedergestreckt und sogar in den Tschad hatten sie ihn noch mitgenommen. Ein paar Wochen durfte er sich dort wieder als Kämpfer fühlen, bis er irgendwo an der Grenze zu Darfur auf einer Patrouillenfahrt eine ganze Ziegenherde mitsamt ihrem ihm verdächtig erscheinenden Hirten mit dem Maschinengewehr von seinem Jeep aus zusammengeschossen hatte. In seinem erlernten Beruf hatte er alles in allem höchstens ein paar Monate gearbeitet, sich stattdessen immer für Einsätze, wie er sagte, bereitgehalten. Mittlerweile bekämpfte er wohl nur mehr den Alkohol, indem er diesen nach Kräften dezimierte.

„Ich habe Nachrichtentechnik studiert, habe ich denen gesagt. Außerdem bin ich voll und ganz davon überzeugt, richtig gehandelt zu haben“, sagte Mucki und ich nickte, weil jede andere Reaktion ihn rabiat gemacht hätte und er in volltrunkenem Zustand dazu neigte, mit Gläsern oder

Flaschen auf etwaige Zweifler loszugehen und ihnen das Gesicht zu zerschneiden. Er war schließlich in meinem Alter, also mitten in einer veritablen Midlife-Crisis, und vielleicht noch verrückter, als ich es je gewesen war.

„Der Tod hat nämlich keinen Anstand und keine Manieren, der klopft nicht an, der kommt unangemeldet. Der Knackpunkt – und das sollten Sie bei Ihrer Untersuchung keinesfalls außer Acht lassen, habe ich denen gesagt – ist der, wo man dem Fahrer seine zwanzig Patronen abnehmen muss, um weiterschießen zu können. Der Fahrer hat ebenfalls eine Glock und eben diese zwanzig Patronen im Magazin. Man darf ihn um diese Patronen nicht bitten. Dann bekommt man sie nämlich nicht, habe ich denen gesagt. Man muss sich sagen, der Fahrer ist kein Kamerad, sondern ein Tier. Für einen Mitteleuropäer ist das natürlich schwer. Die Birne des Fahrers, muss man sich sagen, ist Matsch, er hat weit mehr als ein Kampftrinken zu viel gewonnen. Wie ein englischer Offizier muss man ganz nahe an die Visage des Fahrers heran. Und dann losbrüllen, was die Stimmbänder nur hergeben. Peinlich, aber wirksam, habe ich denen gesagt", sagte Mucki Emsenhuber und biss von einem seiner leeren Gläser ein Stück ab. Seine Unterlippe begann zu bluten. Er spuckte das gläserne Fragment auf den Tisch und erzählte einfach weiter.

„Ein Reifenplatzer nach Mitternacht auf einer Patrouillenfahrt zum Mount Hermon ist ja schließlich kein Honiglecken, habe ich denen gesagt. Nicht, dass ich oder der Fahrer Spundus davor gehabt hätten, die restliche Nacht im Jeep zu verbringen, obwohl es auf den Höhen ganz schön kalt werden kann. Aber die wilden Hunde lassen das nicht zu. Mit ihren großen, hungrigen, unschuldig-verderbten Augen haben sie aus den Minenfeldern auf unsere Scheinwerfer gestarrt. Immer wieder greifen sie Beduinen und deren Tiere an. Am Tag könnte man sie mit dem Sturmgewehr schön erledigen, aber sie verkriechen sich und sind nur nachts aktiv. Gelbbraune, dürre, verdreckte Körper sollen sie haben, schmale, lange Köpfe und schwarze Reißzähne. Es sind oft zwei, drei Dutzend Hunde in einem Rudel. Man kann nur auf ihre verfluchten Augen in der Dunkelheit schießen. Dann ziehen sie sich zurück, aber nur für einen Moment. Sie kommen immer wieder. Ich habe mein Magazin mit den zwanzig Patronen leergeschossen, während der Fahrer fieberhaft versucht hat, den Reifen zu wechseln. Ich habe mich bewusst dafür entschieden, über Funk keinen Entsatz anzufordern. Schließlich bin ich Milizoffizier und kein Warmduscher. Mit den Patronen des Fahrers bin ich auf vierzig Schuss gekommen. Das hat schließlich gereicht, um den Reservereifen zu montieren. Ich habe ihn nicht einmal ungern gemocht, aber in der Situation muss man sich sagen, der Fahrer ist ein Tier. Alle zwei Wochen werden die Tiere für zwei Tage aus dem Camp gelassen. Um sich in den Puffs diverser, in der Bibel erwähnter Städte hemmungslos zu besaufen und geradezu dadaistische Krawalle, absolut kindische Schlägereien und schlimme Autounfälle zu veranstalten. Gelegentlich gibt es Verluste auf unserer Seite. Wenn die Israelis in einer Bar plötzlich losbrüllen und ihre Waffen ziehen, wirft man sich am besten auf den Boden und bleibt still liegen. Wenn man davonrennt, läuft man Gefahr, als Attentäter erschossen zu werden. An der Grenze beschlagnahmen die Syrer alles mit hebräischer Aufschrift. Fruchtsäfte, Müsliriegel, Zigaretten. Alkohol sowieso. Wenn man kein Tier ist, sondern Offizier, wird man abends gelegentlich zum Umtrunk in eines ihrer Casinos eingeladen. Als Österreicher hat man keinen schlechten Stand. Wenn der obligate Toast auf Hitler, seltener auf Göring, ausgebracht wird, hat man die Wahl. Wenn der syrische Geheimdienst eine Schmugglerkolonne erwischt, löscht er sie aus. Als Beobachter kann man leicht eine Kugel in den Rücken bekommen, wenn man den Toast verweigert hat oder bei der Schmugglerei mitmischt. Ich kann letztlich nichts dafür, habe ich denen gesagt, dass dem Fahrer im letzten Moment noch die hintere Schienbeinarterie aufgebissen worden ist von so einem Vieh."

Ich nickte wiederum und griff nach meinem Weinglas, um meinem mächtig meschuggenen Schulkameraden zuzuprosten. Das heißt, ich versuchte nach dem Viertelglas zu greifen, aber als ich die Finger meiner rechten Hand um den Henkel schloss, war da nichts als Luft. Im selben Moment bemerkte ich, dass meine Augen geschlossen waren, dass Muckis Sermon also nichts anderes als Einbildung, der wirre Traum eines eigentlich Bewusstlosen gewesen war. Ich war also noch meschuggener als mein alter Schulkamerad. Ich saß auch nicht kommod in einem Wirtshaus, sondern lag am Rücken auf einem harten, kalten Steinboden und meine Nieren, meine Pobacken und meine Hoden begannen, hatte ich jetzt jedenfalls das Gefühl, schon vor Kälte zu schrumpfen. Ich entschloss mich dazu, das Desaster, in das ich da geraten war, in Augenschein zu nehmen, und öffnete die Augen, mitten in zwei lange Neonröhren hinein, die rund drei Meter über mir angebracht waren und von denen nur eine funktionierte und graukaltes, diesiges Licht erzeugte. Links von mir zogen sich Stellagen mit Zigaretten in die Höhe, rechts von mir konnte ich so etwas wie ein Verkaufspult erkennen und einen heruntergezogenen Rollladen aus silbergrauem Aluminium. Knapp vor mir standen Stellagen und Ständer mit Zeitungen und Zeitschriften. Die beiden Kieberer, schloss ich messerscharf, hatten mich in die Container-Trafik verfrachtet, nachdem mich einer von ihnen gekonnt niedergeschlagen hatte. Wahrscheinlich wollten sie einfach Zeit gewinnen, um den Tatort zu sichern und die Kavallerie, sprich Gabloners Kriminalabteilung, zu alarmieren. Nur nichts falsch machen, immerhin ging es für sie entweder um einen Orden oder um eine Ermahnung. Daher hatten sie sich auch rückversichert, dachte ich. Sollte sich nämlich meine doch etwas ruppige Arretierung als Fehler erweisen, konnten sie mich noch immer in der versperrten Trafik liegen lassen und ihre Namen in Hase und Keinohrhase ändern, die von nichts wussten. Für diese abgebrühten Bahnhofspolizisten wäre es in diesem Fall sicherlich auch kein Problem, den Trafikanten, der auf ihr tägliches Wohlwollen angewiesen war, entsprechend einzuschüchtern und auf Linie zu bringen. Meine Kopfverletzung würde dann von einem Sturz sozusagen ohne Feindeinwirkung auf den Hallenboden herrühren, darauf würden sie im Fall des Falles Bein auf Stein schwören, ich wäre ja garantiert nicht der Erste, der sich in der Bahnhofshalle auf die eine oder andere Weise verletzt hatte. Im Container roch es nicht überraschend nach Tabak, Papier – und Wurst. Der Trafikant hatte wohl seine Jause auf der Budel liegen gelassen, vielleicht ein Brot mit einer kräftigen Jagdwurst. Beim Gedanken an diesen Imbiss krampfte sich mir der Magen zusammen und ich vermeinte zu spüren, wie meine Gallenblase zu zucken begann. Mein Kopf fühlte sich an wie der Krakatau wenige Minuten vor dem Ausbruch. Etwas Blut war über meine Stirn und mein Jochbein in meinen linken Mundwinkel gelaufen, es schmeckte lauwarm und salzig. Noch selten, dachte ich, hat ein Fall von mir gleich mit einem derartigen Fiasko begonnen. Dabei konnte ich mir nicht einmal sicher sein, dass das überhaupt ein Fall war, vielleicht war das Ganze nur Chaos und Wahnsinn. Auf jeden Fall fühlte ich mich wie Muckis Fahrer vom Mount Hermon, aus dem langsam, aber sicher das Leben gelaufen war. Ich war mir sicher, dass ich mich nicht aufrichten konnte, und die Unterkühlung meines ganzen Körpers war nur mehr eine Frage der Zeit. Vor der Container-Trafik vermeinte ich mit einem Mal Stimmen zu hören. Ich bildete mir ein, dass ich auch das Organ von Leutnant Sladek, Gabloners Stellvertreter, vernahm, der knappe Kommandos erteilte, die ich zwar hörte, deren Wortlaut ich aber nicht verstand. Sich in Österreich, dachte ich, über Polizeiwillkür zu beschweren, war gemeinhin ähnlich sinnvoll, wie sich am Nordpol über die Kälte zu beklagen. Gleich danach explodierte in meinem Kopf der Krakatau und ich war wieder weggetreten in Mucki Emsenhubers Welt.

***

Im Streifenwagen roch es penetrant nach Vanille. Gleich drei eierschalengelbe Wunderbäume baumelten vom Rückspiegel. Wahrscheinlich sollte das die Abtransportierten und Verhafteten einigermaßen beruhigen, dachte ich, wohl die neue Aromatherapie unserer Kieberei.

„Dass der uns nur ja nicht die Polster vollblutet ... Schließlich haben sie uns, weißt eh, unsere Putzfrau durch diesen blöden Reinigungstrupp ersetzt, der nur noch glatte Oberflächen wischt und auch das bloß einmal pro Woche oder gar nicht“, hörte ich eine männliche Stimme sagen.

„Geh, der hat eh nur Krätzen am Kopf, der blutet ja gar nicht richtig“, antwortete gelangweilt ein anderes männliches Organ.

Ich lag, wie ich nun feststellen konnte, zusammengekrümmt auf einem Auto-Rücksitz. Die Wunderbäume konnte ich nur durch die Lücke zwischen Fahrer- und Beifahrersitz erspähen. Zwei Uniformierte in dunkelblauem Tuch saßen vor mir und kutschierten mich weiß Gott wohin. Von den Stimmen her waren es nicht die beiden Brutalos, die mich zusammengeschlagen hatten.

„Ich brauche einen Arzt“, krähte ich vom Fond des Wagens aus, blieb aber liegen. Immerhin hatten sie mir keine Handschellen angelegt. Vielleicht hatten sie es versucht, dachte ich, aber für die meisten Arretiereisen waren meine Handgelenke, besonders das rechte, einfach zu dick und sie ließen sich nicht schließen.

„Den brauchen wir alle. Manchmal.“

„Ich brauche ihn aber jetzt“, insistierte ich.

„Wir sind eh gleich da.“

Von da an wurde ich einfach ignoriert. Auch als ich mich mühsam aufsetzte und mit den Fingern vorsichtig die Beule auf meinem Schädel befühlte. Nur gut, dass es ein großer und vor allem harter Waldviertler Schädel war.

„Der muss ja ganz schön was ausgefressen haben, dass wir ihn direkt zum Alten bringen sollen“, meinte der Verächter des Reinigungstrupps.

„Ich bin bloß ein Zeuge“, warf ich matt aus dem Fond ein, um die Situation einigermaßen zu klären.

„Zeugen werden aber nicht angehalten und arretiert, die fahren in der Regel im eigenen Wagen in die jeweilige Inspektion, um ihre Aussage zu Protokoll zu geben!“, bellte der Chauffeur.

„Eben.“

„Befehl ist Befehl“, meinte der Chauffeur knapp.

Gegen diese Logik, das wusste ich nur zu gut, war nicht anzukommen. Daher antwortete ich auch nicht mehr darauf.

Die Fahrt vom Bahnhof über die Julius-Raab-Promenade bis zum Europaplatz verlief relativ ereignislos, außer dass der Fahrer einmal heftig eine Radfahrerin verfluchte, die er in der Ludwig-Stöhr-Straße übersehen und fast überfahren hätte. Er machte sich sogar die Mühe, das Fenster herunterzufahren, um der beinahe vom Rad gefallenen, offensichtlich geschockten Frau nachzubrüllen: „Ich weiß eh, dass ich schuld war, aber du bist trotzdem eine saubere Blunzen!“ Autofahren, dachte ich, ist hierzulande ein atavistisches Ritual, der einzige Bereich im Gesellschaftsleben, in dem man sich als Mann noch richtig austoben kann, Junggesellenabschiede einmal ausgenommen.

Im Übrigen konnte ich nichts tun als harren und hoffen, obwohl in meinem Fall wahrscheinlich nicht mehr viel zu hoffen war. Ich war vor vierzig oder fünfzig Zeugen über einen frisch Angeschossenen gestolpert, hatte wie ein Auftragskiller aus einem Hollywood-Film dessen Foto in der Tasche gehabt und war dann auch noch so abgrundtief blöd gewesen, die Aufnahme coram publico herzuzeigen. Das brachte mich mit dem Opfer in eine ganz schön enge Verbindung. Oberleutnant Gabloner, da war ich mir leider sicher, würde es zweifellos immenses Vergnügen bereiten, daraus mühelos einen Mordverdacht gegen mich zu konstruieren, der sich gewaschen haben würde. Ohne diese liebeskranke Sladki, dachte ich, würde ich jetzt gemütlich in meinem Wohnschlafzimmer hocken und ein bisschen Blut spucken, wäre aber außerhalb der Reichweite dieses alten, unberechenbaren Polizeioffiziers, des Alptraums meiner mittleren Jahre. Mitgegangen, mitgefangen, mitgehangen, dachte ich. Die letzten Jahre war ich ihm, wo ich nur konnte, mehr oder weniger elegant ausgewichen, aber jetzt hatte er mich.

***

Wenn man die Bundespolizeidirektion Harland, diesen festungsähnlichen Bunkerbau vom NS-Zeichentisch, nicht von vorne, vom Haupteingang in der Linzer Straße, betrat, sondern durch den Hintereingang in der Stephan-Buger-Gasse als Gefangener hineingeschafft wurde, hatte man eigentlich schon verloren. Der Beifahrer, der meine schlimme Kopfwunde so wie sein Kollege nur für einen Kratzer hielt, war vor dem riesigen, dunkelgrünen Eisentor ausgestiegen, hatte einen altertümlichen Bartschlüssel gezückt und das Hinterteil der hiesigen Polizeifestung aufgesperrt. Um den rechten Flügel des Tores so weit zu öffnen, dass der VW Golf, in dem ich gezwungenermaßen saß, durchfahren konnte, war Kraft nötig. Ich fühlte mich elend, mir war schwindlig im Kopf wie einem von Odysseus' Matrosen zwischen Scylla und Charybdis. Meine beiden bärbeißigen Wärter zogen mich an den Oberarmen aus dem Auto. Halb schleiften, halb trugen sie mich zu einer verrosteten Eisentür wenige Meter neben dem Tor. Ich wusste, wenn ich mich jetzt auf die Uniform des einen oder des anderen erbrechen würde, würden sie mich mit dem Kopf gegen die Eisentür anrennen lassen. Einmal oder zweimal oder mehrmals, je nachdem, wie sauer sie halt wären.

„Wirst dich schon wohlfühlen in unserer strengen Kammer“, sagte der Fahrer und lachte wie ein Halbdebiler. „Angenehmen Aufenthalt, Django!“

„Ohne Haar und ohne Geld bin ich kommen auf die Welt“, murmelte ich und wurde schon wieder halb ohnmächtig. Am Grund meines Kehlkopfes vermeinte ich sauer-scharfen Mageninhalt zu spüren.

„Nicht schlapp machen! Ist eh nicht mehr weit!“, kommandierte der Fahrer, obwohl ich in meinem Zustand nicht mehr zu kommandieren war. Man kann mich nicht, dachte ich, ein- und ausschalten wie eine Kaffeemaschine, ich bin eben keine Maschine.

„Dass der uns nur ja keinen epileptischen Anfall hinlegt! Dann können wir nämlich wirklich einen Doktor holen und auch noch einen Mordsbericht schreiben“, sorgte sich der Beifahrer, während er hastig die Tür der Kammer aufsperrte, wodurch sein Kollege die Last meines ramponierten Luxuskörpers fast allein zu tragen hatte.

„Der simuliert doch nur, eh klar!“, entschied der Fahrer.

„Ich brauche einen Arzt!“, insistierte ich und ein bisschen Magensaft kroch meine Speiseröhre hoch.

„Wissen wir, wissen wir“, meinte der Fahrer gelangweilt.

„Depperter Kieberer“, schnaubte ich schwach wie ein lungenkrankes Meerschweinchen und ließ mein ganzes erhebliches Kampfgewicht in eine saubere Ohnmacht fallen.

***

Das Schlimmste am Gefängnis ist vielleicht nicht einmal die klaustrophobische Enge, die Gewalt und die Unterordnung, die Monotonie, der Wahnsinn der Männer vor und hinter den Zellengittern, sondern der Geruch. Ein fetter Brodem aus Fäkalien, ungewaschenen, maroden Körpern, schlechtem Essen und Hoffnungslosigkeit. So auch in dem engen Loch, in das mich meine beiden charmanten Chauffeure gesteckt hatten, offenbar als Übergangslösung, bis Oberleutnant Gabloner Zeit hatte, mich endgültig fertigzumachen. Ein fünf oder sechs Quadratmeter kleiner, rechteckiger Raum mit einem Stehklosett wie in Süditalien in der linken, hinteren Ecke. Den hygienischen Zustand dieser offenbar vielbenützten Einrichtung konnte man nicht einmal in Prosa fassen, der Gestank brannte sich jedenfalls über die Hirnrinde hinaus bis in meine Haarwurzeln hinein. In allen anderen Ecken der Zelle saß der Selbstmord.

Die Kopfwunde begann unangenehm zu pulsieren, sie togatzte, um es im hiesigen Dialekt auszudrücken. Ich fühlte schon wieder eine Art Benommenheit meinen Hirnstamm hochkriechen. Ich war nicht mehr als ein menschliches Irrlicht, eingepfercht in eine schwefelige Zelle ohne jede Einrichtung, in die Vorhölle des Harlander Polizeigefangenenhauses, von der ich bisher nur aus Erzählungen gehört hatte. Hier wurden arretierte Häftlinge „zwischengelagert", bis entweder eine Zelle im Haupthaus frei geworden war oder endlich jemand Zeit hatte, sie zu verhören, sie vollends zu vernichten. Auch als Diskont-Detektiv hatte ich schon den einen oder anderen in den Häfen gebracht, meistens mit dem Überschmäh. Diesmal hatte ich mich aber quasi selbst eingeliefert, indem ich wie ein idiotischer Anfänger das Foto von Silvia Sladkis Verflossenem in aller Öffentlichkeit hergezeigt hatte.

Ich drückte mich in die dem Stehklosett entgegengesetzte Ecke und versuchte krampfhaft, auf den Beinen zu bleiben. Die gelblichgrauen Wände der strengen Kammer waren über und über mit Schriftzeichen, Namen und Daten beschmiert, mit Zeichnungen von megabusigen Weibern mit überdimensionalen sekundären Geschlechtsmerkmalen, mit der Zahl 666, mit Hakenkreuzen und Hassparolen, mit Flüchen, Telefonnummern und vulgären oder depressiven Gedichten und Sprüchen. Darüber und darunter hatten weitere Häftlinge ihre Nachrichten an spätere Leidensgenossen mit Schlüsseln, Zahnstochern und Fingernägeln in die Wände eingeritzt. Und das, so schien es mir jedenfalls, in fast allen Sprachen der Welt. Die früheste Nachricht war mit Juni 1938 datiert, außer dem Datum war von ihr aber nichts mehr lesbar, und so würde es über kurz oder lang auch jeder anderen Eintragung in diesem Häfentagebuch, dieser grafischen Installation der absoluten Hoffnungslosigkeit, ergehen. Auf irgendeinem verlorenen Fleckerl hätte ich gern ein einfaches, kleines Kreuz dazugemalt oder wenigstens mit meinen Nägeln eingeritzt, aber im Moment hatte ich einfach keine Kraft dazu. Wenn ich in vielleicht fünfundzwanzig Jahren hier wieder herauskomme, dachte ich, werde ich für den Bus schon einen Seniorenausweis haben, aber das wird man mir hoffentlich noch nicht so ansehen. Manchmal werde ich auf den Rathausplatz fahren und einen Blick auf die Partezettel in den Auslagen der städtischen Bestattung werfen. Nachschauen, ob er mich schon geholt hat.

Dabei ist nicht einmal sicher, ob ich überhaupt jemals sterben werde. Damals jedenfalls, in der Viertelsekunde, in der ich wie ein von einem boshaften Kind langgezogener Regenwurm über den Erdwall flog, in dieser unendlich langen Viertel- oder Achtelsekunde in der Luft ist mein Leben nicht wie ein Film vor mir abgelaufen, so ein Quatsch übrigens. Ich hatte nur das Gefühl, als sei ich zugleich tot und unsterblich. Dieses komische Gefühl hat seltsamerweise angehalten. Meine Sterblichkeit wird wohl erst bewiesen sein, wenn ich tot im Bett liege. Oder in der Duschtasse. Letzteres wäre mir ein bisschen unangenehm, aber eigentlich muss man schon froh sein, wenn man nicht auf der Klobrille die Patschen streckt.

Im Übrigen weiß ich noch, dass TNT eigentlich ein recht kommoder Sprengstoff wäre. Man könnte auf ihm herumtrampeln, ihn mit dem Feuerzeug anzuzünden versuchen, ja, ihn sogar beschießen, ohne dass etwas passieren würde. Theoretisch. Praktisch haben wir Rekruten uns das alles natürlich nicht getraut, außer die würfelförmigen, grüngrauen TNT-Blöcke ganz still in der Hand zu halten beim Gewöhnungssprengen. Jeder bekam ein halbes Kilo davon, die Würfel glichen einem größeren Stück Seife, fühlten sich für mich an wie die steinharte Kriegsseife, von der meine Großmutter einst noch ein Stück aufbewahrt hatte zur Erinnerung an harte, wirklich harte Zeiten, in denen selbst das Waschen eine Tortur gewesen sein muss.

Ich kann mich an all die Keksträger nicht mehr erinnern, die mit uns zur Schießstätte einige Kilometer von der Kaserne entfernt marschierten. Jedenfalls trugen sie nur ein Walkie-Talkie, wir hingegen jeder circa vierzig Kilogramm an Ausrüstung in zwei Rucksäcken, inklusive Gewehr und Klappspaten und so unglaublich sinnvoller Dinge wie einem dicken Pullover und einer Winterjacke mitten im Sommer, einem zusammengelegten Ein-Mann-Zelt mit jeder Menge an Metall-Heringen und einem zweiten Paar noch schwererer Stiefel als die Böcke, die wir trugen.

Die Ausbildner waren in der Regel Bäckerlehrlinge mit abgebrochener Lehre und davongelaufene HTL-Schüler, die Offiziere stammten entweder aus alten Nazi-Familien oder waren aalglatte, arrogante Alkoholiker, die fest gewillt waren, beim Barras für den Rest ihres Berufslebens eine ruhige Kugel zu schieben. An Individuen kann ich mich beim besten Willen nicht erinnern, irgendwie waren sie alle gleich. Auch das Gesicht des Vizeleutnants sehe ich nicht mehr vor mir, der mir beibrachte, wie man eine Sprengkapsel an ein Stück Zündschnur „anwürgte". Man steckte die Lunte in ein harmlos aussehendes, kurzes Aluminiumröhrchen, das den Initialsprengstoff enthielt, und drückte das Ganze mit einer speziellen, massiv-gusseisernen Zange an. Der Sprengstoff in dem Röhrchen war nun aber gar nicht so träge wie das gute alte TNT, sondern hochexplosiv. So mancher von uns geriet jedenfalls bei der Arbeit mit der Würgezange gehörig ins Schwitzen. Die Sprengkapsel hatte an ihrem verschlossenen Ende ein Schraubgewinde und damit konnte man sie in das TNT drehen, in das ein passendes Gewinde eingegossen war. Das Ganze sah irgendwie aus wie ein Stück Fichtennadelseife mit einem Stück einer dünnen, schwarzen Weidenrute darin, nur dass es jetzt eine scharfe, tödliche Bombe war. Dann hieß es wieder einmal warten, beim Militär ein nicht gerade unüblicher Vorgang. Eigentlich bestand der Barras nur aus Warten, die paar Minuten am Tag, wo man angeschnauzt und herumgehetzt wurde, zählten nicht wirklich.

Irgendwann einmal wurden je zwei von uns aufgerufen und gingen mit ihrem sprengbereiten, halben Kilo TNT, begleitet jeweils von einem Unteroffizier, hinter einem knapp mannshohen Erddamm in Stellung und zündeten nur eineinhalb oder zwei Meter voneinander entfernt auf Kommando ihre Bomben. In den circa zwanzig Sekunden, während derer die Lunte abbrannte, rannten sowohl die beiden Rekruten als auch die beiden Ausbildner die paar Schritte hinter den Erddamm zurück und warfen sich zu Boden. Dort bekamen sie mit dem Rest der Truppe nach jeder Doppelsprengung Dreckbrocken und zerfetzte Grasstöcke ab, die vom TNT turmhoch in die Luft gerissen wurden und dann zu Boden fielen.

Ich kann mich noch erinnern, dass bei meinem ersten Zündversuch der Kopf des Streichholzes glatt abbrach, während die Lunte meines Nachbarn bereits brannte und der Kamerad und sein Unteroffizier kommod über die Dammkrone spazierten, um sich dahinter in Deckung zu begeben. Mein Ausbildner zögerte keine Sekunde und gab mir zum zweiten Mal das Kommando zum Zünden. Ich wuselte hektisch ein weiteres Zündholz aus der Streichholzschachtel, setzte es mit schwitzender Hand auf die Reibfläche und zog es ab.

Nichts.

Der dunkelbraune Kopf des Streichholzes gab eine winzige, gelbgrüne Stichflamme von sich und war mit einem Mal verkohlt. Die Zündschnur brannte jedenfalls nicht, ganz und gar nicht.

Mein Ausbildner sah mich einen kurzen Moment an, als hätte er plötzlich den Verstand verloren, und gab zum dritten Mal das Zündkommando, während keine zwei Meter neben uns die Lunte des Kameraden schon fast in das TNT hineingebrannt war. Ich ließ die Zündholzschachtel fallen, sprang wie ein gestochener Affe auf, lief die drei Schritte auf den Damm hinauf, setzte im Laufschritt über die Dammkrone und hechtete mit meinem großen, schweren Körper waagrecht von der Dammkante in die fette, heiße Sommerluft. Als ich keuchend und hysterisch auf der Wiese aufschlug, befand sich der Vizeleutnant gerade im Hechtsprung von der Dammkante und gleichzeitig explodierte die Ladung.

Der Idiot wurde nicht einmal verletzt, jedenfalls nicht wirklich.

Sich über Kaderpersonal offiziell zu beschweren, war damals wie heute für einen Präsenzdiener wenig erfolgversprechend. Deshalb bin ich nie zum Rapport gegangen und habe auch sonst kein Wort über den Vorfall verloren. Nur dieser irrationale Glaube an die eigene Unverwundbarkeit ist mir geblieben. Und mit solchem Müll im Hirn kann man ganz schön einfahren.

***

„Gestern war ich wieder am Rathausplatz, Miert, bei der Bestattung Partezettel schauen, ob er mich schon geholt hat. Ich möchte schon wissen, wann er kommt, aber der fragt ja nicht, der kommt einfach, links und rechts zwei Watschen und schon liegst in der Truhe", sprach Gabloner in den Raum hinein, wie wenn ich nicht da gewesen wäre, wie wenn er sich bei irgendwem über den Tod beschweren würde, über den man sich aber ebenso wenig beschweren kann wie über das Wetter, die Weltgeschichte und die Frauen.

Ich war absolut verblüfft. Für diesen Mann, der offenbar meine Gedanken dachte, hatte ich weiland im Wiener Sicherheitsbüro gearbeitet, bevor er mich mit hässlichen Tricks und einem auf nichts beruhenden Disziplinarverfahren aus dem Polizeidienst gemobbt hatte, dieser Mann war nun schon seit ewigen Zeiten mein Gottseibeiuns hier in Harland, der mich piesackte, behinderte und bekämpfte, wo er nur konnte, und doch hatte ich von ihm in all den Jahren und Jahrzehnten nie etwas Persönliches, etwas wirklich Persönliches zu hören bekommen, ausgenommen vielleicht den einen oder anderen Darmwind dann und wann.

Vielleicht wäre es weniger unangenehm und erschöpfend gewesen, von Oberleutnant Gabloner stundenlang stehend in seinem Büro verhört zu werden, wenn es in diesem Dienstzimmer irgendetwas gegeben hätte, woran man sich gelegentlich mit den Augen festhalten hätte können. Aber da war nichts. Kein Foto von Gabloner in Khakihosen und olivgrüner Anglerjacke mit einem Riesenkarpfen oder gar einem Mega-Schwertfisch vor Barbados. Keine Aufnahme vom Gipfelkreuz des Schneebergs oder wenigstens der Schneebergbahn. Keine Fußball-Devotionalien in einer Vitrine. Keine Pokale der Kegelsektion des Polizeisportvereins. Kein Foto einer frisch auftoupierten Gattin in elegantem Kostüm. Kein Gemälde aus dem Fundus der Bundesimmobiliengesellschaft. Kein von Kinderhand bemalter Flusskiesel als Briefbeschwerer. Keine Messing-Tischuhr mit eingravierter Erinnerung an das Wiener Interpol-Treffen 2003. Kein noch so kleines Bild von einem Dackel oder Border-Collie. Nicht einmal ein Kalender der Sparkasse Harland oder eines Herstellers für mannstoppende Munition. Stattdessen ein großer, wuchtiger Schreibtisch, der wohl schon in den frühen Fünfzigerjahren alt ausgesehen hatte, ein übermannshohes Regal mit zahlreichen Aktenordnern, deren Rücken nicht beschriftet waren, und ein sogenannter Aktenbock aus dunklem Holz, der von alten Exemplaren der Kronen-Zeitung überquoll. Ansonsten gab es außer Gabloners Schreibtischstuhl nur noch einen klobigen, hölzernen Schirmständer neben der Tür und einen Laptop, der auf dem Schreibtisch so passend aussah wie eine Apollo-Rakete in einem Museum für Dampfmaschinen. Gabloner war, das wusste ich, noch aus der Generation, für die Computer eine lästige Zumutung waren und keinesfalls ein ernstzunehmendes Arbeitsgerät. Eine Frau Wunderl schrieb für ihn, wenn ihm nach Abfassen eines Berichtes war, aber solche Arbeitsanwandlungen überkamen ihn nur höchst selten. Die meiste Zeit saß er wohl einfach in seinem Büro herum und süffelte geschmuggelten Cognac, wofür er dem Vernehmen nach seit Jahren eine mehr als günstige Bezugsquelle beim Zoll hatte. All das wusste ich noch aus meiner Zeit beim Wiener Sicherheitsbüro, wo er mein harter, aber herzloser Vorgesetzter gewesen war. Obwohl er in seinem langen Leben wahrscheinlich kaum je etwas anderes als Boulevard-Zeitungen gelesen hatte, durfte man ihn, so viel stand fest, beileibe nicht unterschätzen. Alle, die genau diesen Fehler begangen hatten, waren entweder tot oder verrotteten in irgendeinem Häfen.

Gabloner war in der Regel entweder schlecht, meist erschreckend schlecht aufgelegt oder besoffen. Heute war er gefährlich nüchtern.

***

Gabloner hatte bei Adam und Eva begonnen, sprich mit meinem Nationale, als ob er mich nicht kennen würde und er keinen voluminösen Akt von mir vor sich auf dem Schreibtisch liegen gehabt hätte. So verging die erste halbe Stunde, für mich stehend natürlich, während Gabloner gemütlich in seinem Bürostuhl lümmelte und von meiner rechten Stirn dann und wann ein paar kleinere Blutstropfen die Schläfe und Wange hinunterliefen und unter meinem Hemdkragen verschwanden. Als wir zur Frage der Waffe kamen, fühlte sich der Kragen schon ziemlich aufgeweicht an. Mit der Hartnäckigkeit einer Dampfwalze fragte mich Gabloner immer wieder, was für eine Schusswaffe ich benützt hätte.

„Eine historische Radschlosspistole aus der Werkstätte des Ferlacher Meisters Andreas Schoenkybl, frühes 16. Jahrhundert", antwortete ich meistens. Oder auch, je nachdem, was mir halt noch Neues einfiel: „Ich habe den armen Kerl an meinen Socken riechen lassen." Dabei begannen meine Waden bereits leicht zu zittern und meine Knie fühlten sich an wie zusammengeschraubt.

Die nächsten zwanzig Minuten fragte er mich immer wieder, wo ich die Waffe am Bahnhof so schnell versteckt hätte. Seine Leute würden vor Ort noch immer danach suchen, seien aber bis jetzt nicht fündig geworden, sonst hätten sie ihn längst angerufen.

Mein Vorrat an halbwegs originellen Antworten war schon etwas erschöpft. Ich bemühte mich vor allem, nicht umzukippen und die Blutung am Kopf irgendwie zu stoppen, indem ich meine rechte, klodeckelgroße Pranke auf Stirn und Haaransatz presste.

„Ich habe die Knarre zerlegt und damit die Tauben am Bahnhof gefüttert", war noch das Beste, was mir einfiel.

Auf jeden Fall wunderte ich mich darüber, dass mich Oberleutnant Gabloner nicht schon längst furchtbar niedergebrüllt und zusammengeschlagen hatte. Ich konnte mir diesen merkwürdigen Umstand eigentlich nur damit erklären, dass ich offenbar schon derart schlecht aussah, dass eine Misshandlung hart an Leichenschändung grenzen würde. Miert, der Mann, der nicht nur stehend k. o. war, sondern eigentlich halb im Koma lag, nein, stand.

Dazwischen verlangte ich immer wieder nach medizinischer Behandlung für meine Kopfwunde, wurde aber nicht einmal ignoriert.

„Bluten Sie mir bloß nicht den Parkettboden voll, ich sag es Ihnen, sonst kommen Sie hier nie mehr raus!“, war alles, was ich diesbezüglich zu hören bekam.

Ab da bemühte ich mich nur noch, nicht zusammenzubrechen oder vor meinem ehemaligen Vorgesetzten in die Knie zu gehen, obwohl mir phasenweise sekundenlang schwarz vor den Augen war. An den weiteren Fortgang des Verhörs kann ich mich nur schlecht erinnern, aber als Gabloner nach – meinem Gefühl nach – drei, dreieinhalb Stunden wieder zum Fabrikat der Mordwaffe zurückkehrte, hatte meine Durchhaltefähigkeit ein Ende.

„Hören Sie, ich habe diesen Lászlo Zsigmund nicht erschossen!!“, schrie ich mit aller Kraft, die mir noch verblieben war, ließ mich auf den Hosenboden nieder, nahm meine rechte, blutstillende Hand vom Kopf und tatschte damit auf den Parkettboden einen schönen, blutroten Abdruck.

„Sie können mich auf der Stelle totschlagen – es ist mir mittlerweile wurscht! Ich habe jedenfalls diesen Lászlo Zsigmund nicht umgenietet!“

„Wieso Zsigmund, wieso Lászlo? Wieso bringen Sie jetzt irgendeinen Kanaken ins Spiel?“, fragte mich Gabloner feindselig. Er war aber immerhin noch nicht von seinem Bürosessel aufgesprungen, um mir mit seinen schweren Stiefeln gegen den Kopf zu kicken und damit endgültig den Rest zu geben. Erstaunlich, dachte ich, wirklich erstaunlich.

„Herrgott, weil der Erschossene in der Bahnhofshalle Lászlo Zsigmund war!“

„I wo, da irren Sie sich. Der Tote heißt Mayer, Walter Mayer. Ein kleiner Verkäufer von der Hartlauer-Filiale am Bahnhofsplatz. Optik-Abteilung.“

„Nein, das gibt es nicht! Ich habe doch sein Foto! Das auf dem Foto ist Lászlo Zsigmund!“

Aus dem gleichen Grund, aus dem Gabloner keinen Psychologen braucht, brauche ich keinen Gynäkologen, dachte ich. Der ist nämlich kein Mensch, sondern ein von Cognac angetriebener Teufel.

***

„Führen Sie sich gefälligst nicht so auf, Miert! Wir sind ja schließlich nicht im Kindergarten!“, knurrte Gabloner hinter seinem Schreibtisch hervor. „Und das Trinkgeld für die Putzfrau, die Ihren ganzen Dreck da wegmachen muss, ziehe ich Ihnen vom ersten Lohn ab fürs Sacklpicken in Stein! Darauf gebe ich Ihnen mein Wort!“

Ich war zu schwach, um etwas anderes zu tun, als einfach am Boden sitzen zu bleiben und zu versuchen, die Blutung an meinem Kopf wieder mit der rechten Hand zu stillen. So viel Blut war es aber gar nicht mehr, ich spürte schon eine Art weicher Kruste unter meiner Pranke. Und dann vergaß mich Gabloner einfach. Jedenfalls hatte ich diesen Eindruck, als er leise murmelnd, wie es sonst gar nicht seine Art war, wieder zu sprechen begann. Mit geschlossenen Augen und einer großen, dunkelroten Zungenspitze, die immer wieder in seinem rechten Mundwinkel herumleckte.

„Es passt mir nicht, dass in meinem Rayon mit Dumdum-Munition herumgeballert wird. So ein blöder Western-Stil kann mir überhaupt gestohlen bleiben. Es passt mir auch nicht, dass sie jetzt schon harmlose Kommis über den Haufen schießen, noch dazu einen Hiesigen. Und es passt mir schon gar nicht, dass ich als einzigen Verdächtigen bloß diesen sturen Lackel von einem Hinterhof-Detektiv in der Hand habe.“

Ich hielt es für eindeutig klüger, ausnahmsweise meine große Klappe zu halten und Gabloner, der vielleicht in Trance oder doch wieder einmal im Öl war, weiter laut denken zu lassen.

„Wenn es stimmt, was Sladek herausgefunden hat, war dieser Mayer ein Niemand. Ein Nichts, das jeden Werktag exakt um Viertel nach eins in der Bahnhofshalle erschienen ist. Hat immer einen Kurier in der Trafik gekauft, kein Trinkgeld gegeben und ist dann mit dem Lift auf die Ebene der Bahnsteige gefahren, um im Bahnhofsrestaurant zu essen, was allein schon gegen seine Intelligenz spricht, denn in dem Schuppen würgen sich normalerweise nur Auswärtige ein paar Würstel hinunter. Und so eine Flasche murksen die ab, in einem Stil, wie wenn es gegen Al Capone ginge ..."

So etwas von ausgeblendet, dachte ich, war bisher vielleicht nur der böhmische Gefreite an seinem letzten Tag im Bunker gewesen.

„Kein großes Kirchenlicht, dieser Mayer, aber ein wahres Gewohnheitstier. Seit elf Jahren beim Hartlauer. Davor die HTL abgebrochen, Maschinenbau oder so etwas. Ledig, aber eine Lebensgefährtin, die unter der Woche als Sozialpädagogin in Wels oder Linz arbeitet. Solche Eiei-Waserl kann man als Mordverdächtige meistens gleich wieder vergessen."

Da hat er wohl leider recht, dachte ich, denn wer hätte schon mal einen Sonder- und Heilpädagogen mit rauchendem Colt erwischt, aber ihr Alibi könnten sie trotzdem überprüfen.

„Neubau-Mietwohnung irgendwo im Süden, gebrauchter Golf, keine Kinder, die ins Geld gehen, keine teuren Haustiere oder exklusiven Hobbys. Keine Vorstrafen, nicht einmal eine Verwaltungsstrafe wegen Pinkelns in einer Toreinfahrt. Der Mann ist scheinbar so harmlos, dass er in vierzehn Jahren nicht einmal eine Stopptafel überfahren hat. Und ausgerechnet so einer wird hier bei uns auf eine Art und Weise umgenietet wie in einem blödsinnigen Mafia-Film."

Die Blutung hatte wohl aufgehört. Ich nahm die Hand vom Kopf und stand auf, etwas mühsam zwar, etwa so wie ein Storch direkt nach der Geburt, aber doch. Na ja, eigentlich kroch ich vom Boden hoch wie ein halbtoter Lurch, aber wer will das schon zugeben, nicht einmal sich selbst gegenüber. Gabloner schien noch immer in einer Art Halbschlaf versunken zu sein, in dem er allerdings gelegentlich murmeln und praktisch dauernd lecken konnte, zweifellos ein rares Talent.

„Glauben Sie nur ja nicht, dass ich Sie vergessen habe, Miert! Sie sind noch immer mein Gefangener!“, schnaubte der alte Oberleutnant plötzlich wie ein heftig getretener Blasebalg und öffnete die Augen. „Leutnant Sladek und die Hälfte meiner Leute durchforsten gerade das Leben dieses Nichts von Mayer. Wenn wir darin nur eine winzige Querverbindung zu Ihnen finden, sind Sie geliefert!“

Eh klar, dachte ich.

„Und jetzt sagen Sie mir endlich alles, was Sie über diesen Lászlo Zsigmund wissen, aber ein bisschen flott! Sonst werfe ich Sie der Lokalpresse als Verdächtigen zum Fraß vor!“

„Ich wundere mich, dass Sie das nicht schon längst getan haben“, konterte ich.

„So leid mir das auch tut, aber der Modus operandi passt nicht, und Sie haben auch so was von kein Motiv ...“

„... und das fiele selbst dem blödesten Lokalreporter auf, vom Staatsanwalt ganz zu schweigen!“, vollendete ich seine Gedanken.

„Überschätzen Sie bloß unsere Lokalpresse nicht.“

Ich erzählte ihm alles, was ich über Lászlo Zsigmund wusste, wenn es auch nicht sehr viel war. Den Namen meiner Beinahe-Klientin Silvia Sladki hielt ich allerdings draußen. Einen expliziten Grund hatte ich eigentlich nicht dafür, nur so eine Art vages Bauchgefühl, das mich schon oft, wie ich mir eingestehen musste, getrogen hatte.

„Warum sollte jemand diesen Magyaren, den es im Übrigen offenbar gar nicht gibt bei uns, umlegen lassen?“

„Wenn ich das wüsste ...“

„Ich gebe Ihnen genau drei Tage, um das herauszufinden. Danach nagle ich Sie ans Kreuz!“

Und was macht er inzwischen, dachte ich, Saufen und Sinnieren, sich am Anblick meines Blutes auf dem Fußboden ergötzen?

„Ich werde mich auf diesen Mayer konzentrieren und außerdem mit den ungarischen Kollegen reden", hatte Gabloner wieder einmal meine Gedanken gelesen.

„Es fällt mir verdammt schwer, aber jedenfalls danke für die Informationen über diesen Mayer. Ich kann jetzt wirklich jeden Ansatzpunkt brauchen, um mich reinzuwaschen", murmelte ich.

„Sie spinnen, Miert, ich würde Ihnen nie irgendwelche Informationen geben, außer man zwingt mich auf der Streckbank dazu, ich habe bloß gedacht."

„Ja, so hat es sich auch angehört ...", antwortete ich.

„Und jetzt raus mit Ihnen, Miert, bevor ich es mir anders überlege! Ich will Sie hier erst wieder in drei Tagen sehen, mit diesem Zsigmund im Schlepptau, tot oder lebendig!"

Mich würde er wohl eindeutig lieber tot sehen, dachte ich.

„Kann ich das Foto von Lászlo Zsigmund wiederhaben?"

„Machen Sie die Tür gefälligst von außen zu!", blaffte Gabloner.

Mit der linken, nicht angebluteten Hand fischte ich in meinem Hosensack herum, bis ich einen zusammengeknüllten Geldschein fühlte.

„Das lasse ich da. Es ist wirklich nicht so angenehm, wenn man das Blut fremder Leute aufwischen muss", sagte ich leise. Ich trat drei Schritte vor und legte zwanzig Euro auf den Tisch.

Noch viel schlimmer ist es allerdings, dachte ich, Blut zu schwitzen. Wie ich an diesem desaströsen Tag.

***

Sieger sehen doch ein bisschen anders aus, dachte ich und starrte weiter in den nicht sehr sauberen Spiegel über der einzigen Waschmuschel des Besucher-WCs im Erdgeschoss der Bundespolizeidirektion Harland. Es roch nach altem, süßlichem Urin und einem billigen, säurescharfen Desinfektionsmittel. Der Boden war abgetretener, grauer Terrazzo, die Wände kotzgrün und voll abgeschabter, ausgebrochener Stellen. Vor der Waschmuschel hatte man gerade so viel Platz, dass man mit den Ellbogen nicht an die Wand beziehungsweise an die Ausgangstür anstieß und mit dem Hintern nicht an die Tür der einzigen Sitzzelle. Aber immerhin gab es einen Seifenspender, der sogar etwas Seife enthielt, ein rosarotes, zähflüssiges Gemisch, das nach bulgarischer Bahnhofstoilette roch.

Meine rechte Gesichtshälfte war fast vollständig von dunkelvioletten Blutkrusten bedeckt, wie wenn mir jemand den Schädel gespalten hätte. Sakko und Hemd waren blutverschmiert und ziemlich ruiniert, von dem ganzen Dreck, den ich nolens volens vom Boden der Bahnhofshalle und der Zelle mitgenommen hatte, ganz zu schweigen. Ich versuchte einen Teil der Blutkrusten von meiner Wange und meiner Schläfe herunterzukratzen, zog mein Sakko aus und seifte den Kragen ordentlich ein. Dann versuchte ich auch die übrigen Flecken herauszuwaschen, womit ich aber nicht wahnsinnig erfolgreich war. Zum Glück stammte das gute Stück wie fast alle meine Sachen aus dem Ausverkauf und hatte nicht viel mehr gekostet als ein Mittagessen in einem etwas besseren Restaurant.

Schließlich zog ich mein angeblutetes Hemd aus, stöpselte die Waschmuschel zu und weichte das Ganze in kaltem Seifenwasser ein. Zur Not, dachte ich, würde es reichen, auch wenn es nicht trocken wird, und zu einem Galadinner beim Bürgermeister oder beim Obmann der Wirtschaftskammer war ich heute sowieso nicht eingeladen.

Das Sakko hängte ich an der Klinke der Klotüre auf. Dann widmete ich mich meiner schwarzen Hose, die sich aber rein optisch in relativ passablem Zustand präsentierte. Nur über dem linken Knie war ein streifiges Loch, das mir neu war. Offenbar hatte ich mir die Hose aufgerissen, als ich nach dem Schlag gegen meinen Kopf auf das Pflaster der Bahnhofshalle gestürzt war.

Die zwanzig Euro, die ich Gabloner für die Putzfrau gegeben hatte, waren mein letztes Geld gewesen. Während das Sakko trocknete, überlegte ich krampfhaft, wer mich von hier abholen und nach Hause bringen würde, wenn ich ihn oder sie anriefe. Ich kam auf ein paar Exfreunde und deutlich weniger Exgeliebte, auf eine ganze Menge von Leuten, die jetzt in Wien, Innsbruck oder weiß Gott wo Versicherungen verkauften oder Buchhaltungen frisierten oder der Sozialhilfe auf der Tasche lagen, auf jeden Fall aber längst nicht mehr in Harland lebten. Ich kam auf ein paar Handvoll, nicht gerade sehr viele Klienten von mir, mit denen ich mich ausnahmsweise nicht zerkracht hatte, die aber inzwischen tot waren oder im Altersheim oder Gefängnis, was manchmal dasselbe war, oder sich auf Mallorca ihrem Tod entgegenlangweilten. Ich kam auf zwei, drei entfernte Verwandte, die mich für meschugge und ziemlich kaltherzig hielten vice versa. Ich kam auf Mira vulgo Güleser, die zwar noch immer gelegentlich halbnackt in meinen Träumen auftauchte, aber in Wirklichkeit vor einem halben Jahr mit ihrem Mann in die Gegend ihres Weinberges, irgendwo am Manhartsberg, gezogen war.

Letztlich blieb zu meiner Bestürzung nur Silvia Sladki, die seltsame Zahnarztassistentin, übrig, die mich indirekt in dieses Schlamassel gebracht hatte, aber die, beschloss ich, sollte mich in meinem derzeitigen Zustand nicht sehen. Außerdem war es keineswegs sicher, ob sie überhaupt ein Auto besaß, und ich hatte sowieso keine Telefonnummer von ihr, was das Halten meines Vorsatzes natürlich ungemein erleichterte.

Sonst kam ich auf niemanden, und das war, dachte ich, eigentlich ein verdammt guter Grund, sich Antidepressiva verschreiben zu lassen.

***

Im Oktober war bereits absehbar, dass die Budgets nicht reichen würden und die Bademeister stempeln gehen müssten. Im Oktober wurden die Boni eingefädelt und die Kündigungen des nächsten Quartals. Überhaupt war der Oktober ein Monat, in dem vielleicht sogar Faune strategisch dachten. Langsam konnte als sicher gelten, dass das Jahr wieder kein gutes werden würde, wenn auch vielleicht ein wenig besser als 1983 oder 2002. Jetzt konnte man eigentlich nur noch die Statistiken fälschen oder im Bordell eine Slowakin blutig schlagen, um sich Erleichterung zu verschaffen. In den Schrebergartenkolonien ölte man die Schlösser und holte die Planen und Vliese aus den Erdkellern. Jetzt wurden die letzten Freiluft-Vergewaltigungen zelebriert und auf den schmalen Balkonen der Plattenbauten glühten die Heizspulen der Elektrogriller ein letztes Mal auf. Wer sich nun keinen jungen Wein leisten konnte, würde im Winter mit Wodka aus dem Supermarkt vorliebnehmen müssen. In Gegenden wie Hintertupfing feierte man vielleicht Erntedankfeste, aber in einer traditionslosen, schnell gewachsenen Mittelstadt wie Harland, deren Bewohner das 20. Jahrhundert zusammengewürfelt hatte wie ein blinder Spieler, stand man doch eher auf Schaumpartys, Jahreshauptversammlungen und Möbelkauf auf Raten. Das Klima im Oktober verführte zur Harmonie. Die wenigen Selbstmörder in diesem Monat waren besonders verwirrte Gemüter, die uns dann im Winter als arme Seelen heimsuchen und unseren Kaffee und unsere Herzen bitter machen würden. Wer im Oktober litt, würde den ganzen Winter über leiden und im Frühjahr vielleicht an einem Geschwür in der Bauspeicheldrüse sterben. Bei Schlägereien auf Oktoberfesten traf es oft die Milz, die gern mal platzte und als eigentlich überflüssiges, aber fatales Organ die Arbeitsplätze von Notfallsanitätern, Chirurgen und Bestattern leidlich sicherte. Im Oktober trieben die Hoffnungen der Toren aus wie alte Kartoffeln in einem dunkel-muffigen Keller. Die weißglänzenden

Triebe würden sich aber nie in gute Erde bohren können, nur in schwarzen Winterschimmel. Im Oktober wurden keine neuen Ideen geboren und die Delogierten auf den Wohnwagenplätzen begannen sich vor dem Verwalter zu fürchten, der die Gebühren für das letzte Quartal zu kassieren versuchte. Im Oktober schliefen die blutjungen, ungewaschenen Mädchen mit alten, in teuren Düften gebadeten Männchen und spuckten ihnen post festum halbverdauten Dosen-Prosecco in die glattrasierten Gesichter. Im Oktober flogen die Defraudanten nicht auf, die Kinderschänder und die Schränker. Der Oktober drückte auf die Leistung, auch bei den Kriminesern, von den Sozialarbeitern ganz zu schweigen, die den Begriff Leistung für sich und andere sowieso strikt ablehnen würden, Habermas sei Dank. Im Oktober waren die Flohmarkthallen voll und die Kirchen leer und die Straßenkehrer saßen in ihren winzigen Besenschuppen und tranken völlig entspannt Diskontbier. Für sie war es wieder ein gutes Jahr gewesen, denn die Besen hatten sich nicht gerade stark abgenützt und nur einer von ihnen, der triefäugige Schorsch, eh ein echter Unsympathler, hatte einem Saab-Scania-Lkw die Stirn geboten. Das Schlimme, dachte ich, ist nicht so sehr, dass wir alle einmal sterben, sondern dass wir alle dort oben gemeinsam auf einer Wolke sitzen werden. Ansonsten galt, auch in Harland: Alles gerettet!

***

Ich musste eingeschlafen sein. Als ich die Augen aufschlug, blickte ich in zwei Autokolonnen, die direkt auf mich zurasten. Wenige Meter vor der Parkbank, auf der ich saß, bogen sie um fast neunzig Grad ab und schoben sich weiter Richtung Krems. Dann schaltete eine hektisch klickende Blindenampel hoch über dem Blechmeer um, und die Autoreihen, die eben noch auf mich zugefahren waren, schienen wie abgeschnitten, während sich aus der Gegenrichtung ein blecherner, stinkender Wurm heranschob, der laute, vielstimmige, mechanische Geräusche von sich gab. Jetzt konnte ich mich wieder daran erinnern, dass ich mich vor einer Minute oder einer Stunde mehr oder weniger aus Erschöpfung auf einer Sitzbank nicht weit von der Bundespolizeidirektion Harland niedergelassen hatte, die auf einem relativ schmalen Grünstreifen direkt am Europaplatz stand. Der Platz war eigentlich gar keiner, sondern der größte, von zahlreichen Ampeln geregelte Kreisverkehr Niederösterreichs, ein zweispuriges Monstrum aus den motorisierungsgeilen Sechzigerjahren mit sechs oder sieben Zu- und Abfahrten, umgeben von einem Ring von Abriss- und Brachflächen und halbleeren Büro- und Wohnhäusern aus den Siebziger- und Achtzigerjahren, da kaum jemand mehr in dieser Verkehrshölle wohnen oder arbeiten wollte. Alle Wege in Harland führten auf diesen Kreisverkehr zu und jetzt, zur Zeit der vorabendlichen Rushhour, war er mit rußenden, hustenden, stotternden Autos im Stop-and-go-Verkehr dicht gepackt wie der Bauch eines fetten Riesenkarpfens mit dem Gekröse sich windender Därme. Seltsam, dass die Stadtverwaltung auf die Idee gekommen war, gerade hier, in dieser Vorhölle, eine Sitzbank aufzustellen.

Der Endpunkt meiner Karriere, dachte ich, scheint auf dieser Bank erreicht zu sein. Ich war so weit, dass ich eigentlich nur mehr alles hinschmeißen wollte. Mein Kopf fühlte sich an wie eine Orange, mit der ein paar übermütige Burschen Fußball gespielt hatten. Ich hatte keine richtigen Fälle, mein Geschäft ging schlechter als ein Eissalon in der Antarktis. Diesmal würde mich Gabloner wahrscheinlich wirklich drankriegen und außerdem war ich so pleite, dass ich mir nicht einmal mehr ein Taxi nach Hause leisten konnte.

„Eigentlich würde ich am liebsten alles hinschmeißen“, murmelte ich.

Bisher war ich noch nicht ganz so weit gewesen, dass ich unvermutet Selbstgespräche führte, aber dieser Tag war wahrlich kein leichter gewesen.

„Wie stellen Sie sich die Hölle vor?", fragte eine uralte Stimme neben mir.

Ich setzte mich aus meiner halb Sitz-, halb Liege-Position auf der Bank auf und drehte meinen Kopf in Richtung der Stimme, die ich zunächst einmal als reine Arbeitshypothese für eine akustische Halluzination hielt.

Neben mir saß etwas, was wie die Mumie von Mick Jagger mit einer schwarzgelb gewürfelten Wolldecke um Knie und Hüften aussah und mich durch eine goldgeränderte Brille interessiert ansah. Der Mann, umwabert von durchsichtig-hellgrauen Abgasschwaden, schien mindestens hundert Jahre alt zu sein, fühlte sich aber offenbar nicht unwohl. Er steckte in einer dunkelgrünen Strickweste von guter Qualität und einem weißen, sorgsam gebügelten Hemd und trug dazu eine Western-Krawatte, also zwei dünne, geflochtene Lederschnüre, die in der Gegend seines Kehlkopfs durch ein ovales, blankpoliertes Silberschildchen mit einem ungeschliffenen Lapislazuli zusammengehalten wurden. Er hatte blaugrüne, ein klein wenig trübe, aber freundliche Augen. Alles in allem, dachte ich, sah er wahrscheinlich weit besser aus als ich in meinem momentanen Zustand.

„Mittlerweile bin ich fest davon überzeugt, dass die Hölle ein Club Méditerranée ist. Tag für Tag nur Sangria und Bier, halbanonymer Sex mit ständig wechselnden, total besoffenen Körpern, idiotische Wasserspiele und immer Musik, Musik, Musik, das heißt DJ Ötzi mit seinen Ballermann-Hits, und die Teufel, von Satan bis Beelzebub, sind gnadenlose Animateure", begann die Mumie plötzlich zu sprechen, ja loszusprudeln wie ein Bierbrunnen am Ballermann. „Die ersten dreißig Jahre wäre das ja sicher noch halbwegs lustig, jeden Tag und jede Nacht fett wie eine Haubitze zu sein und durchzugrölen, aber irgendwann begreift man dann, dass dieser Urlaub ewig dauern wird, dass es *nur* Sangria aus Plastikeimern in den Nationalfarben Spaniens zu trinken gibt oder gar nichts und *nur* diesen kehlkopfkranken

Antisänger zu hören gibt oder das Gegrunze von hundertdreizehn bekifften Düsseldorfern."

„Ungewöhnlich, die Vorstellung", meinte ich vorsichtig.

„Wie stellen Sie sich übrigens die Hölle vor?", fragte der Alte.

„Na ja, mein Leben ist derzeit die Hölle", sagte ich leise. „Eigentlich müssten Sie sich vor mir ja fürchten. Ich bin voller Blut und Dreck und komme, ehrlich gesagt, geradewegs aus dem Polizeikotter. Und unter Mordverdacht stehe ich obendrein, irgendwie jedenfalls und sowieso und überhaupt ..."

„Ich bin fünfundfünfzig Jahre lang Taxi gefahren. Ich kann Menschen einschätzen, das können Sie mir glauben. Sie sind wahrscheinlich kein Heiliger, aber andererseits sehen Sie mir auch nicht wie ein Mörder aus, durchaus nicht", antwortete der Alte fest.

„So einer aus St. Pölten soll sogar Bücher über mich schreiben. Lauter Blödsinn natürlich, woher hätte ein Frankist wie der denn schon eine Ahnung, wie es zugeht in meinem Gewerbe?", bemerkte ich. „Habe ich jedenfalls gehört. Ich selbst lese ja für gewöhnlich nur noch Speisekarten. Oder Sachen zur Fortbildung. Also etwa die Seite mit den vermischten Nachrichten zur Kleinkriminalität in den Harlander Nachrichten."

„Das glaube ich Ihnen nicht", meinte der alte Mann nur.

„Was glauben Sie mir nicht?"

„Ich lasse mich einmal in der Woche für eine Stunde hierherbringen. Wegen der Autos. Das Zimmer im Heim geht auf einen Park. Lauter kleine, eilige Leute, die ihre Hunde auf die Wiese führen. Mit der Zeit geht einem der fortdauernde Anblick dieser animalischen Ausscheidungen ganz schön auf die Nerven."

„Kann ich mir denken", meinte ich. „Sie sollten in mein Viertel ziehen. Da sehen Sie praktisch nur Feuermauern und Koloniakübel."

In der Mitte des Kreisverkehrs befand sich eine kreisrunde Wiesenfläche mit akkurat zurechtgeschnittenen Buxbaumfiguren. Ich erkannte Bambi, den Hasen Klopfer, den mächtigen Vater-Hirschen, eine Art Eule und dann noch einen größeren Buchsbaum, der von weitem an ein kopulierendes Paar erinnerte. Der Gärtner, dachte ich, ist offenbar ein Kenner und weiß, was dieser Bambi-Schreiberling sonst noch verfasst hat. Vielleicht sollte ich, überlegte ich weiter, doch einmal ein Buch dieses St. Pöltners lesen, wenn es wahr ist, dass der wirklich andauernd über mich schreibt. Nicht, dass ich auch einmal als irgendwie peinliche Buchsbaumfigur ende.

Damit hatte sich die Unterhaltung auch schon erschöpft. Ich hatte Kopfschmerzen wie nach einem Kübel Sangria auf ex, der Mann neben mir war uralt und so saßen wir beide wortlos nebeneinander auf der Parkbank und ließen uns vom Keuchen, Krächzen und Dröhnen der Motoren im Stop-and-go-Verkehr die Ohren verstopfen.

***

„Was kann ich tun, außer in den Kreisverkehr zu laufen und einem SUV die Stirn zu bieten?“, begann ich wieder zu dem uralten Mann zu sprechen.

„Sie möchten jetzt von einem, der schon so lange gelebt hat wie ich, sicherlich irgendetwas unglaublich Weises, vielleicht sogar Spirituelles hören, aber ich sage Ihnen, die ganzen Motivationsseminare sind ihr Geld nicht wert. Und die Kummernummer ist sowieso vorwiegend von neurotischen Pfarrsekretärinnen besetzt, die schon überfordert sind, wenn ihr Pudel einmal Durchfall hat. Halten Sie sich lieber an Robert Redford! Oder meinetwegen auch an Paul Newman.“

„Redford?“, fragte ich verwirrt.

Es hätte mir längst klar sein müssen, dass ich seit jeher alle Meschuggenen Harlands geradezu magisch anzog. Letzten Endes kamen sie irgendwann alle bei mir an und präsentierten mir ihre gestörten Ideen und Vorstellungen.

„Ja, Butch Cassidy and the Sundance Kid."

„An die soll ich mich halten? Wirklich? Die werden doch beide erschossen am Schluss!", gab ich Kontra. Manchen Verrückten half es, wenn man ihnen widersprach, und ich verstand mich immerhin als Philanthrop.

„Nein, der Schluss lässt das eigentlich offen. Sie müssen sich den Film einmal genau ansehen."

„Tragen Sie deshalb diese Texas-Krawatte?"

„Sie sind ein ungemein scharfer Beobachter", grinste der Alte ironisch.

„Wissen Sie denn, was für einen Beruf ich habe?", fuhr ich ihn an.

„Sie sind bekannt wie ein bunter Hund, ich kenne Sie aus der Zeitung, aus den Harlander Nachrichten, auch wenn Sie dort nicht immer gut wegkommen ..."

„Damit, das müsste Ihnen klar sein, stehe ich eigentlich auf der anderen Seite, ich meine von Redford, dem Sundance Kid."

„Ich an sich auch, aber Mitte der Sechzigerjahre ist ein Amstettner hier in Harland aufgetaucht, der scheinbar über exzellente Beziehungen zur hiesigen Wirtschaftskammer verfügte. Mit diesem Vitamin B hatte er bald acht Konzessionen in der Tasche, die damals noch unendlich schwierig zu bekommen waren. Ich hatte in der Zeit nur drei Autos und er hat mit seinen acht Taxis, alles funkelnagelneue Mercedes, systematisch meine Tarife unterboten, bis meine Wagen fast den ganzen Tag gestanden sind. Nur in der Nacht konnten wir noch ein paar Fuhren aufreißen, weil er der teuren Überstunden wegen seine Flotte nur bis 22 Uhr laufen ließ. Er hat eben konsequent Kosten gespart, damit wollte er mich in den Ruin treiben. Elf Taxis sind damals einfach zu viel für eine Stadt wie Harland gewesen, viel zu viel."

„Was haben Sie gemacht?"

„Soweit ich mich noch daran erinnern kann, habe ich ein Verhältnis mit seiner Sekretärin angefangen, die auch den Sprechfunk und vor allem die Buchhaltung für ihn gemacht hat. Eine mehr als peinliche Sache, weil ich damals bereits verheiratet war und mir an meiner Frau gelegen war. Außerdem war die Funkdame etwas eigenartig."

„Eigenartig? Inwiefern?"

„Ich musste ihr immer den Maulkorb und das Brustgeschirr und auch noch die Leine ihres Schäferhundes anlegen, der ihr eingegangen war. Ersparen Sie mir bitte weitere Einzelheiten, vor allem das dämliche Bellen während des Aktes hat mich damals enorm Nerven gekostet. Schließlich habe ich aber von ihr erfahren, dass keines seiner Taxis vollkaskoversichert war. Der Amstettner hat eben beinhart Kosten gespart, wo es nur ging", kicherte der Alte, der in Gedanken an seine einstigen Eskapaden plötzlich um zwanzig Jahre jünger aussah.

„Na ja, und inwiefern hat Ihnen das dann geholfen?", fragte ich naiv.

„Na, ich hatte damit doch freie Bahn!"

„Freie Bahn wofür?", hatte ich noch immer nicht kapiert.

„Eines Nachts bin ich mit einem Kanister in seine Garage und habe alle seine Taxis angezündet ..."

„Wow!"

„Die Kieberer haben mich natürlich am nächsten Tag umgehend eingelocht. Drei Tage lange habe ich mehr Watschen als Essen bekommen. Aber ich wusste, dass ich das aushalten muss, und ich habe es ausgehalten."

„Warum erzählen Sie mir das alles?", fragte ich und der Schmerz in meinem Kopf meldete sich wieder.

„Weil es längst verjährt ist und weil es Ihnen vielleicht hilft."

„Sie meinen also, dass ich im Falle des Falles mit harten Bandagen kämpfen soll?", fragte ich, meiner Sache nicht so sicher.

„Und wenn Sie mal irgendwo fünfzehn oder auch zwanzig Taxifahrer als Rückendeckung gebrauchen können, rufen Sie mich einfach an."

„Im Ernst? Dabei wollte ich Sie gerade um ein paar Euro für ein Taxi anschnorren, das mich nach Hause bringt."

„Ich werde in einer Viertelstunde von einem Wagen abgeholt. Natürlich wird die Firma inzwischen längst von meinem Enkel geführt, aber wir sind noch immer der Platzhirsch hier in Harland. Wenn Sie also meine Gesellschaft noch eine Zeitlang ertragen können, nehme ich Sie gern mit."

„Ganz im Gegenteil, ich genieße Sie geradezu!", beeilte ich mich zu versichern.

***

„Ich bin unendlich müde, aber ich habe heute am Kreisverkehr praktisch alle neuen Modelle gesehen. Meine Augen sind noch das Beste an mir", sagte der Alte im Fond des Taxis.

In seinen Adern, dachte ich, fließt wahrscheinlich Diesel. Nicht nur deshalb war das ein sehr ungewöhnlicher Greis.

„Sie könnten bei Gelegenheit mal im Vinzenzheim vorbeischauen und mir eine Detektivgeschichte erzählen. Früher habe ich Chandler im Original gelesen."

„Die Wirklichkeit, fürchte ich, würde Sie vielleicht langweilen", antwortete ich, „aber natürlich komme ich."

„Das sagen alle jüngeren Leute und dann stellen sie sich vor, im Heim den Tod zu riechen, und überlegen es sich."

Das Taxi hatte mit eingeschalteter Alarmblinkanlage auf der äußeren Fahrspur des Kreisverkehrs angehalten. Zwei arabisch aussehende Fahrer waren ausgestiegen und in respektvoller Haltung auf den uralten Mann im Plaid und mich zugegangen. Wortlos hatten sie ihn mitsamt der Decke hochgehoben und ins Auto getragen. Ich war dem Trio in einigem Abstand gefolgt. Im Fond des Wagens hatte mir der Greis eine Visitenkarte mit seiner Telefonnummer gegeben und sein Angebot einer etwaigen Hilfstruppe erneuert. Der

Fahrer und der Beifahrer, die wie Vater und Sohn aussahen, hatten die Angabe meiner Adresse mit Schweigen quittiert, das sie die ganze Fahrt über beibehielten.

„Es war einmal“, begann ich zu erzählen, „ein kleiner Hinterhof-Detektiv, der einen Wirt in der Nähe von Krems observierte, der im Geruch stand, Mittelsmann für Waffenschiebereien nach Kroatien zu sein. Eine heikle Sache. Der Mann hatte ein kleines Lokal neben einer Tankstelle und ich bin ihm drei Wochen lang fast Tag und Nacht im Genick gesessen. Mit allem, was die Technik zu bieten hat, inklusive Fernrohr und Richtmikrofon.“

„Und das Ergebnis?“, fragte der Alte, der sich per Visitenkarte als Kommerzialrat Klaus Sabitzer vorgestellt hatte.

„Zero. Null. Nichts. Halt das übliche Ergebnis wie, ehrlich gesagt, bei den meisten Observationen. Als Privatdetektiv brauchen Sie vor allem einen eisernen Hintern und keine Familie. Das hatte ich, aber zu Beginn der vierten Woche war ich dennoch übernächtigt und vor allem total hungrig. Also bin ich einfach bei der Tankstelle vorgefahren und habe mich in das Lokal des Schiebers geschwungen. Ich weiß auch noch, was ich dort gegessen habe. Cevapcici mit Unmengen von Paprikakraut und Pommes. Ich habe im Voraus bezahlt und ein gutes Trinkgeld gegeben, weil ich nicht wusste, wie die Geschichte enden würde.“

„Hundstrümmerl“, lachte der Kommerzialrat.

„Dann habe ich den Wirt auf die Werfermunition und die Handgranaten angesprochen, die er mutmaßlich verschoben hat, um seinen Landsleuten im Krieg beizustehen.“

„Was hat er geantwortet?“

„Er hat gesagt, dass er schon immer mal bei einer Sendung wie Versteckte Kamera mitwirken wollte, und mich im Übrigen gefragt, ob mir das Essen wenigstens geschmeckt hätte. Vorzüglich, aber bei den Portionen und den Preisen müsste er schon längst pleite sein, habe ich geantwortet. Als Wirt mache man die Kohle über die Getränke, das wisse doch ein jeder, war die patzige Antwort. Er hat mir auch noch empfohlen, mich psychiatrisch behandeln zu lassen, während er jetzt das Abendessen herrichten würde. Das Lokal war komplett leer und ich habe es ein bisschen mit der Angst zu tun bekommen, als er damit begonnen hat, unter der Theke mit irgendwelchen Utensilien herumzuhantieren. Vielleicht hatte ich ja doch ein bisschen zu heftig auf den Busch geklopft und damit zu viel Bewegung in die Sache mit den Waffen gebracht. Ich ließ mir jedenfalls nicht mehr viel Zeit mit dem Aufstehen, schlenderte aber betont harmlos-langsam zum Wagen vor dem Lokal und fuhr ihn neben eine Zapfsäule einige Meter weiter. Während ich fünfzig Liter Diesel tankte, beobachtete mich der Wirt beständig durch die Glasscheibe seines Imbisses und schrieb etwas in einen kleinen Notizblock. Bestimmt notierte er Autonummer-, -farbe und -fabrikat und wahrscheinlich auch noch die Einzelheiten meiner Bekleidung sowie meinen erheblichen Bauch- und Bizepsumfang."

„Was ist dann passiert?"

„Es wird wohl eine eher nicht existierende Nummer gewesen sein, die sich der Wirt notiert haben mochte. Gott oder meine Faulheit hatten nämlich dafür gesorgt, dass ich die Nummertafeln meines Ford Granada seit Jahren nicht mehr gewaschen hatte, so wie den ganzen Wagen, die Windschutzscheibe alle heiligen Zeiten einmal ausgenommen. Ein völlig verdreckter, grünlichbraungrauer Ford älterer Bauart, chauffiert von einem Mordslackel von Mann mit Händen so groß wie Klodeckel. Das war alles, was sich der Tschetnik aufgeschrieben haben konnte. Wir konnten ihm im Übrigen nie etwas nachweisen. Das ist es, was ich vorhin mit langweilig gemeint habe."

„Für mich war es eine gute Geschichte", sagte der Kommerzialrat und war im nächsten Moment eingeschlafen.

***

Wir fuhren hinter dem Bahnhof in meine Gasse ein, vorbei an verwitterten Fassaden, die jeden Farbton verloren hatten, leerstehenden, vernagelten Geschäften und verkrüppelten, vor der Zeit verdorrten Alleebäumen, denen scheinbar jeder Impetus fehlte, weiterleben zu wollen. Gleich nach einem ehemaligen Bordell, das Oberleutnant Gabloner voriges Jahr praktisch in seine Einzelteile zerlegen hatte lassen, kam meine Bleibe in Sicht. Das vierstöckige, abgewohnte Zinshaus aus der Gründerzeit, in dem sich seit ein paar Jahren mein Wohnbüro befand, lag zwischen einer längst geschlossenen, balkanesischen Grillstube und einer pleitegegangenen Peepshow, die jetzt einem Flohmarkttandler als Lager für seinen Kram beziehungsweise sein Diebesgut diente. Inzwischen war ich der letzte Mieter in dieser Zinskaserne, die so wie fast der gesamte Rest des heruntergekommenen Grätzels längst einer Bank gehörte. Das Projekt eines Totalabrisses für noch ein Fachmarkzentrum oder noch ein paar Bürohäuser, die keiner mehr brauchte, schlummerte nun schon seit geraumer Zeit in den Schubladen der Manager, war aber mittlerweile mangels Investoren oder potenziellen Mietern undurchführbar geworden. Trotzdem gab es in dem Haus schon seit langem keinen Hausmeister mehr, kein Licht im Stiegenhaus, keine Mülltonnen, das Haustor war defekt und ließ sich nicht mehr schließen, und manchmal fielen der Strom oder das Wasser aus, für ein paar Minuten oder ein paar Stunden. In manchen Nächten nützte die eine oder andere Asphaltblüte vom nahen Bahnhofsrevier den Hausflur als Empfangsräumlichkeit für eine schnelle Nummer mit einem eiligen Freier, in anderen Nächten war es wieder so ruhig wie im Bauch des Wracks der Titanic.

Der Jugendstil der Fassade war alt geworden. Zuletzt hatte man ihr wohl zu Zeiten des Staatsvertrages einen neuen Anstrich gegönnt. Die üppige florale Ornamentik der Fassadengestaltung war längst zu einer Gefahr für Passanten geworden, so brüchig waren die Verputz- und Mauerteile schon. Ähnlich trist präsentierte sich das Stiegenhaus, wo keiner mehr den abgebröckelten Sandstein und die Ziegelreste wegräumte. Ich war hier eingezogen, als mein Einkommen so üppig sprudelte wie ein Brunnen in der tiefsten Sahara, und daran hatte sich nichts Wesentliches geändert. Wenigstens gab diese Büroadresse potenziellen Kunden gleich einen zutreffenden Eindruck davon, wie billig ich war. Höchstens mein Dickschädel, dachte ich, könnte sie teuer zu stehen kommen. Ansonsten war ich wohl der erste Diskont-Detektiv Harlands. Anfangs hatte ich gehofft, das sei eine Marktlücke, mittlerweile war mir aber klar, dass dem nicht so war.

Als ich eben die Tür aufdrücken wollte, war der Beifahrer schon aus dem Wagen gesprungen und hielt mir den Wagenschlag auf. Der Kommerzialrat schlief friedlich mit offenem Mund. Ich hievte meinen Luxuskörper vorsichtig aus dem Fond. Als ich halbwegs gerade auf dem Asphalt stand, drückte mir der Beifahrer ein kleines Stückchen Metall in die Hand. Wortlos, wie es halt die Art des seltsamen Chauffeurpärchens war, das offenbar zur Betreuung dieses noch seltsameren Heimzöglings abgestellt war.

Als das schwarze Mercedes-Taxi leise und wie auf Schienen abfuhr, nahm ich das Metall in meiner Handfläche in Augenschein. Es war vermutlich aus Blei, eine Letter, und zwar kein Buchstabe, sondern eine Zahl, die Sechs. Mit einem Schlag fiel mir ein, dass die unglaublich prägnante Telefonnummer des größten Harlander Taxiunternehmens sechsmal die Sechs war.

Das Wetter an diesem Oktoberabend war kühl wie der Händedruck einer Windsor. Hinter einem Papierkorb am Straßenrand gebar eine wilde Katze im Dämmer blinder Fenster auf dem Straßenpflaster, das vom Tag noch etwas Restwärme gespeichert hatte, ein Junges oder gleich mehrere. Ich fühlte so etwas wie Respekt für den Mut dieser

Kreatur. Auf der Gasse hatte ich keine Menschenseele gesehen. Auch im Hausflur war niemand. Die Tür zu meinem Wohnbüro schien unberührt. Kein Attentäter, keine rätselhafte Blondine, keine Bombe, keine Sprengfalle, kein Zettel mit irgendeiner wichtigen Benachrichtigung, die keinen Aufschub duldete. Im vollgestopften Postkasten nur Werbeprospekte, aber immerhin keine Rechnung und keine Vorladung. Die Klienten liefen mir in letzter Zeit nicht gerade die Tür ein, auch mein Wartezimmer war normalerweise so leer wie eine durchschnittliche Politikerrede. Ich hielt es für gewöhnlich unverschlossen, weil es darin eh nichts zu stehlen gab, abgesehen von sechs grundsoliden, unbequemen Eichenstühlen vom Flohmarkt und einem circa zweihundert Kilo schweren, ehedem schwarzen, nun sehr abgeblätterten, also eher dalmatinerfarbenen Schreibtisch ebenfalls vom Flohmarkt, der außer unbezahlten Rechnungen, Mahnungen und Drohbriefen ersten und zweiten Grades von diversen Inkassobüros und Anwälten nur meinen Notvorrat an Mozartkugeln und Manner-Schnitten enthielt. Auf der Schreibtischunterlage lag nichts als ein in seiner Praxisferne fast schon rührendes Handbuch der Kriminalistik, das alle Teilnehmer des Handelskammerkurses für angehende Privatdetektive erhielten, und eine Schreibtischgarnitur der Sparkasse Niederösterreich Mitte West, die es beim vorvorletzten Weltspartag gratis gegeben hatte, seltsamerweise auch für Kunden, die nichts einzahlten, sondern im Gegenteil etwas abzuheben versuchten.

Die Wände hatte ich erst kürzlich mit drei alten Derrick-Plakaten neu dekoriert, die mir ein Klient an Zahlungs statt überlassen hatte. Ich wäre auch gern so erfolgreich, ja erfolgsverwöhnt, so entschlossen proper, so gründlich-tüchtig wie dieser Tappert gewesen. Der brauchte für gewöhnlich einen Verdächtigen nur etwas schärfer anzuschauen und schon sprudelte aus dem ein Geständnis heraus. Bei mir funktionierte das alles nicht so recht, die Leute, mit denen ich beruflich zu tun hatte, logen mich schon aus Prinzip an. Wenn sie etwas auf dem Kerbholz hatten, dann sowieso und vielleicht mit noch größerem Genuss. Wenn ich zum Beispiel Leute fixierte, wurden sie meistens aggressiv und versuchten mir eins über die Rübe zu ziehen. Vielleicht lag es auch nur an meinen Schlangenaugen und an meinen sehr direkten Fragen und meiner nicht gerade charmanten Art. Vielleicht auch nur an meiner Garderobe, die alles andere als en vogue war.

***

Diesmal war mein Wartezimmer keineswegs leer, sondern geradezu gut gefüllt, wenn auch nur mit einem einzigen Mann, einem riesengroßen, orangen Etwas, das auf zwei zusammengeschobenen Stühlen vor meinem Schreibtisch saß und Löcher in die Tür zu meinem Privatbereich dahinter starrte. Ich grüßte halblaut in den Rücken des riesigen Müllmannes, denn dafür hielt ich dieses Ding aus einer anderen Welt, durchmaß das Wartezimmer mit ein paar schnellen Schritten, murmelte eine Entschuldigung und sperrte rasch die Tür zu meinem Wohnbereich auf. Dort warteten ein Glas Wasser, zwei Parkemed und ein Quantum Betaisodona auf mich.

Im Vorübergehen bemerkte ich, dass der Riese in seiner orangen Allwetterkleidung leise weinte. Verblüfft drehte ich mich um, ging zwei Schritte zurück, blieb vor dem potenziellen Klienten stehen und vergaß die Schmerzen und die Schmerzmittel erst einmal: Marek Mierts Helfersyndrom.

Ich nahm die seltsame Gestalt in Augenschein. Pranken, die einer Doppel-Mega-Riesen-Pizza alle Ehre gemacht hätten. Schultern wie die Kurbelwelle eines Traktors. Ein Bauch, in den Jonas und der Wal gepasst hätten. Weißgraue Hechtzähne, die spitz zuliefen in das Innere eines schmerzlich verzerrten Mundes. Eine blutleere, nach rechts versackende Nase. Augenbrauen dünn wie die Seidenschnur, die Suleiman, der Prächtige, einst dem erfolglosen Belagerer von Wien überbringen lassen hatte. Mächtige, rotgefleckte Backenknochen. Bürstenhaarschnitt. Alles in allem ein Gesicht wie ein Werbefolder für die Fremdenlegion. Das Seltsamste war aber, dass dieses grauenhafte Gesicht nicht zum Fürchten, sondern völlig verheult und verquollen war. Ein gewisser Müll-Hautgout erfüllte das Zimmer, aber auch eine Geruchsspur nach salzigen, verzweifelten Tränen.

„Wissen Sie, was mich am meisten aufregt?“, fragte mich der Müllmann schniefend.

Da bin ich aber mal gespannt, dachte ich und antwortete vorsichtig: „Ehrlich gesagt: nein.“

Bei Leuten von solcher Statur war es angeraten, betont höflich und neutral zu sein. Man konnte ja nie wissen.

„Am meisten ärgere ich mich über die Marmeladegläser, wo noch die Marillen drinpicken. Die kann ich dann einzeln aussortieren und zum Restmüllcontainer tragen. Ist das notwendig, frage ich Sie? Wenn der Mensch nur keine solche Sau wär' ...“

Das harte Geschäft der Mülltrennung, dachte ich, nickte aber zustimmend. Sicherheitshalber.

„Die meisten Leute lesen zum Beispiel die Aufschrift ‚Nur Alu‘ als ‚Nur Alles‘ hinein. Auch eine Plastikflasche hat eigentlich beim Tetrapak nichts verloren. Plastik ist rechts, neben dem Styropor-Container, aber die Leute haben keine Augen im Kopf“, meinte der Müllmann.

„Aha“, antwortete ich.

„Wissen Sie, was mich freuen würde?“, fragte mich der Riese, dessen Tränenfluss inzwischen ins Stocken geraten, ja versiegt war.

„Eine Gehaltserhöhung?“, vermutete ich.

„Die natürlich auch, aber vor allem, wenn einmal jemand ein Bild vom Nitsch bei uns abgeben würde. So eine Sauerei! Die Frage ist, wer versaut Österreich? Der Nitsch allein kann es ja nicht sein.“

Kunstkritiker, dachte ich, ist der Bursche also auch noch, und ich muss mir den ganzen Stumpfsinn qua Detektiv anhören, obwohl ich eigentlich viel lieber eine Packung Kopfschmerztabletten nehmen und mich ins Bett legen würde, um den kleinen Rest dieses desaströsen Tages einfach zu verschlafen.

„Es ist ja alles hochinteressant, was Sie da so aus Ihrer tagtäglichen Berufspraxis erzählen, wirklich. In jeder Talkshow würde man Ihnen die Füße dafür küssen, aber könnten wir vielleicht jetzt, wenn es Ihnen nichts ausmacht, zum eigentlichen Grund Ihres Besuches bei mir kommen? Ja?"

Der orange Riese überlegte einen Moment, bis er meine Frage gänzlich verstanden hatte, dann brach es wie eine Gasexplosion aus ihm heraus: „Finden Sie meinen Pepi!!"

„Ihre Perücke?", fragte ich verwirrt.

„Nix da, meinen Vogel!"

„Also, Sie haben einen Vogel ...", ließ ich wieder einmal keinen Gag aus, aber das Mordstrumm von einem Müllmann war offenbar selbst für grobe Ironie vollkommen unempfänglich.

„Wissen Sie, er hat heute Geburtstag! Heute Morgen ist er ausgebüxt, als ich wegen seines Geburtstags den Käfig gereinigt und desinfiziert habe!"

„Der Vogel", fragte ich ungläubig, „hat heute Geburtstag?"

„Ja, seinen zweiten. Ich habe ihm auch einen Geburtstagsfutterring aus Bio-Himalaya-Hirse hineingehängt, seine Lieblingsspeise, und eine Papaya, weil der Pepi schließlich Australier ist, aber man merkt nichts Ausländisches an ihm, wenn er pfeift und auch sonst nicht."

„Na dann ...", meinte ich nur.

„Ich habe mir sogar extra freigenommen, damit wir beide, also der Pepi und ich, einen schönen Geburtstag zusammen feiern können, und jetzt ist er weg, ausgebüxt aus dem Transportkäfig, wo ich ihn hineingesetzt habe, um seine Feier vorzubereiten!", erzählte der Riese und begann wieder leise zu schluchzen.

„Schon gut“, versuchte ich den Tierfreund zu trösten.

„Was heißt gut? Was glauben Sie denn, wie lange ein Wellensittich, noch dazu ein Australier, bei uns im Freien überlebt? Bei all dem missgünstigen Raubzeug da draußen, den Raben, Elstern und Krähen und den Habichten, von den Katzen und Mardern ganz zu schweigen? Noch dazu im Oktober ... Ich habe schon die ganze Gegend abgesucht, war schon bei der Polizei und bei der Feuerwehr, aber niemand hat mich dort ernst genommen. Jedenfalls wollten sie nicht mit der großen Drehleiter ausfahren, um den Pepi in den Baumkronen zu suchen. Wenn Sie mich auch nicht ernst nehmen, dann weiß ich nicht mehr, was ich tue! In echt!“

„Wie schaut er denn eigentlich aus, der Pepi?“, beeilte ich mich zu fragen.

Der Riese langte in seine linke Jackentasche und zog ein Foto und zwei Geldscheine hervor, die er mir geradezu andächtig überreichte.

„Nicht wahr, Sie nehmen mich ernst?!“

„Wie groß sind Sie?“, fragte ich schnell.

„Zwei dreizehn.“

„Wie schwer?“

„Meine Waage hört bei hundertfünfzig auf.“

„Na, da möchte ich den sehen, der Sie nicht ernst nimmt!“

Der riesenhafte Müllmann schien definitiv erleichtert. In echt sozusagen, dachte ich.

Das Bild zeigte einen ganz gewöhnlichen, gelbgrünen Sittich, die ebenfalls grünen Banknoten zeigten irgendein historistisches Hausportal, das von zwei Titanen mit nackten Oberkörpern gestützt wurde. Ein bisschen Stahlbeton, dachte ich, hätte es auch getan.

„Ihr Pepi ist schon so gut wie gefunden! So gut wie gerettet! Das garantiere ich Ihnen!“, sagte ich frisch, fröhlich, frei, wenn auch nicht fromm, und strich das Foto und die zweihundert Euro ein.

„In echt?“

„Freilich, Ihr Problem ist schon so gut wie gelöst! Nicht verzagen, Marek Miert fragen!“

„Aber enttäuschen Sie mich nicht!“

Der Riese ballte seine erschreckend großen Fäuste und begann mit den Schultern, die fast so breit wie die Traisen waren, zu rollen.

Ich bin heute, dachte ich, schon einmal zusammengeschlagen worden, ein Dacapo überstehe ich nicht, also sollte mir etwas einfallen, und das ein bisschen dalli.

„Ich bin schließlich absoluter Spezialist für Vogelrettungen! Das weiß ein jeder! Das ist auch schon oft genug in der Zeitung gestanden!“, meinte ich ganz lässig und bemühte mich, nicht zu grinsen. „Wo kann ich Ihnen Ihren Pepi morgen vorbeibringen, wenn ich ihn gefunden habe?“

„Beim Highlander. Ich trinke dort auf Pepis Geburtstag.“

„Der Würstelstand in der Domgasse?“

„Es kann nur einen geben.“

Ich hatte nur mehr Sehnsucht nach einer Schmerztablette und einer Massage durch zehn nackte Friseusen.

***

„Ich hätte gern einen wie den da“, sagte ich zu der Verkäuferin des Zoofachgeschäftes im Einkaufszentrum Traisenpark, die in ihrem dunkelgrünen Arbeitsmantel wie eine Operationsschwester aussah, und legte das großformatige Foto von Pepi auf den Ladentisch. „Ein Männchen, bitte.“

„Das kann man bei Sittichen nicht unterscheiden, jedenfalls nicht wirklich“, antwortete die Verkäuferin achtlos.

„Wenn mein Männchen, das Sie mir hoffentlich verkaufen, plötzlich Eier legen würde, käme ich ganz schön in die Bredouille, also bemühen Sie sich bitte!“, verlangte ich.

In der Nacht hatte ich mich gefühlt, als wäre eine ganze Kathedrale über mir zusammengestürzt, während ich an einem Altar des heiligen Pantaleon, des Nothelfers gegen Kopfweh, ein Opferlicht anzündete. Sieben- oder achtmal war ich zum Kühlschrank gewandert, wo ich alle meine Medikamente lagerte, um daraus relativ wahllos irgendwelche Schmerztabletten zu entnehmen und einzuwerfen. Erst als ich in der Früh einen halben Liter Milchkaffee getrunken und nichts gegessen hatte, war es mir ein wenig besser gegangen, von den unregelmäßigen Stichen im Magen mal abgesehen. Aber immerhin hatte die Wunde nicht nachgeblutet in der Nacht und Unkraut wie ich, hatte ich gedacht, verdirbt schon nicht so schnell. Ich hatte Kaffee geschwitzt, als ich mein Wohnbüro geduscht, gekampelt und geschnäuzt verlassen hatte, wobei ich meine Füße noch ein wenig unsicher gesetzt hatte wie ein frischgebackener Engel, der zum ersten Mal über Wolken wandelt. Ich hatte mich in den Ford Granada gesetzt, hatte den ersten Gang eingekuppelt und war langsam Richtung Traisenpark gefahren.

Mein erstes und bisher einziges Haustier war eine unglaublich langweilige, griechische Landschildkröte gewesen, die schließlich unter den laufenden Rasenmäher eines Nachbarn geraten war. Nicht einmal als Kleinkind hatte ich auch nur eine einzige Träne um sie vergossen. Wenn ich das einem Psychiater erzähle, dachte ich, dauert die Therapie noch um eineinhalb Jahre länger.

Mit einer Art Schmetterlingsnetz fing die Verkäuferin einen Sittich aus einer kleinen Voliere im Laden, in der es vor gelbgrünen Vögeln nur so wimmelte, die für mich alle gleich, absolut gleich aussahen.

Außer mir war nur eine Mutter mit ihrem etwa fünfjährigen Sohnemann im Laden, der abwechselnd ein Meerschweinchen und einen Hamster würgte und sich nicht entscheiden konnte. Überall im Laden roch es nach Tierfutter und Tierkot und nach Meerschweinchenschweiß.

„Wie werden Sie ihn nennen?“, fragte mich die Verkäuferin.

„Nennen?“

„Na, den Sittich."

„Ach so. Na ja, zuerst dachte ich an so etwas wie Phönix oder Lazarus, aber jetzt glaube ich, dass es doch Pepi II. wird."

„Sonst noch etwas?", fragte die Verkäuferin. „Vielleicht ein Pärchen unserer vietnamesischen Bambusratten aus dem Anbot?"

„Ich brauche eigentlich nur noch eine neutrale Schachtel für den Vogel."

Während die Verkäuferin den Sittich in eine Pappendeckelschachtel mit Luftlöchern packte, biss das genervte Meerschweinchen zu, und zwar in einen Finger des kleinen Sadisten. Mutter und Sohn verließen daraufhin empört das Geschäft.

So ist es halt, Pepi, dachte ich, manchem wird ein Grab in den Lüften zuteil, manchem eine Kaverne im Kopf eines kindlichen Müllmanns.

Als ich die dreißig Euro für den Wiederauferstandenen auf den Ladentisch blätterte, fiel mir plötzlich ein, dass ich seit fast eineinhalb Tagen nichts mehr gegessen hatte.

***

Die einzigen größeren Touristenströme, die Harland je gestreift hatten, waren mit ihren jeweiligen Entouragen ein Papst aus dem 18. Jahrhundert und Hitler gewesen, und auch diese Besuche hatten wohl eher den Charakter von bloßen Dienstreisen gehabt, dachte ich. Auch der erst vor wenigen Jahren hochgezogene Traisenpark, das zweitgrößte Einkaufszentrum des Bundeslandes, hatte bis jetzt noch keinen Deut dazu beitragen, aus Harland eine echte Attraktion zu machen.

Eine mehrere hundert Meter lange, zweistöckige Mall, an der Dutzende Filialen der sattsam bekannten, in ganz Mittel- und Osteuropa vertretenen Ketten lagen, überbaut mit viel Glas und Stahl, Büro- und Lagerräumen, ein Einkaufszentrum, das mit massiver Durchschnittlichkeit protzte und wie es überall zu finden war von Wuppertal bis Cluj-Napoca.

In der „Oase“, einem Restaurant schräg vis-à-vis vom Zoogeschäft die Traisenpark-Mall hinunter, das von einem Ägypter geführt wurde und sich nicht entscheiden konnte, ob es eine Pizzeria oder eine Bar war, hatte ich eine große Pizza Salami mit extradickem, amerikanischem Boden verschlungen und dann noch eine kleine Quattro Formaggi nachgeschoben, um gleich darauf zu einer doppelten Portion Tiramisu und Caffè Latte überzugehen. Ehrlich gesagt hatte ich die Käsepizza auch noch mit geriebenem Parmesan bestreut. Während Pepi II. in seiner Transportschachtel leise zu piepsen begonnen hatte, waren meine Lebensgeister langsam zurückgekehrt.

„Wie haben Sie meinen Pepi so schnell gefunden?“, fragte mich der riesenhafte Müllmann ein ganz klein wenig misstrauisch. Er lehnte an der Theke des Highlander-Würstelstandes, hatte trotz der frühen Tageszeit sechs oder sieben leere Bierflaschen vor sich aufgereiht stehen und die zehnte in der Hand. Sie sah darin unglaublich winzig aus und er schien gefährlich betrunken zu sein.

„Ich habe Ihnen doch gesagt, dass ich Vogelrettungsspezialist bin!“, fabulierte ich drauflos. „Ich habe Ihren Pepi noch vor Sonnenaufgang gelockt. Mit einem speziellen Lockfutter, auf das nur Wellensittiche ansprechen. Ich will nicht allzu sehr ins Detail gehen, aber das funktioniert auf olfaktorisch-mimetischer Basis.“

Besänftigt nahm der Riese die Schachtel aus meiner Hand entgegen und riskierte einen Blick durch eines der größeren Luftlöcher.

„Pepi! Mein Pepi!“, schluchzte er auf, was sich bei der Größe seines HNO-Bereiches wie eine Trompete von Jericho anhörte.

Ich war nur heilfroh, dass der Vogel offensichtlich den Transport und die ausgiebige Pizzapause überlebt hatte.

Der ältere Standler hinter der Budel sah mich aber eher ungut an.

„Heast, was mochst du mit dem Hermann? Der reart jo wie a Schlosshund! Des ist doch net die Ort vom Hermann!"

Der Riese Hermann riss sich vom Anblick des Kartons in seiner mächtigen Linken los und streckte mir begeistert seine Rechte entgegen.

„Ein Wahnsinn, Meister, Sie sind ein Wahnsinn! Danke!"

Ich beschloss seine Pratze zu ignorieren, da ich um die Unversehrtheit meiner Handwurzelknochen fürchtete.

„Können Sie mir nicht ein bisschen etwas von dem Lockfutterzeug verkaufen? Nur für den Fall, dass der Pepi noch einmal ausbüxt!"

„Tut mir leid, aber das ist nur für zertifizierte Anwender, da muss man zuerst einen Kurs bei der Erzeugerfirma belegen. Ich habe auch unterschreiben müssen, dass ich nichts unter der Hand weggebe. Wenn ich mich nicht daran halte, können die mich mit einem Lieferstopp belegen!"

„Des is sicher so ähnlich wie mit mein Bier, i derf auch ka andere Marken verkaufen, sonst nehman sie mir den Kühlschrank wieder weg, der was gratis wor von der Brauerei", mischte sich der Standler wieder ein.

„Genau", sagte ich rasch und machte, dass ich da wegkam.

Ich war nicht gerade stolz darauf, ein derart schlichtes Gemüt wie diesen riesenhaften Straßenkehrer angeschmiert zu haben, aber andererseits war ich auch nicht unbedingt erpicht darauf, statt einer Salami-Pizza gar nichts auf den Teller zu bekommen.

***

„Ich hätte gern die Frau Sladki gesprochen, Silvia Sladki."

Die Fischhandlung in der Kremser Gasse war nur ein paar Schritte vom Würstelstand in der Domgasse entfernt. Langsam war es an der Zeit, dachte ich, sich um die Causa prima zu kümmern. Die Uhr in Gabloners Büro tickte.

„In welcher Angelegenheit?"

Die Filialleiterin der Fisch-Imbisskette trug eine grasgrüne Hose, ein knallgelbes T-Shirt mit einem orangen Schal und ein marineblaues Schiffchen auf ihrem tizianroten Haarschopf. Wahrscheinlich die übliche Firmenkleidung für das Verkaufspersonal dieser amerikanischen Kette, die sich ein meschuggener Mormone aus Utah oder ein geschäftstüchtiger Quartalssäufer aus Tennessee in den Fünfzigerjahren ausgedacht hatte, als bonbonfarben und Batman noch hochmodern waren. Von Berufs wegen, das spürte ich sofort, war die Filialleiterin eine harte Nuss. Immerhin herrschte sie über ein Imperium von zweihundertzwanzig Quadratmeter voller toter Fische und Fischgerichte in einer der besten Lagen der gut frequentierten Kremser Gasse. Nirosta und helles Holz waren die vorherrschenden Gestaltungselemente der Ladeneinrichtung, dazu jede Menge Fliesen mit kleinen, grinsenden Delphinen in einem ausgebleichten, bestenfalls hellblauen Meer. Es roch gar nicht so sehr nach Fisch, sondern nach einem dieser heftig beworbenen, amerikanischen Industrieparfüms. Ich tippte auf Orangenblüte, hergestellt auf Anilin- und Erdölbasis, garantiert krebserregend, aber wohlriechend. Allein die Monatsmiete für diesen Schuppen, schätzte ich, würde wohl das Ein- bis Zweifache meines Jahresverdienstes ausmachen.

„Privat", antwortete ich gedehnt.

„Das wird aber jetzt auf keinen Fall gehen! Wir haben gerade eine neue Lieferung bekommen!", ließ mich die Filialleiterin abblitzen.

„Schauen Sie, ich möchte in dieser Angelegenheit nicht unbedingt offiziell werden und jetzt meinen Dienstausweis zücken, Amt der Niederösterreichischen Landesregierung, Gruppe Gewerbeinspektorat, Abteilung Lebensmittelaufsicht", erwiderte ich und holte meine Brieftasche aus der Hosentasche, um darin nach einem meiner mittelprächtig gefälschten Eigenbau-Ausweise zu kramen. Der von der Landesgewerbeaufsicht, so weit konnte ich mich erinnern, war lindgrün. Ich hatte ihn im Wesentlichen aus zwei uralten Heimatscheinen meiner Großväter zusammengebastelt und er hatte genug Stempel, um Laien damit zu beeindrucken.

„Schon gar nicht möchte ich jetzt mit einer Inspektion oder gar einer amtlichen Einschau drohen", quasselte ich weiter und nestelte in meiner Brieftasche herum, „weil das turnusmäßig gar nicht vorgesehen ist bei Ihnen und weil das auch nicht mein Stil wäre. Und ein bisserl unkorrekt obendrein."

Der verflixte Ausweis war einfach nirgendwo zu finden.

„Übrigens habe ich mich noch gar nicht offiziell vorgestellt. Ingenieur Miert ist mein Name, Fachbereich Lebensmittelaufsicht, wie gesagt."

„Na, wenn das so ist", wurde die Filialleiterin endlich weich. „Dann kommen Sie gleich mal mit in unser Frischelager, da sind Sie ungestört mit dem Fräulein Sladki."

„Ich habe gleich gewusst, dass wir uns verstehen werden. Ist ja auch alles so blitzsauber in Ihrer Filiale. Wenn ich blankpolierten Nirosta sehe, beginnt mir das Herzerl vor Freude zu hüpfen, das können Sie mir glauben. Und erst diese properen, gepflegten, todschicken Uniformen! Respekt!"

„Wir bemühen uns redlich, den hohen Ansprüchen, die wir an uns selber stellen, gerecht zu werden. Das ist unsere Firmenphilosophie", strahlte die Filialleiterin und hatte längst ihr bestes, ihr offizielles Sprachkleid angelegt.

„Dessen bin ich mir gewiss", meinte ich und folgte ihr nach hinten ins Lager.

***

Außerhalb der Verkaufsräumlichkeiten war es mit dem blankpolierten Nirosta und der skandinavischen Ästhetik schnell vorbei. Ein halbdunkler, langer Flur mit abgetretenem Linoleumboden und mit Getränkekisten beidseitig fast bis an die Decke, von dem rechter Hand eine Reihe winziger Büros und Arbeitsräume, die Küche, eine Personalgarderobe und ein vollgestopftes Warenlager abgingen. In der Küche sah ich zwei winzige, ältere Frauen asiatischen Typs mit panierten Fischstücken vor einer mächtigen Fritteuse hantieren. Mir fiel auf, dass alle Türen ausgehängt waren, oder anders ausgedrückt, dass es gar keine gab. Die Filialleiterin stolzierte, sich ihrer Wichtigkeit bewusst, vor mir her und warf kurze, aber peinlich genaue Kontrollblicke in jeden der Räume.

„Ist es etwas Wichtiges, was Sie mit dem Fräulein Sladki so dringend besprechen müssen? Etwas, über das ich als Filialleiterin eigentlich auch Bescheid wissen sollte?“, fragte sie lauernd und blieb vor einer übermannsgroßen Stahltür am Ende des Ganges stehen. Neben dem Türstock hing ein dick wattierter Mantel auf einem Kleiderhaken.

„Na ja, eigentlich sollte ich ja keinesfalls darüber sprechen, aber Sie kennen doch sicher den Wettbewerb Niederösterreichische Handelsangestellte des Jahres, der vom Amt der Niederösterreichischen Landesregierung alle zwei Jahre ausgeschrieben wird.“

„Ja, natürlich!“, antwortete die Filialleiterin beflissen und nickte eifrig, obwohl ich diesen Bewerb gerade erfunden hatte.

„Nun ja, es ist eigentlich noch streng geheim, aber Frau Sladki ist wie eine ganze Reihe von Damen und Herren als Handelsangestellte des Jahres nominiert worden ...“

„Dabei ist sie nur aushilfsweise, eigentlich nur geringfügig beschäftigt ...“, murmelte die Filialleiterin.

„Das jeweilige Beschäftigungsmodell spielt an sich keine Rolle. Die Nominierungen, das sind ja Vorschläge aus der Bevölkerung, die bei uns einlangen, aber durchaus auch von namhaften Persönlichkeiten aus der Wirtschaft. Letzten Endes entscheidet dann im Dezember eine Jury, der die Frau Landesrätin präsidiert. Meine Aufgabe ist es nun, unter den Nominierten eine gewisse Vorauswahl zu treffen, durch Inspektionen vor Ort, im natürlichen, beruflichen Umfeld, wenn Sie verstehen, was ich meine. Die Frau Landesrätin soll sich ja schließlich darauf verlassen können, dass nur würdige Bewerber in die Endrunde kommen."

„Aber vorhin haben Sie den Grund Ihres Besuchs mit privat angegeben", war die Filialleiterin noch nicht gänzlich von mir und meinen Flunkereien überzeugt.

„Alles, was ich Ihnen erzählt habe, ist an sich vertraulich, geradezu streng geheim. Die Kandidatinnen und Kandidaten dürfen ja nichts von diesen Vorerhebungen wissen, damit sie sich nicht darauf vorbereiten können. Wir wollen sie sozusagen überraschen", log ich munter drauflos. „Aber bei Ihnen weiß ich mein kleines Geheimnis in den besten Händen!"

***

Die kalte Luft biss in meine Lungen wie ein scharf gemachter Schäferhund in die Schuhe eines laufschwachen Einbrechers. An den Wänden klebten Schlieren weißbläulichen Raureifs, den Boden bedeckte eine feine Schicht Frostharsch, in der Fußabdrücke hin und her liefen. Auf hohen Stahlrahmenregalen mit verschiedensten Abständen zwischen den Regalplatten standen eine ganze Menge kleinerer und größerer Behälter aus Hartplastik, Stahl, Alu und so weiter, auch ganze Fässer waren darunter. Die Aufschriften und Packzettel konnte ich der allgegenwärtigen Eiskristalle wegen nicht entziffern. Manche der Behältnisse sahen aus wie beschneit, andere wiederum so, als wären sie erst vor ein paar Stunden eingekühlt worden. Ein mächtiges Aggregat surrte irgendwo im hinteren Bereich des großen Kühlraums wie ein bulgarischer Industriestaubsauger. Silvia Sladki trug eine dunkelbraune, grob gestrickte Wollmütze und einen dunklen, dick wattierten Mantel, was ihr den diskreten Charme einer erschreckend jungen Stadtpark-Sandlerin verlieh. Vor sich auf einem niedrigen Holztisch mit einer mindestens zehn Zentimeter dicken Platte hatte sie mehrere steifgefrorene Lachskörper vor sich, die sie offenbar gerade mit einem gefährlich aussehenden, blitzenden Küchenbeil in Steaks hackte. Neben ihrem rechten Bein stand ein großer blitzblauer Plastikbehälter am Boden, in den sie die Fischstücke warf.

„Ah, da schau her!“, meinte sie lakonisch, als sie meiner ansichtig wurde, und hackte offenbar voller Ärger auf mich auf einen halben Lachskörper vor ihr ein.

„Haben Sie Ihr Portemonnaie bei sich?“, fragte ich.

„Seit vor einiger Zeit ein paar Spinde aufgebrochen worden sind in der Garderobe, trage ich meine Geldbörse immer bei mir“, antwortete Silvia Sladki misstrauisch.

„Holen Sie sie heraus und leeren Sie den Inhalt einfach in meine Hand“, entgegnete ich und trat auf sie zu.

„Ist das Ihre mehr als seltsame Art zu sagen, dass Sie den Auftrag doch annehmen?“, entgegnete die Sladki und hob das Küchenbeil in Schläfenhöhe.

Die Traurigkeit von Witwen, dachte ich, kann manchmal ganz schnell in Aggressivität umschlagen, hoffentlich ist sie nicht ganz so seltsam wie gestern in der Praxis von Dr. Muratovic.

„Bingo“, meinte ich knapp. „Wenn ich jetzt aber bitten dürfte …“

Wie sich herausstellte, hatte Silvia Sladki 47 Euro und 29 Cent in ihrem Portemonnaie. Ich nahm alles an mich.

„Was hat Ihr verschwundener Freund eigentlich beruflich gemacht?“, fragte ich.

„Hören Sie, ich bin bei der Arbeit, ich kann jetzt nicht …“

„Hacken Sie ruhig Ihren Fisch weiter, aber ich muss so schnell wie möglich so viel wie möglich über Ihren Lászlo wissen!“

„Woher der plötzliche Eifer? Außerdem hat es sieben Grad minus hier drin. Das halten Sie sowieso nicht lange aus ohne Mantel", meinte sie herausfordernd.

„Lassen Sie mich einmal raten", sagte ich zu ihr. „Der Mietvertrag für die Wohnung in der Kremser Landstraße 42 ist auf Ihren Namen gelaufen. Ebenso war der Wagen auf Sie angemeldet, der Fernseher, der Computeranschluss, Strom, Wasser und Telefon, einfach alles. Oder?"

„Woher wissen Sie das?", fragte sie verblüfft.

„Ihr Lászlo hatte offenbar gute Gründe, sich bedeckt zu halten. Sehr gute Gründe, vor allem, wenn man an seinen erschossenen Doppelgänger von der Bahnhofshalle denkt ..."

„Ich glaube, ich kann mich doch freimachen und in einer Stunde etwa bei mir zu Hause sein. Eybnerstraße 38", sagte Silvia Sladki hastig.

***

Wir suchen nicht nur einen neuen Kassier, sondern auch den alten. Dieser Ein-Satz-Witz aus dem Jahre Schnee fiel mir unwillkürlich ein, als ich in der Hassack-Apotheke am Beginn der Kremser Gasse ein kleines, braunes Fläschchen Wundjod kaufte. Was hatte dieser Lászlo Zsigmund bloß am Kerbholz, dass er sich bei einer schiefen Schönheit wie dieser Sladki zwei Jahre lang verkriechen musste? Ich war inzwischen sicher, dass er noch am Leben war, denn hätte ihm jemand schon zum Zeitpunkt seines Verschwindens, also am 2. März dieses Jahres, das Lebenslicht ausgeblasen, hätte es den spektakulären Mord an seinem Doppelgänger niemals gegeben.

Vor der Apotheke lief ich leider Gottes Otto Heusler in die Hände, dem offiziösen Heimatdichter Harlands, der jedes Jahr um Unsummen einen Band mit seiner krausen Mundartlyrik in Wien drucken ließ, der sich dann aber nirgendwo verkaufen ließ. Daher trug er seine Werke am liebsten coram publico vor, indem er etwa in der Kremser Gasse unschuldige Passanten damit malträtierte. Er kannte mich, seit ich vor Jahren sein Steyr-Waffenrad wiedergefunden hatte, das er im Suff auf dem Weg vom Wagramer Feuerwehrfest zu seiner Innenstadt-Wohnung irgendwo abgestellt hatte. Seitdem musste ich seine literarische Logorrhö über mich ergehen lassen, wo immer ich ihn traf.

„Was sagen Sie zu meiner Metapher, dass der Himmel der Bildschirmschoner Gottes ist?" Er hatte mich vor der Hassack-Apotheke erspäht und war sofort rhetorisch über mich hergefallen.

„Ist das leicht eine Metapher?" fragte ich.

„Wurscht, was sagen Sie dazu?", beharrte Otto Heusler.

„Was soll ich dazu sagen?", versuchte ich mich vorsichtig aus der Affäre zu ziehen.

„Na?"

„Nett. Natürlich sehr nett."

„Nett??", kreischte er geradezu auf.

„Ah, ich wollte sagen, irgendwie genial", erwiderte ich schnell.

„Wollten Sie?"

„Wollte ich. Irgendwie schon. Aber leider muss ich jetzt noch einmal in die Apotheke."

„Haben Sie leicht etwas vergessen?"

„Ja, einen Schwangerschaftstest", log ich unverschämt, weil mir gerade nichts Besseres einfiel.

„Einen Schwangerschaftstest für Sie?"

„Nein, für meine Katze."

So fabulieren wie dieser Wald-und-Wiesen-Reimer, dachte ich, konnte ich schon lange. Das war fast eine Berufskrankheit von mir.

„Für eine Katze? In der Apotheke?"

„Genau."

Aber ein Otto Heusler ließ sich damit natürlich keineswegs abwimmeln.

„Ich wollte Sie als Experten schon lange etwas fragen. Was mache ich zum Beispiel, wenn mich ein Profiboxer in den Solarplexus schlagen will?“, wechselte er das Thema.

„Sport und Literatur, das ist sicherlich ein großer Themenkomplex, rein praktisch gesehen könnten Sie aber zum Beispiel versuchen, Ihre Bauchmuskulatur ein wenig anzuspannen.“

„Ich habe keine Bauchmuskeln. Ich habe einen Intelligenzberuf.“

Haha, dachte ich, was den seine verunglückten Gstanzln mit Intelligenz zu tun haben, weiß ich nicht. Außerdem lebt der doch sowieso seit Jahrzehnten vom Erbe zweier Tanten und kennt Arbeit, wirkliche Arbeit, nur vom Wegschauen.

„Na ja, dann sollten Sie halt anspannen, was Sie haben“, meinte ich.

„Und bei einem Schlag auf den Kopf?“

„Ein ziemlicher Schlag für einen Intelligenzler, aber jetzt muss ich wirklich. Habe die Ehre.“

Wieder in der Apotheke, begann ich die Aufschriften auf sämtlichen Kräuterteepackerln und Hämorrhoidensalben in den Regalen zu lesen, dann ließ ich mich eingehend über eine brandneue Herrenpflegeserie sowie verdauungsfördernde, entschlackende Dinkel-Hirse-Kekse beraten und kaufte schließlich noch eine kleine Schachtel Aspro. Erst dann war Otto Heusler endlich aus dem Dunstkreis der Apotheke verschwunden und ich konnte zur Tiefgarage am Rathausplatz gehen, wo ich den Ford Granada geparkt hatte.

***

Eybnerstraße 38 war ein winziges, ziemlich verwildertes Brachgrundstück, wohl der unverbaute, klägliche Rest eines einstigen Schrebergartens, zwischen einem wuchtigen Block von neueren Sozialwohnungen und dem verlassenen, einsturzgefährdeten Betriebsgebäude der ehemaligen Sensenschmiede „Vulkan“, wie auf einer zerbröselnden, straßenseitigen Tafel gerade noch auszumachen war.

Dichte, seit Jahrzehnten ungeschnittene Hecken und fette Efeuranken krochen über einen zerfallenden Holzzaun, über einen kaum wohnzimmergroßen Vorgarten, in den Passanten allerlei Abfall geworfen hatten, und über eine flache Holzhütte aus unbehandeltem, uraltem Holz mit Fenstern aus gelbem, durchsichtigem Hartplastik. Das Häuschen hatte nicht einmal ein richtiges Dach, sondern war nur mit Teerpappe gedeckt. Der schmale Hausgarten rund um die elende Hütte war mit Stöcken von Unkraut, wilden Sträuchern und Büschen zugewachsen. Ich war zu Besuch in Silvia Sladkis Zuhause, wo ich noch nie war und eigentlich auch nie hinwollte. Eine Hausnummer oder ein Namensschild konnte ich nirgendwo entdecken, ebenso wenig einen Briefkasten oder einen Koloniakübel. Ein nachlässig geschottertes, kurzes Wegstück führte von einem Loch im Zaun zur Eingangstür, die so morsch aussah, dass ich nicht zu klopfen wagte, sondern einfach die Klinke niederdrückte. Die Tür war unversperrt. Ich öffnete sie und stand im nächsten Augenblick in Silvia Sladkis Wohn- und Schlafzimmer. Es war vollgestopft mit drei windschiefen, altdeutschen Kleiderkästen, einem Ikea-Regal voller Taschenbücher mit bunten Rücken, einem Portable-Fernseher mit Tischantenne, einer schmalen Couch, auf der eine helle, geblümte Tagesdecke lag, und mit drei, vier Sitzgelegenheiten, die an fragile Diskont-Kamelhocker aus dem 1-Euro-Shop erinnerten, sowie einem riesenhaften, papierbedeckten Schreibtisch, dahinter in einem Lederfauteuil zusammengesunken Silvia Sladki, vor sich eine fast leere Flasche Rotwein und zwei Limonadengläser. Meine nicht sehr finanzkräftige Auftraggeberin trug einen dunkelblauen, eher schleißigen Jogginganzug und eine Art Filzpatschen. Das Licht in dieser uralten Schrebergartenhütte war gelb wie im Inneren eines vollen Honigglases.

„Ich habe schon geglaubt, Sie kommen überhaupt nicht mehr und dass Sie mir die fünfzig Euro nur herausgerissen haben, um Ihre Auslagen zu decken“, sagte Silvia Sladki vorwurfsvoll und blickte mich mit feuchten, spiegelnden Augen an.

47 Euro, 29 Cent, dachte ich, um genau zu sein.

„Es tut mir echt leid, ich bin aufgehalten worden“, entschuldigte ich mich pro forma.

„Wahrscheinlich sind Sie entsetzt über meine Behausung, aber sie kostet fast nichts, an Miete, meine ich.“ Silvia Sladki setzte sich auf und folgte meinem Blick, der das Innere ihrer Bleibe eingehend musterte. „Ich könnte sogar alles gratis haben, wenn ich ein-, zweimal die Woche die hohen Schaftstiefel – und sonst nichts – anziehen würde, die der Vermieter einmal in einem Plastiksackerl mitgebracht hat.“

„Oh“, sagte ich.

Ich probierte den Kamelhocker, der dem Schreibtisch und dem Lederfauteuil am nächsten stand. Zu meiner Überraschung hielt er meinem Kampfgewicht stand.

„Schlafen Sie jetzt mit mir?“, fragte Silvia Sladki leise.

„Tut mir leid, aber das wäre wie auf eine sitzende Ente zu schießen“, antwortete ich ruhig.

***

„Als die Zeit im Bild vorbei war und Lászlo noch immer nicht zurück war vom Zigarettenholen, bin ich ihm nachgegangen“, begann Silvia Sladki zu erzählen.

„Warum haben Sie ihn nicht zuerst einfach am Handy angerufen?“, fragte ich sofort. Die meisten Zeugenaussagen waren so konzis wie Wackelpudding. Auf jeden Fall warfen sie in der Regel mehr Fragen auf, als sie beantworteten.

„Sein Handy ist auf dem Schuhkastl im Vorzimmer gelegen. Das habe ich sofort gesehen“, antwortete sie ohne zu überlegen.

„Haben Sie nicht auch aus dem Fenster gesehen?“, fragte ich sachlich.

„Wir haben zwar im sechsten Stock gewohnt mit einer schönen Fernsicht, aber der Balkon und die übrigen Fenster waren alle südseitig, die Kremser Landstraße mit dem einzigen Zigarettenautomaten weit und breit aber auf der östlichen Seite des Wohnblocks. Und er wollte ja Zigaretten holen!“, antwortete sie. „Eigentlich konnte man von keinem einzigen Fenster unserer Wohnhausanlage in die Kremser Landstraße sehen. Alle Fenster gehen nach Süden, Norden oder Westen, keines nach Osten“, fiel meiner Klientin noch ein.

„Ich wollte Sie nicht unterbrechen, bitte erzählen Sie weiter“, forderte ich sie auf.

„Auf den Hausfluren und im Lift habe ich niemanden getroffen. Auch auf der Straße nicht. Ich erinnere mich, dass es total still war. Es war so furchtbar still. Kein Auto, keine Passanten, kein zuklappendes Fenster, keine Musik aus einem Autoradio oder aus dem Kabinett eines Pubertierenden. Die drei Geschäfte auf unserer Seite der Straße waren schon längst geschlossen, die Auslagen dunkel. Ebenso der kleine Trödelladen und die Blumenhandlung mit dem Zigarettenautomaten davor auf der gegenüberliegenden Straßenseite. Eigentlich war es, wenn ich es mir jetzt recht überlege, totenstill. Wie ein paar Sekunden nach einer Atomexplosion“, erzählte Silvia Sladki mit leiser Stimme, der man den erheblichen Alkoholgenuss zu relativ früher Stunde keinesfalls anhörte.

„Wie spät war es da?“, hakte ich nach.

„Ein paar Minuten vor acht, glaube ich. Es war jedenfalls bereits dunkel und in dem Abschnitt der Kremser Landstraße ist nicht gerade die beste Straßenbeleuchtung.“

„Wie war das Wetter?“, fragte ich.

„Kalt, aber nicht übermäßig. Deutlich über null, vielleicht zehn oder zwölf Grad, schätze ich. Das hat man aber nicht sonderlich gespürt, weil kaum ein Wind gegangen ist. Ich hatte nur eine leichte Hausjacke übergeworfen", antwortete meine Klientin. „Ah ja, es hat leicht geregnet, eigentlich nur genieselt."

„Haben Sie vielleicht nicht doch jemanden gesehen auf der Straße? Ein Auto? Oder sonst irgendetwas?"

Praktisch alle Zeugen, dachte ich, musste man durch Zwischenfragen zu führen versuchen wie kleine Kinder. Wenn man die Leute einfach reden ließ, fingen sie beim Tausendsten an und waren beim Milliardsten noch nicht fertig und hinterher kannte sich niemand mehr aus, weder sie selbst noch der jeweilige Ermittler.

„Nein, es war, wie wenn ich der letzte Mensch auf der Erde gewesen wäre. In diesem Moment war mir klar, dass mit Lászlo irgendetwas passiert sein musste, etwas Schreckliches!" Die Stimme von Silvia Sladki hob sich mit einem Mal unangenehm, schlug einen Salto und brach dann wie ein leerer Hartplastikbecher unter dem Stiefel eines wankenden Betrunkenen. Die Anämie ihres länglichen, mageren Gesichts schien sich trotz des Honiglichts noch zu verstärken, durch ihre großen, hellen Augen, so kam es mir jedenfalls vor, konnte man direkt ins Innere eines hysterischen Anfalls sehen. Ihre langen Beine und Arme begannen mit einem Mal in einem wellenartigen Rhythmus zu zucken, wenn auch kaum wahrnehmbar.

Diese Frau, dachte ich, sehnt sich noch immer nach diesem Schweinehund von einem Magyaren, der sie völlig kommentarlos stehen lassen hat wie ein altes Möbelstück, das man selbst beim besten Willen nicht mehr gebrauchen kann. Anstatt ein neues Leben zu versuchen, engagiert sie einen Hinterhof-Detektiv wie mich, um ihr ganzes Unglück zu wiederholen und zu perpetuieren. Und ich, überlegte ich, kann gar nicht anders, als diese ganze Geschichte wahrscheinlich zu ihrem Schaden neu aufzurollen, weil mich Oberleutnant Gabloner am Haken hat und weil derzeit meine vitalen Überlebensinteressen und Silvia Sladkis selbstzerstörerische Interessen ziemlich parallel laufen. Am Ende, wenn es ganz dumm läuft, finde ich diesen Lászlo Zsigmund vielleicht auch noch, prügle ihm aus lauter Wut einen Riss in die Milz und diese blutjunge Prinzessin aus dem Schrebergarten erhängt sich womöglich unter dem Dach ihrer desaströsen Hütte.

„Nein, ich habe keine Küche hier, bevor Sie mich das auch noch fragen. Ich esse meistens auswärts, Würstelstand oder Fischhandlung. Auch mit einem Bad kann ich leider nicht dienen, ich bin drei-, viermal die Woche Stammkundin im städtischen Tröpferlbad. Und hinter dem Haus steht separat ein Plumpsklo. Verachten Sie mich jetzt, weil ich selbst mit zwei Jobs nur knapp über 850 Euro verdiene?“, sagte Silvia Sladki mit einer belegt-traurigen Stimme wie Prinzessin Diana, wenn sie irgendwo in Afrika den Armstumpf eines jugendlichen Minenopfers für die Fotografen betätschelt hatte. Ansonsten hatte sie sich wieder einigermaßen gefangen, nur ihr linkes Bein zuckte noch ein bisschen, wenn auch in einem längeren Intervall.

„Wenn Sie wüssten, wie ich wohne.“

„Ist das jetzt eine Einladung?“, fragte die Sladki und ihr verzweifelter Versuch eines einladend-erotischen Lächelns ging ziemlich schief.

„Sie müssen mich nicht andauernd zu verführen versuchen. Wirklich nicht. Ich finde Ihren Lászlo schon, auch wenn Sie mich nicht angemessen, das heißt mit meinem vollen Tagessatz dafür honorieren können. Das ist ein Versprechen!“, nahm ich den Mund ganz schön voll.

In Wirklichkeit fand ich so manches Mal nicht einmal meine Autoschlüssel, mein Handy und meine Gelassenheit, von so essentiellen Dingen wie einem materiell gesicherten Platz in der Gesellschaft, einer zuverlässig heizbaren Wohnung oder einem neuen und vor allem bezahlbaren Auto ganz zu schweigen.

„Soll ich noch eine Flasche holen?", fragte Silvia Sladki. Dabei sah sie keineswegs so aus, als ob sie die paar Schritte zu einem der Schränke, wo sie ihren Wein haben mochte, in absehbarer Zeit schaffen würde.

„Dienst ist Dienst", antwortete ich. „Ich habe heute noch viel Arbeit vor mir. Klinkenputzen in der Kremser Landstraße 43, ob irgendwer vor mehr als sieben Monaten Ihren Lászlo gesehen hat."

Ungefähr so aussichtsreich wie bei einer von der Mafia kontrollierten Lotterie mitzuspielen. Außerdem würde ich argentinischen Rotwein niemals trinken, egal zu welcher Tages- oder Nachtzeit. Aber das sagte ich nicht.

„Und auf die Stiefelnummer stünde ich sowieso nicht und außerdem könnten Sie vom Alter her locker meine Tochter sein – damit das ein für alle Mal geklärt ist!"

„Ich hätte gern ein Grab von Lászlo, einfach einen Ort, wo ich hingehen kann, wo ich weinen kann, ohne mich dessen schämen zu müssen", antwortete Silvia Sladki unvermittelt. „Oder wenn er noch am Leben ist, möchte ich, dass Sie ihn zu mir bringen ... damit ich ihm in den Hintern treten kann. Weil er mich weggeworfen hat wie ein gebrauchtes Papiertaschentuch."

Also doch die Stiefelnummer, dachte ich. Trotzdem war ich der Meinung, dass Silvia Sladki das Recht auf einen richtigen Abschied hatte, so oder so.

„Oder ich schließe ihn in die Arme und alles wird so wie früher", setzte sie träumerisch hinzu.

„Die eine Möglichkeit ist, dass ihn irgendjemand auf der Kremser Landstraße zusammengefahren und anschließend Fahrerflucht begangen hat", überlegte ich laut.

„Aber dann hätte ich ihn doch auf der Fahrbahn finden müssen!", schluchzte Silvia Sladki auf.

„Die beste Methode, um mit Fahrerflucht durchzukommen, ist, wenn man die Leiche schnell in den Kofferraum packt und außerhalb der Stadt in irgendeinem Wäldchen, in der nächstbesten Gstätten verbuddelt. Was glauben Sie, wie viele Leute, die seit Jahren als verschwunden gelten ...“

Man kann, dachte ich, auch einen Bewusstlosen in den Kofferraum wuchten und ihn trotzdem irgendwo vergraben. Aber das sagte ich Silvia Sladki nicht, das wäre heute eindeutig zu viel für sie gewesen.

„Die andere Möglichkeit?“, fragte meine Klientin tonlos.

„Jemand war hinter ihm her und er hat sich absetzen müssen, hat sich am 2. März dieses Jahres ein neues Versteck gesucht. Für diese Theorie spricht eindeutig, dass gestern am Hauptbahnhof ein Doppelgänger von ihm erschossen worden ist. Ich werde diese Möglichkeit also als vorläufige Arbeitshypothese dem ganzen Fall zugrunde legen.“

Wie wenn es je Sinn gemacht hätte, dachte ich, einem Fall eine logische Hypothese zugrunde zu legen. In Wirklichkeit waren Ermittlungen, echte Ermittlungen, nichts als eine Fahrt auf einer Achterbahn, mit einem sturzbetrunkenen Bahnführer beziehungsweise Betreiber, unter dem man sich das Schicksal oder Gott vorzustellen hatte, und das noch dazu im üblichen Dunkel der Verhältnisse. Man musste schon Glück haben, wenn man nicht aus der Bahn geworfen wurde oder von einem Hintermann einen Sturzbach von Erbrochenem ins Genick gespien bekam.

„Was kann mein Lászlo denn bloß angestellt haben?“, fragte Silvia Sladki voller Angst. „Er war doch die ganze Zeit bei mir!“

„Vielleicht sind Sie beide ja Bonnie und Clyde“, scherzte ich, aber mein Scherz kam nicht besonders gut an. Meine anämische, leicht hysterische Klientin röchelte mit einem Mal schmerzhaft auf und sackte dann im Fauteuil in eine veritable Ohnmacht.

Auch das noch, dachte ich.

***

„Haben Sie mich berührt, während ich ohnmächtig war?“, fragte Silvia Sladki.

„Das wird bei Ihnen schön langsam zur Manie, was? Ich bin ein verheirateter Mann! Ein glücklich verheirateter Mann!“, log ich.

Außerdem fand ich dieses hochaufgeschossene, anämisch-hysterische Mädchen, das meine Tochter hätte sein können, ungefähr so erotisch wie ein feucht gewordenes Solettistangerl. Aber das sagte ich natürlich nicht.

„Wie lange war ich weggetreten?“, hauchte meine Klientin im Lederfauteuil.

„Nicht der Rede wert“, antwortete ich. „Kann ich Ihnen mit irgendetwas helfen? Ich hätte Aspro dabei ...“

„Eine Zigarette ...“

„Tut mir leid, ich bin Ex“, antwortete ich rasch, „Exraucher, meine ich.“

Auf meiner Zungenspitze fühlte ich, obwohl ich vor vielen Jahren damit aufgehört hatte, kurz und punktuell den Geschmack von Rauch, von süß-bitterem Tabakrauch meiner einst bevorzugten Marke.

„Im ersten Kasten bei der Tür. Links am Boden. Da müssen auch Zündhölzer und ein Aschenbecher sein.“

Ich erhob mich mit einem dezent knirschenden rechten Knie von dem relativ niedrigen Hocker und stapfte in den hinteren Bereich der Hütte. Der genannte Kasten war unverschlossen und enthielt jede Menge Männerkleidung, wie ich mit einem schnellen Blick feststellte. Gute Anzüge, Mäntel und jede Menge Hemden. Die Sachen sahen teuer aus, obwohl ich keine Labels erkannte.

Das Rauchwerk, ein angebrochenes Päckchen Marlboro Light, Zünder und ein gläserner Aschenbecher mit der Aufschrift der lokalen Raiffeisenkasse, lag auf einem kleinen Tablett aus glanzpoliertem Stahl. Vorsichtig trug ich das Ganze zu meiner Klientin und stellte es vor ihr auf den

Schreibtisch. Mein Unterarm zitterte dabei so dezent, dass nur ich es merkte.

Miert, die wollte dich mit frischem Atem verführen, dachte ich, nicht mit einem Mündchen voller Rauch; wenn die wüsste, wie furchtbar gern ich diesen Nikotinbrodem, diesen Teergestank immer riechen werde. Einmal süchtig, immer süchtig.

Silvia Sladki griff hastig nach dem Päckchen und zündete sich eine an.

„Was ist Ihre Sucht?", fragte sie unvermutet.

„Manner-Schnitten und doppelte Portionen. Und früher einmal die Gerechtigkeit, aber das ist lange her."

„Was halten Sie von mir – nach alldem?", fragte sie leise.

„Wir sollten besser weitermachen, wenn Sie damit einverstanden sind", antwortete ich ruhig. „Was haben Sie gemacht, als Lászlo um acht nicht auf der Kremser Landstraße zu finden war?"

„Ich bin wieder hinauf in unsere Wohnung und habe nachschauen wollen, ob er mir vielleicht ein E-Mail geschrieben hat. Man kommt auf so absurde Ideen, wenn man in Panik ist. Aber der Laptop war kaputt."

„Kaputt?", wunderte ich mich.

„Ja, er hat sich nicht einmal einschalten lassen. Danach habe ich Radio gehört, um mich nicht so allein zu fühlen. Bis Mitternacht habe ich quasi Kette geraucht und bin jede halbe Stunde noch einmal auf die Straße gegangen. Ich bin vorgelaufen bis zur Kreuzung mit der Daniel-Gran-Straße, bis zum Bahnhof, dann in die andere Richtung bis zum Krankenhaus und zur Lourdes-Kirche."

„Keine Spur von ihm?"

„Wie wenn ihn eine höhere Macht aufgesaugt hätte."

„Hat er vielleicht gelegentlich mal abendliche Lokalrunden, Zechtouren oder so etwas Ähnliches unternommen?", fragte ich vorsichtig.

„Wenn, dann nur mit mir. Er war ein sehr häuslicher Mensch, wirklich."

Das wäre ich wohl auch, dachte ich, wenn ein Teufel draußen auf mich lauerte.

„Nunc videbitis turbam, quae circumdabit me", überlegte ich laut.

„Was haben Sie gesagt?", fragte Silvia Sladki. „Was heißt das?"

„Ach nichts, ich habe nur laut gedacht, an ein altes lateinisches Kirchenlied."

„Was heißt das, was Sie da gesagt haben?", insistierte sie.

„Nun werdet ihr die Schar sehen, die mich umzingelt", sagte ich leise. „Aber ich habe wirklich nur laut überlegt, ohne jeden Belang."

„Und wenn die Welt voller Teufel wär' ..."

„Genau", meinte ich knapp.

„Er kann nicht einfach davongelaufen sein, er hat ja überhaupt nichts mitgenommen. Keinen Koffer, keine Papiere, kein Geld, keine Kreditkarte, keine Anzüge. Nur das, was er am Leib hatte, ein bisschen Kleingeld und den Haustor- und den Wohnungsschlüssel", resümierte meine Klientin, die inzwischen einen Tschick nach dem anderen rauchte.

Wenn er an diesem Abend nicht vor dem Zigarettenautomaten getötet worden ist, dachte ich, dann muss er dort von irgendjemandem abgeholt worden sein. Und er hatte es offenbar verdammt eilig. Vorausgesetzt, überlegte ich weiter, es ist mit rechten Dingen zugegangen und er ist nicht von einem außerirdischen Staubsauger in eine andere Dimension gesaugt worden, aber unter einer solch absurden Prämisse ermittle ich nicht.

„Seinen Pass hat er auch nicht mitgenommen?", fragte ich nach.

„Er hatte gar keinen."

„Keinen Reisepass?“

„Nur einen Führerschein. Den hat er dagelassen. Der war erst am nächsten Tag weg.“

„Wie bitte??“, wunderte ich mich und holte tief Luft, der ganze Zigarettenrauch roch so wunderbar.

Die Geschichte von Lászlo Zsigmund wurde dagegen immer rätselhafter.

***

Kurz nach Mitternacht hatte Silvia Sladki die allgemeine Notrufnummer der Harlander Polizei gewählt, um das Verschwinden ihres Freundes zu melden. Der diensthabende Beamte hatte ihr mit leicht ironischem Unterton geraten, bis zum Morgen zuzuwarten und ihr diverse Möglichkeiten wie Bar- und Bordellbesuch oder nächtlichen Beischlaf mit einer Nebenfrau angedeutet. Eigentlich hatte er sich schlicht und einfach geweigert, beim Verschwinden eines jüngeren, erwachsenen Mannes ohne Anzeichen einer psychischen Erkrankung oder einer etwaigen Selbstmordneigung bereits nach vier Stunden eine Vermisstenanzeige aufzunehmen. Meine Klientin hatte in dieser Nacht vom 2. auf den 3. März nicht viel geschlafen. Am frühen Morgen hatte sie sich mit kleinen, dunklen Augen und zittrigen Händen in den Volvo ihres verschwundenen Freundes gesetzt und war zum Wachzimmer am Hauptbahnhof gefahren, um die Vermisstenanzeige zu erstatten. Dort hatte man ihr nach einigem Suchen in der österreichweiten Meldedatei erklärt, dass es einen am 1. April 1978 geborenen Lászlo Zsigmund weder in der Kremser Landstraße noch in Harland noch im übrigen Bundesgebiet gebe, und das weder als Österreicher noch als Ungar noch als Pygmäe oder in sonst einer ethnisch-nationalen Form.

„Du hast offenbar ein Gespenst gebumst, Mädchen, oder irgendeinen anderen Kerl, der etwas auf dem Kerbholz hat“, hatte sie der zuständige Beamte, ein kleiner rotgesichtiger Knilch von einem Kontrollinspektor, dessen Uniformbluse über Bauch und Brust mächtig spannte, milde angelächelt, hatte sich ihre Hand gegriffen und vorgeschlagen, dass sie beide jetzt ins nahe Café Amler wechseln sollten auf einen Amaretto als kleinem Vorspiel zu einer sicherlich interessanten Vormittagsgestaltung, die zum Beispiel durchaus im ebenfalls nicht allzu weit entfernten Hotel Metropol ihren Höhepunkt finden könnte.

„Ich habe vergeblich versucht, ihn unter dem Schreibtisch zu treten, habe mich losgerissen und bin wie ferngesteuert wieder nach Hause in unsere Wohnung gefahren", erzählte Silvia Sladki. „Ich habe mich so geschämt ..."

„Für so einen miesen, kleinen Kieberer brauchen Sie sich nicht zu schämen!", versetzte ich.

„Es war alles so verwirrend, so bestürzend! Bevor mich dieser Gauch angemacht hat, hat er im Computer noch herausgefunden, dass ein Lászlo Zsigmund mit dem gleichen Geburtsdatum wie mein Lászlo 1999 nach Österreich gekommen ist und bis vor einiger Zeit in der Daniel-Gran-Straße 16 gewohnt hat. Aber vor zwei Jahren hat er sich nach Ungarn, nach Szombathely, abgemeldet."

„Ihr Freund hat offenbar die Identität eines anderen gestohlen", meinte ich.

„Aber der Führerschein ..."

„Kein Problem, fahren Sie einfach nach Wien, zum Südbahnhof oder in das Grätzel rund um das Bundeskriminalamt am Josef-Holaubek-Platz. Für ein paar hundert Euro fälschen die ihnen dort die amerikanische Unabhängigkeitserklärung, wenn Sie wollen."

„Die Wohnungstür war aufgebrochen, als ich vom Bahnhofswachzimmer nach Hause gekommen bin. Alles war durchwühlt. So ein Durcheinander habe ich bisher nur im Fernsehen gesehen, in schlechten Kriminalfilmen."

Diesem Lászlo Zsigmund, davon war ich jetzt überzeugt, war tatsächlich jemand dicht auf den Fersen gewesen. Und es war offenbar nicht gerade der Pfarrgemeinderat von Szombathely, der so große Sehnsucht nach ihm hatte.

„Was hat außer dem Führerschein noch gefehlt?", fragte ich.

„Sämtliche Bankunterlagen, die gemeinsame Kontokarte, unsere Kreditkarte und sogar unser Fotoalbum. Zu dem Zeitpunkt hatte ich nur mehr das Porträtfoto von ihm, das ich aufs Wachzimmer mitgenommen habe und das Sie eh kennen. Aber den Amaretto-Kontrollinspektor hat das Bild so was von nicht interessiert ..."

„Hat sonst noch etwas gefehlt? Was war mit dem Laptop?", fragte ich. „Ich sehe hier nämlich keinen."

„Als ich zum Wachzimmer gefahren bin, habe ich Lászlos Laptop in den Kofferraum gelegt und mitgenommen. Ich hatte die ganze Zeit das absurde Gefühl, dass er mir ein E-Mail schreiben würde, das alles erklärt! Also habe ich das Gerät noch am gleichen Tag zur ITT zum Reparieren gebracht."

„ITT?", fragte ich.

„Das ist so eine kleinere Computerfirma hier gleich ums Eck."

„Wo ist der Laptop jetzt? Er könnte enorm wichtig sein!"

„Ich habe schlicht und einfach vergessen, ihn wieder abzuholen. Als ich mich vor ungefähr zwei Wochen daran erinnert und bei ITT angerufen habe, wollten die 279 Euro plus Lagergebühr von mir."

„Das Geld hatten Sie aber nicht?", vermutete ich.

„Sehen Sie hier irgendetwas, das dreihundert Euro wert wäre?", entgegnete Silvia Sladki bitter. „Den Einbruch habe ich niemals gemeldet, weil ich nicht noch einmal blöde Angebote auf dem Wachzimmer bekommen wollte."

Erschöpft von den Fragen und Antworten, die scheinbar nirgendwohin führten, schwiegen wir eine ganze Weile.

Auf der Straße vor der ehemaligen Schrebergartenhütte waren Schritte zu hören, junge Stimmen, Geräusche, wie wenn jemand mit einer leeren Bierdose auf Asphalt Fußball spielt. Plötzlich ein scheppperndes Krachen gegen eine der honiggelben Fensterscheiben aus Hartplastik, die Silvia Sladkis Fauteuil am nächsten war.

In einer vor vielen Jahren eingedrillten, automatisierten und schnellen Bewegung griff ich zur Glock, die nicht vorhanden war, im Holster an einem Hüftgurt, die ich beide längst nicht mehr besaß, und ließ mich gleichzeitig vom Hocker gleiten, um nicht von irgendetwas getroffen zu werden, das im schlimmsten Fall aus einer Schusswaffe hätte stammen können.

„Sie brauchen nicht zu erschrecken, das war nur ein Bierblech, das sie gegen das Fenster geworfen haben. Es ist keine besonders gute Gegend hier", meinte meine Klientin, die unbeweglich wie eine magersüchtige Fitnesstrainerin auf ihrem Fauteuil sitzen geblieben war und auch sonst keinerlei merkbare Reaktion gezeigt hatte.

„Tut mir leid, ich war so lange Polizist, dass ich manchmal noch wie einer reagiere", sagte ich und stand wieder auf, während ich etwas Hausstaub von meiner Hose klopfte.

„Haben Sie auch weinende Mädchen ins nächste Hotelzimmer eingeladen?", fragte Silvia Sladki.

„Sie sind so jung, so verdammt jung. Sie sollten eine Ausbildung machen, vielleicht sogar ein Studium, damit Sie aus dieser Hütte herauskommen", versuchte ich das Thema zu wechseln.

„Wie stellen Sie sich das vor? Ich kann mir eigentlich nicht einmal meine derzeitige Lebensführung leisten geschweige denn eine berufliche Auszeit für eine Ausbildung, die vielleicht jahrelang dauert. Dabei wollte ich einmal Germanistik studieren und Deutsch unterrichten. Wissen Sie, ich lese sehr gern."

„Das ist gut“, sagte ich.

„Nichts ist gut auf dieser Welt! Nur Lászlo war es!“, hauchte Silvia Sladki.

Wie zwei ausgelaugte Liebende nach einem heftigen Akt oder einem noch heftigeren Streit schwiegen wir uns wieder eine Weile an. Dann sagte ich so neutral wie möglich: „Ich bin schon so oft von meinen Klienten hereingelegt worden, dass ich jetzt das dringende Bedürfnis verspüre, Ihre Hütte zu durchsuchen.“

„Meinetwegen“, meinte meine Klientin müde, „aber nur, wenn Sie mir aus dem dritten Kasten die einzige Flasche Wein bringen, die ich noch besitze. Und einen Flaschenöffner, por favor.“

***

Im ersten Kasten fand sich, wie vermutet, scheinbar die gesamte Garderobe Lászlo Zsigmunds. Er schien vor allem auf Tommy Hilfiger und Hugo Boss zu stehen, aber auch Benetton nicht zu verachten. Nicht schlecht für einen Typen aus Szombathely, von dem noch nicht einmal klar war, wie er seine Brötchen verdiente. Diese Frage beantworteten vielleicht fünf, sechs penibel beschriftete Ordner am Boden des Kleiderschranks, die Ausdrucke von eBay-Rechnungen enthielten, die der verschwundene Freund meiner Klientin in den letzten zwei Jahren an Kunden in Deutschland, Österreich und der Schweiz, aber auch in den USA elektronisch versandt hatte. Eine schnelle, stichprobenartige Durchsicht ergab, dass er vor allem teure Bücher verkauft hatte, uralte Schmöker, Inkunabeln und Raritäten.

In einem der älteren Rechnungsordner fand ich eingesteckt zwischen dicke Lagen Papier und in Klarsichthüllen ein paar Porno-DVDs. Den Covers nach zu schließen nichts Weltbewegendes, nur die üblichen Fessel- und Peitschenspiele, wie sie brave Bürger lieben, mit viel schwarzem Leder, Handschellen, Glitzerketten und den ach so todschicken, schwarzen Tellerkappen, die den Kopfbedeckungen der SS nachempfunden waren. Ich selbst fand diese Covers ungefähr so erotisch wie Michael Jacksons Nase.

Im zweiten Kasten fand sich die Kleidung meiner Klientin und ich verzichtete darauf, ihr an die Wäsche zu gehen. Sie würde ja nicht gerade eine Kalaschnikow unter ihren Büstenhaltern, Slips und Hemdchen versteckt haben.

Im dritten Kasten waren Haushaltssachen wie Geschirr, Besteck, Batterien, leere Tupperware-Behälter, Vasen, Gläser, ein kleines Plastik-Lavoir, Glühlampen, Schnüre, Sackerl und sonstiges Zeug wild aufeinandergeschichtet. Ich sah mich noch einmal in der Hütte um und entdeckte weder eine Waschmaschine noch einen Kühlschrank.

Silvia Sladki trank den billigen Wein wie Wasser aus ihrem Limonadenglas und rauchte dazu Kette. Mit angezogenen Beinen lag sie – mehr als sie saß – in ihrem Lederfauteuil. Ich machte zwei, drei Schritte in ihre Richtung, wedelte eine Rauchschwade mit der flachen Hand weg und griff mir ungefragt einen Stapel Papier vom Schreibtisch. Je länger ich darin las, umso mehr begriff ich, dass es sich bei den Unterlagen praktisch ausschließlich um diverses Informationsmaterial über Ungarn im Allgemeinen und Szombathely im Speziellen handelte. Prospekte, Zeitungsausrisse, Kopien aus Büchern, Ausdrucke vom Internet, Wikipedia. Es gab vielleicht, dachte ich, überhaupt keinen weiteren Österreicher, der sich so intensiv für Ungarn interessierte, das Land war einfach zu nahe und seine Bewohner uns viel zu ähnlich. Das junge Ding, dachte ich, lebt offenbar nur noch in der Vergangenheit, und jetzt beginne ich auch noch ihre Zeit mit diesem dubiosen Feschak aufzurollen. Hoffentlich bin ich nicht der, der sie einmal vom Strick schneiden muss ...

„Wovon haben Sie beide bloß gelebt die ganzen zwei Jahre lang?“, fragte ich schnell, bevor mir meine Klientin völlig in den Rausch abkippte.

„Ich arbeite schon zweieinhalb Jahre als Aushilfskraft in der Fischhandlung."

„Von so einem McJob im Handel gehen sich aber keine Hilfiger-Klamotten aus, von der Miete einer besseren Wohnung ganz zu schweigen."

„Lászlo ist am Wochenende immer auf die Flohmärkte in der Umgebung gefahren und hat Bücher billig aufgekauft."

„Und dann über eBay weiterverkauft?"

„Wir hatten jedenfalls genug Geld, obwohl ich trotzdem in der Fischhandlung geblieben bin, um nicht ganz von ihm abhängig zu sein. Wir hatten eine Hundert-Quadratmeter-Wohnung, eine große, silberne Volvo-Limousine und alle paar Monate einen Thermen-Urlaub oder wenigstens ein Wellness-Wochenende. Auch zu mir war er großzügig, unter Prada habe ich es damals nicht getan."

Die Rolle des Material Girl, fand ich, gelang ihr nicht recht überzeugend.

„Lassen Sie mich noch einmal etwas raten, ja? Lászlo hatte keinerlei Akzent und Sie haben ihn eigentlich niemals Ungarisch sprechen hören? Schon gar nicht mit einem Mitglied seiner Familie, weil Sie nämlich ein solches nie kennengelernt haben?"

„Woher wissen Sie das?", fragte sie verblüfft. „Er hat immer gesagt, dass seine Eltern bei einem Verkehrsunfall umgekommen sind. Sie wären ursprünglich aus Veszprém gewesen, dann aber nach Wien gegangen, wo er auch geboren wurde."

Der Gedanke an ihren verschwundenen Freund belebte Silvia Sladki offenbar ein wenig. Sie richtete sich im Fauteuil auf und dämpfte ihre Zigarette aus.

„Haben Sie nicht doch ein bisschen etwas zu essen zu Hause?", fragte ich wenig hoffnungsvoll, nachdem ich die Durchsuchung beendet hatte.

„Wissen Sie eigentlich, dass Ihre Manieren ziemlich zu wünschen übrig lassen? Ihr Benehmen ist schon die ganze

Zeit grauenhaft, einfach grauenhaft!", sagte die vom Schicksal gebeutelte, blutjunge Prinzessin, die meine Klientin war.

„Das ist fast schon mein Markenzeichen", bemerkte ich so trocken und uncharmant, wie es eben meine Art war.

***

Ich fuhr die Eybnerstraße ein Stück Richtung Süden und bog nach Westen in die Daniel-Gran-Straße ein. Die beiden Peepshows am Weg reizten mich nicht, eher das dazwischen liegende türkische Gasthaus, aber es war schon früher Nachmittag und ich hatte noch ein gutes Stück Arbeit vor mir.

Viel mehr war aus Silvia Sladki nicht herauszubringen gewesen. Mitten im Satz, als sie mir gerade erzählte, dass die silbergraue Volvo-Limousine geleast gewesen war, ebenso wie die Bang&Olufsen-Stereoanlage, der Flatscreen-Fernseher und der DVD-Recorder, die Waschmaschine und sogar ein Gutteil der Designer-Möbel, war sie eingeschlummert wie ein Baby mit einem Mohnschnuller. Ich hatte ihr die glimmende Zigarette aus der Hand genommen und sie vorsichtig im Aschenbecher ausgedrückt. Dann hatte ich die Tagesdecke von der Couch geholt und sie damit bis zur Hüfte zugedeckt.

Mein Beruf, hatte ich gedacht, ist alles andere als idyllisch, und man sollte immer rechtzeitig, das heißt vorzeitig, seine Hausaufgaben machen. In diesen Gedanken hatte ich vorsichtig die rechte obere Schublade von Silvia Sladkis Schreibtisch aufgeschoben. Darin hatte ich aber nur einen ungeordneten Haufen offener Rechnungen und aktueller Mahnungen entdeckt sowie die Korrespondenz mit zwei Leasingfirmen und einem Inkassobüro. Obenauf hatte ein Abzug des sattsam bekannten Porträtfotos von Lászlo Zsigmund gelegen. Ich hatte ihn stillschweigend in meine Jackentasche gesteckt. Die rechte untere Schublade war eindeutig interessanter gewesen. Zwei schwarz lackierte Minisärge aus Holz hatten sich neben allerlei Kugelschreibern,

Bleistiften und Gummiringerl überraschenderweise darin vorgefunden. Auf dem einen Sargdeckel war ein einfaches Kreuz eingeschnitten und mit weißer Farbe penibel nachgezogen, auf dem anderen die Zahl 666 in derselben Machart. Aus irgendeinem Grund hatte ich den kleinen Teufelssarg an mich genommen, er hatte gerade in meinen Hosensack gepasst. Die beiden linken Schubladen hatten hauptsächlich Kosmetika und Toilettenartikel sowie allerlei persönlichen Kram wie winzige Plüschteddybären, bemalte Kerzen und eine blutrote Rose aus Papier enthalten. Darunter hatte ich allerdings ein Steakmesser mit schwarzem Plastikgriff entdeckt, die Klinge war voll getrockneten Blutes gewesen wie in einer besonders ekelhaften CSI-Folge.

Von der Daniel-Gran-Straße bog ich in die Kremser Landstraße ein und fuhr Richtung Norden. Rechts zog bald der graugrüne Gemeindebau, Kremser Landstraße 43, an mir vorbei, die Blumenhandlung, neben deren Eingang der Zigarettenautomat montiert war, ein winziger Trödelladen mit allerlei gebrauchtem Ramsch, der Schanigarten eines Eissalons und die heruntergekommene Villa der Addams Family, ein quadratisch-wuchtiger Gründerzeit-Wohnbau, der leer zu stehen schien. Ich wendete in der Probst-Führer-Straße und fuhr noch einmal langsam zurück, um mir auch die andere Straßenseite genauer anzusehen. Die acht- oder neunstöckige Wohnhausanlage Kremser Landstraße 42, südlich davon anschließend irgendein Fetzengeschäft, die Waffenhandlung und eine Wäscherei. Alles in allem das vielleicht durchschnittlichste Straßenstück von ganz Harland. Eigentlich undenkbar, dass es vor sieben Monaten Schauplatz eines Kapitalverbrechens gewesen war, aber wenn das Böse tatsächlich banal war, dann waren es auch die Orte, an denen es sich manifestierte und seine Schlachtopfer feierte.

Ich hatte mein letztes Menthol-Taschentuch geopfert, um das Steakmesser am Griff zu fassen und aus der Schreibtischschublade herauszuheben. Da hatte ich es sofort gerochen. Nagellack. Der Schock-Effekt der blutverschmierten Klinge war eindeutig auf einen blutroten Lack zurückzuführen, das Messer schien geradezu in Terpentin gebadet worden zu sein und war nicht mehr als ein Faschingsscherzartikel.

Die Prinzessin aus der Schrebergartenhütte dürfte mir wohl die eine oder andere Kleinigkeit verschwiegen haben. Mit diesen Gedanken hatte ich mich, die eBay-Ordner unter die Achseln geklemmt, auf Zehenspitzen aus ihrem Domizil entfernt und ihr im Gehen noch süße Träume gewünscht. Eigentlich, hatte ich gedacht, bin ich ja doch ein vertrackter Romantiker, nur ist das zum Glück bisher noch niemandem aufgefallen.

***

„Kommen Sie vielleicht wegen unserem Park? Kommen Sie vom Magistrat?“, fragte die Matrone, die einen tizianroten, irgendwie seltsam gegelten Haarschopf und einen geradezu unanständig geblümten, weiten Schlafrock zur Schau trug. Sie stand unter dem Türstock ihrer Eingangstür und hieß offenbar Nemecek, wie ich der Beschriftung oberhalb der Klingel entnehmen konnte, die ich vor nicht einmal drei Sekunden gedrückt hatte.

„Na ja ...“, antwortete ich unbestimmt, was aber weitgehend ignoriert wurde, denn meine erste potenzielle Zeugin im Haus Kremser Landstraße 43, die den Türstock mehr der Breite denn der Höhe nach gut ausfüllte, redete einfach weiter auf mich ein.

„Sie kommen sicher wegen unserem Beserlpark! Denn von Erholung im Grünen kann hier doch längst keine Rede mehr sein, nicht wahr! Ich meine, für echte Österreicher! Nur mehr Albaner und Türken, Tschetschenen und Serben in unserem schönen Grün! Nur mehr Tschuschen, wie man so schön sagt! Rudelweise! Zuerst sind die an den Wochenenden eingesickert, in Gruppen, aber jetzt sind es schon ganze Großfamilien, ja Clans, die unseren Park mit Beschlag belegen! Sind wir hier in Istanbul oder was?! Von wegen Naherholung! Das hat nichts mit Ausländerfeindlichkeit zu tun, aber wenn nur mehr albanische und türkische Kampflieder gegrölt und ganze Hammel gebraten werden, ist es mit der Idylle bald vorbei!", beschwerte sich die Frau, die in ihren Fünfzigern sein mochte, bitter bei mir. Die Fenster ihrer Wohnung, das hatte ich festgestellt, gingen eindeutig auf die Kremser Landstraße und sie hätte am Abend des 2. März Lászlo Zsigmund am Zigarettenautomaten sehen können, wenn sie just in diesem Moment aus dem Fenster geblickt hätte. Aber so weit, um das zu ergründen, war ich noch lange nicht.

Ich bemerkte, dass die nackten, massigen Füße der durchaus beeindruckenden Person in einer Art Puppenschuhe aus feinem, rosarotem Samt mit je einem weißen Federbüschchen über dem Rist fast an der Fußspitze steckten, die noch dazu viel zu klein waren, und hätte beinahe laut aufgelacht.

„Ja, mit der Idylle ist es nicht immer weit her ...", sagte ich, um halt auch einmal etwas zu sagen.

„Den ganzen Tag lang nur noch türkische Musik und dieser penetrante Hammelgestank! Und die kreischenden Kinder, diese kleinen Ungeheuer, wo die sich ja wie die Meerschweinchen vermehren! Dabei ist doch Grillen in unserem Park verboten! Aber überall grillen sie, sogar unter trockenen Bäumen! Da freut man sich im Sommer, wo man wegen dem Lärm eh keine Fenster mehr aufmachen kann, schon auf den Winter, wenn der ganze Spuk ein Ende hat! Da kann doch irgendetwas nicht stimmen!"

„Ein wahres Wort, Frau Nemecek, fürwahr, in unserer Republik stimmt so manches nicht", stimmte ich ihr zu, meinte aber doch etwas ganz anderes.

„Sie sind doch vom Magistrat, nicht wahr?! So schön wie Sie reden! Warum, frage ich Sie, dürfen Ausländer alles?

Können die sich nicht anpassen? Ich meine, wir dürfen ja auch nicht alles, nicht wahr?! Ist unser Land ein Selbstbedienungsladen für Zuwanderer geworden? Ist das überhaupt noch unser Land? Oder gehört es eigentlich eh schon den Asylanten, Migranten, Negeranten und dem ganzen Multikulti-Gesindel?"

Die Beschwerdeführerin hatte eine seltsam gelbliche und großporige Gesichtshaut. Entweder sie hat etwas auf der Leber, spekulierte ich, süffelt zu viel von irgendeinem abartigen Puppenlikör oder nimmt die falschen Medikamente in Überdosis, oder ihr nichtsnutziger Neffe zieht ihr dauernd Geld aus der Tasche und sie giftet sich, oder ihr Lebensgefährte zwingt sie vor oder nach dem Geschlechtsakt, seinen Urin zu trinken, oder was weiß ich. Auch in meinem Beruf, resümierte ich, ist es ganz gut, dass man über 99,99 Prozent der Menschheit nicht allzu viel weiß. Wir alle waren halt irgendwie auch die Karikatur von uns selbst.

„Und wie es riecht in unserem kleinen Beserlpark, wo es doch keine Toilette gibt! Solche unhygienischen Zustände in einem Naherholungsgebiet mitten in der Stadt! Berge von Knochen- und Fleischresten, Fäkalien und sonstiger Unrat ziehen die Ratten an. Nach so einem balkanesischen Grillfest, sage ich Ihnen, schaut es meist grausig aus, und frühmorgens kann dann die Stadtgärtnerei ausrücken, um alles wieder halbwegs sauber zu machen – wie kommen wir Steuerzahler dazu, dass wir den Tschuschen den Putztrupp bezahlen?!"

Manchmal hatte ich das Gefühl, mein halbes Leben in schlecht belüfteten Stiegenhäusern verbracht zu haben, treppauf, treppab schurlnd, um irgendwelche Troglodyten, sprich potenzielle, aber zumeist unwillige oder sonst wie gestörte Zeugen zu befragen. Während meine erfolgreichen Kollegen Vorstandsdirektoren, Attachés oder moldawische Paten in teuren Wiener Innenstadt-Hotels beschatteten, klopfte ich in der Provinz, am Rande der zivilisierten und bewohnbaren Welt, an die zerkratzten Türen der üblichen Verlierer und ganz normalen Psychopathen. In diesen Stiegenhäusern roch es nach dem landläufigen Unglück der Sozialhilfe, nach ungewaschener Unterwäsche und behelfsmäßigen Katzenklos auf dem Balkon. Das Haus Kremser Landstraße 43 war da keine Ausnahme, obwohl es nicht einmal in einer allzu schlechten Gegend lag. Ein Gemeindebau, in den offenbar seit hundert Jahren nichts mehr investiert worden war. Schloss und Riegel der Eingangstür waren defekt, sie ließ sich ohne großen Kraftaufwand aufdrücken. Am Schwarzen Brett im Erdgeschoss nur die nicht gerade topaktuelle, aus dem Jahr 1978 datierende Mitteilung, dass Rattenköder ausgelegt worden seien und man auf seinen Hund und sein Kind – in dieser Reihenfolge – achtgeben möge. Danach schmückten zwei unter Glas gerahmte Puzzles die Wand des Stiegenhauses, eine großformatige, füllig-laszive Carmen mit rotem Kopftuch und weißem Brustansatz wie aus einer Staatsoperninszenierung der Dreißigerjahre und eine idyllische Parklandschaft mit dem goldenen Johann-Strauß-Denkmal. Und da soll noch einer sagen, dachte ich, dass es in Harland keine ernstzunehmenden Kunstschaffenden gibt. Die Jugendstil-Gangleuchte, die hier einst gehangen haben mochte, hatte ein Mieter oder die Hausverwaltung durch eine nackte Glühlampe ersetzt, die an einer kurzen, unisolierten Leitung von der Decke hing. Die grüngoldenen Jugendstilornamente an Wänden und Decke waren verblasst wie die Journale, welche die Mondlandung verkündeten oder das Ende des Zweiten Weltkrieges.

Ich hatte immer zu differenzieren versucht, wonach es in den Wohnungen hinter den Türen roch. Nach drei Tage alten Fertigpizzaresten, die im Lieferkarton auf dem Küchentisch verrotteten, nach der stillen Wut derer, die nicht mehr hatten als eben diese, nach Wichsen vor dem Fernseher mit der Porno-DVD, nach der Verzweiflung fünfzigjähriger Greisinnen, welche die Chancen des dritten Bildungsweges ebenso sausen ließen wie den Abwasch, nach dem Besuchseifer junger Sozialarbeiter, frisch von der Fachhochschule, und nach der Abwesenheit Gottes. Auf jeden Fall erzählten die Wohnungen schon rein olfaktorisch mehr vom Leben als jedes sozialpädagogische Seminar.

Das Foto von Lászlo Zsigmund betrachtete die Matrone in den rosa Hausschühchen zwar eingehend, sie erkannte ihn aber nicht. Ihr massives, großporig-gelbliches Gesicht blieb unbewegt, nur die Verärgerung über die Grillereien ihrer ausländischen Grätzelnachbarn war darin noch abzulesen. Außerdem hätte sie Anfang März sowieso im Krankenhaus gelegen, wegen der Galle.

Ich verabschiedete mich mit einem fröhlichen Allaha Ismarladik und ließ die streitbare Dame im Schlafrock stehen, wo sie stand. Jeder schmort in seiner eigenen Hölle, ihr Dibbuk war halt ein Mordstrumm von einem gegrillten Hammel.

***

Ich hatte darauf verzichtet, an der Tür der gegenüberliegenden straßenseitigen Wohnung zu läuten, um der xenophoben Matrone keine Möglichkeit zu geben, mir eventuell Unfreundlichkeiten nachzurufen oder mir eines ihrer Puppenschühchen an den Hinterkopf zu werfen. Stattdessen war ich das Stiegenhaus hinauf in den ersten Stock gestiegen und hatte dort an die Tür der linken straßenseitigen Wohnung geklopft. Es gab keine Klingel, nur das Namensschild „Hilpert" unter dem Spion. Darunter klebte ein etwas verblasstes Playboy-Centerfold, ein Poster etwa so groß oder so klein wie die Kronen-Zeitung. Die Zellstoffvenus, eine silikonüppige Platinblonde, die auch in einer Werbeanzeige für ein Übermaß an kalifornischer Bräunungscreme posieren hätten können, hob die Arme über den Kopf und präsentierte dunkelbraun verbrannte Mega-Silikon-Brüste, die für eine junge Elefantenkuh gerade richtig dimensioniert gewesen wären. Eine Ahnung von Schweiß perlte aus den peinlich genau ausrasierten Achselhöhlen. Sie machte sich auf der Kante eines hohen, schwarzen Stuhls schmal. Die Fußspitzen erreichten gerade noch den Boden, die Beine waren nach auswärts gedreht. Der rosarote Slip hing am linken Knöchel. Ich fragte mich, ob es wirklich eine besonders gute Idee gewesen war, hier anzuklopfen.

Schon wieder so ein geiler Gauch, dachte ich unwillkürlich, als mir der Wohnungsinhaber nach kaum einer Minute öffnete und eher zaghaft einen Schritt vor die Tür auf den Gang trat. Ich sah auf ihn hinunter wie auf meinen Bauchnabel. Er war klein und verhutzelt, wie wenn er nur mit verwässerter Magermilch und Verzweiflung gesäugt worden wäre. Dafür hatte er einen hochroten, geradezu riesigen Schädel, einen richtigen Blutzer, wie man seinen Kopf im lokalen Dialekt bezeichnen würde. Er trug einen rot-weißen Trainingsanzug mit der Aufschrift „Bundessportzentrum Lindabrunn“ und wippte lässig in den Knien. Fernsehsportler, dachte ich, und unsicher wie ein zweibeiniger Tisch.

Im Übrigen hatte ich keinerlei Lust mehr auf irgendeine ausgedehnte Konversation und hielt ihm ohne jede Erklärung das Foto von Lászlo Zsigmund vor die Nase.

„Kennen Sie den vielleicht?“, fragte ich.

„Da müsste ich mir erst meine Brille holen“, antwortete der Mieter mit der überaus gelungenen Türdekoration.

„Dann tun Sie das“, kommandierte ich quasi, und der rote Blutzer verschwand flugs hinter der Tür, die sich hinter ihm wieder schloss.

Das war’s dann wohl, dachte ich, der kommt nicht wieder aus seiner Wohnhöhle heraus. Ich überlegte, ob ich noch ein Weilchen stehen bleiben oder gleich die nächste Wohnungstür angehen sollte.

„Bei der Nemecek waren Sie heute auch schon, nicht wahr?“, ließ sich der Mieter hinter der Tür vernehmen.

„Genau."

„Steckt eine Erbschaft dahinter oder sind Sie vom Magistrat?", fragte er vorsichtig durch die Tür hindurch.

„Weder noch."

„Treiben Sie Schulden ein oder sind Sie von der Polizei?"

„Weder noch."

„Ist der Mann, den Sie suchen, ein Freund von Ihnen oder wollen Sie ihm etwas antun?"

„Weder noch."

Manchmal bin ich eben so, wie ich bin, dachte ich; für diesen Gauch werde ich meinen Charakter schon gar nicht ändern.

„Was wollen Sie dann von ihm?", fragte der kleine Mann hinter der Tür.

Gute Frage, dachte ich.

„Ich will ihn nur finden", antwortete ich und schob eine Visitenkarte unter dem Türspalt durch.

„Ihre Türdekoration hat was. Besser jedenfalls als irgend so ein Puzzle", versuchte ich mich mangels einer besseren Strategie nun doch in Konversation.

„Ich kenne den Mann nicht", kam es entschieden durch die Wohnungstür.

„Sie wollten doch Ihre Lesebrille holen? Oder nicht?"

„Versuchen Sie es doch beim Steindl in der Nebenwohnung. Der sitzt den ganzen Tag am Fenster und wartet auf den Krebs", meinte der kleine Mann unwillig und etwas ängstlich zugleich.

„Worauf warten Sie denn?", fragte ich die Tür. „Auf die Auferstehung allen Fleisches, insbesondere das von Marilyn Monroe?"

„Lassen Sie mich bloß in Ruhe, ich kenne den Mann nicht und will auch nicht in irgendetwas hineingezogen werden!"

„Sie sind schon mittendrin!", fauchte ich und riss das dämliche Poster von der Tür.

Hinter der nun wieder wohlanständigen Wohnungstür rührte sich nichts.

***

„Sie warten auf den Krebs, habe ich gehört“, sagte ich, die Strategie wechselnd, zur Begrüßung, als sich mir die Tür der Nachbarwohnung öffnete.

Der Angesprochene, wohl Herr Steindl, nickte ruhig.

Ein unauffälliger Mann in den frühen Sechzigern. Er hatte schütteres, blondweißes Haar und ein längliches, schmales Gesicht voll trockener, grauer Haut. Er trug eine blau-weiße, dünne Strickweste, ein tadellos gebügeltes weißes Hemd und eine graue Hose mit scharfem Bug. Aus der Wohnung kam der Geruch nach Desinfektionsmitteln.

„Da lebt man all die Jahre, plagt sich und schuftet, spart und ist vernünftig, aber am Ende kommt der Krebs. Vor vier Jahren hat er meine Frau geholt. Immer diese Hoffnungen nach den Chemotherapien, den Operationen und am Ende doch nur der Eichensarg. Sie ist elendiglich verreckt, sage ich Ihnen, und ich konnte nichts tun, nichts. Seither bin ich nur noch rein physisch gesehen am Leben.“

„Haben Sie diesen Mann eventuell schon einmal gesehen?“, fragte ich, die traurige Suada unterbrechend, und hielt Herrn Steindl das Foto von Lászlo Zsigmund vor das Gesicht.

„Ist das wichtig für Sie?“, fragte der Mann.

„In gewisser Weise sogar lebenswichtig“, meinte ich.

„Ein Verwandter von Ihnen?“

In solchen Fällen, dachte ich, hätte Derrick einfach gesagt, dass er es sei, der hier die Fragen zu stellen habe, und die ganze Befragung wäre hübsch konstruktiv weitergegangen.

„Der Mann, den ich suche, heißt Lászlo Zsigmund, ich dagegen Marek Miert. Ich bin Privatdetektiv und …“

„Ich werde Ihnen eine Geschichte erzählen. Ob es Ihnen nun passt oder nicht“, sagte der sorgfältig gekleidete Mieter.

Auch das noch, dachte ich.

„Eine Geschichte von meiner Matura-Feier. Beziehungsweise vom Ende dieser Feier, wo fast alle schon ziemlich fett waren. Da hat mich der Leo zu einem Kampftrinken herausgefordert. Wir nannten ihn alle nur die Reblaus, weil er nicht nur mit seinen Sauftouren angab, sondern sie wahrscheinlich auch wirklich durchgezogen hatte. In jenen Jahren war Alkohol ja die einzige Droge für uns Jugendliche. Obwohl ich eigentlich nie richtig jung war. Mir wurde in Wirklichkeit schon schlecht, wenn ich ein Glas Schnaps nur ansah. Daher war ich auch das ideale Opfer für den Leo, und in dieser hirnrissigen Matura-Euphorie konnte ich mich nicht dagegen wehren. Es waren auch jede Menge Mädchen dabei, als die Wette zwischen der Reblaus und mir vereinbart, genau genommen von der Reblaus dekretiert wurde, und der Leo, also eigentlich sein Vater, hatte immerhin schon eine Abtreibung finanziert, ich dagegen war über einen verunglückten Zungenkuss mit dem Nachbarstöchterlein noch nicht hinausgekommen."

„Erinnert mich ein bisschen an meine eigene Maturafeier. Die ist am Ende auch auf das unvermeidliche Wettspeiben hinausgelaufen, im wahrsten Sinne des Wortes", bemerkte ich.

„Was mir das Leben gerettet hat, war, dass eine Großtante von mir, väterlicherseits, Zahlkellnerin beim Friedhofswirten war, wo wir die Matura abgefeiert haben, und offenbar Mitleid mit mir hatte, mit einem achtzehnjährigen Muttersöhnchen, das Alkohol so gewohnt war wie der Papst eine Ehefrau. Während dem Leo ein Stamperl Sliwowitz nach dem anderen serviert worden ist, war ab meinem zweiten nur mehr Wasser im Glas. Mein achtes war wieder Schnaps, und dann auch noch das fünfzehnte, das dreiundzwanzigste und das vierundzwanzigste. Circa ab dem dreißigsten Stamperl kann ich mich nicht mehr erinnern, ob ich Wasser oder Sliwo getrunken habe. Ich habe mich jedenfalls schon bald gefühlt wie bei einer Bauchoperation ohne Narkose."

„Und?", fragte ich.

„Leo ist schließlich auf einundfünfzig Stamperl gekommen und zwei Tage später im Krankenhaus gestorben. 4,7 Promille, Atemlähmung. Seine Eltern haben die Katze meiner Eltern vergiftet und noch Jahre danach braune Papiersäcke mit benutztem Klopapier und Kot in unseren Vorgarten geworfen. Ich habe kurz danach geheiratet und bin Sachbearbeiter bei einer Hagelversicherung geworden. Jetzt schaue ich nur mehr aus dem Fenster und warte auf den Krebs."

„Und was ist der Sinn dieser Geschichte?", fragte ich.

„Keiner. Es gibt überhaupt keinen Sinn. Nicht in diesem Leben. Nicht im nächsten. Nicht im vorherigen", meinte der alte Gymnasiast bestimmt.

„Warum haben Sie sie mir dann erzählt?"

Vielleicht sollte der Mann mich zu einem Wett-Trinken einladen, dachte ich, heute wäre mir danach.

„Weil ich die Zeit Ihrer Anwesenheit etwas ausdehnen wollte, während ich weiter auf den Krebs warte – ich kenne den Mann, den Sie suchen, nämlich nicht, ich habe ihn noch nie gesehen."

„Danke für Ihre Geschichte. Sie haben recht daran getan, nicht mit achtzehn zu sterben, trotz allem", sagte ich leise, grüßte und wandte mich zum Gehen.

***

„Mein Gott, bin ich froh ...", keuchte eine schmale, schwarz gekleidete Gestalt und zog mich am Revers meines Sakkos resolut in die Wohnung, „... dass jemand da ist!"

Ich hatte an der Tür einer straßenseitigen Wohnung im zweiten Stock geläutet, die nicht weiter auffällig war. Es war praktisch sofort geöffnet worden, vor mir stand eine winzige, schmale Frau mittleren Alters in einer schwarzen Bluse, einem schwarzen Rock, schwarzen Strümpfen und Schuhen. Sie sah verheult und blass aus, um ihren Mund und ihre Augen waren violettschwarze Ringe, eine Menge ölig-schwarzen, glatten Haares hatte sie zu einem mächtigen Schopf aufgetürmt.

Im Flur roch es nach irgendeinem Tier und nach einem schweren Parfüm. Ein Wandspiegel war komplett mit schwarzem Tüll verhüllt, auf einem Schuhkästchen stand eine schwarze Kerze, die mit schwarzen Schleifchen drapiert war. Im Wohnzimmer ein künstlicher Kamin, dessen rote Stofffetzen lustig flatterten, eine derangierte Sitzgarnitur mit einem scheußlichen violetten Muster, das wahrscheinlich einem schizophrenen Koreaner oder einem Computer aus Milwaukee eingefallen war, ein schmiedeeisernes Couchtischchen und die übliche Verbauung aus Mahagoni mit dem Hausaltar, dem Flatscreen-Fernseher.

Auf einem Beistelltischchen in der Fensterecke standen sechs oder sieben brennende schwarze Kerzen ordentlich auf kleinen Untertellern. Sie verströmten einen süßlichabartigen Geruch, der mich an einen Komposthaufen erinnerte, in dem gerade ein halber Moschusochse verfaulte.

„Mein Schorschi! Siebzehn Jahre lang haben wir Tisch und Bett geteilt! Siebzehn schöne Jahre!“, schluchzte die winzige Witwe und ließ endlich mein Sakko los.

„Mcin Beileid!“, sagte ich förmlich.

„Schwarzgrüner indischer Marmor aus Madras. Die Grabinschrift Platin. Sechs Sargträger und Rosen und sein Lieblingslied.“

„Sein Lieblingslied?“

„Ja, ‚Jenseits der Träume‘ von Simone. Das hat er so geliebt!“

Jessas, dachte ich, das ist doch keine Musik, das ist bestenfalls akustische Umweltverschmutzung von diesem Herzogenburger Baumeistertöchterlein, das klingt wie ein Wuppertaler Travestiekünstler, dem durch einen ärztlichen Kunstfehler eineinhalb Glöckchen weggeschnippelt worden sind.

„Sie hat mir auch ganz lieb kondoliert.“

„Simone? Hat Ihnen kondoliert? Sie haben Simone engagiert für das Begräbnis?", fragte ich bass erstaunt.

„Ich habe meine Lebensversicherung dafür aufgelöst! Schorschi hätte das sicher so gewollt", schluchzte die Witwe leise.

Unter diesen Umständen würde das wahrscheinlich eine eher aufreibende, langwierige Zeugenbefragung werden, dachte ich und ließ mich in einen Fauteuil niedersinken, ohne die Wohnungsinhaberin vorher groß um Erlaubnis zu fragen. Wenn die mir jetzt Schorschis Lieblingslied vorspielt oder – noch schlimmer – vorsingt, gehe ich wieder, ohne Lászlo Zsigmunds Foto vorgezeigt zu haben. Jenseits der Träume war nur der Tod.

„Der Arzt hatte ihm schon vor Jahren eine strenge Diät verordnet, aber ich habe mich einfach nicht zurückhalten können und habe ihm immer wieder Leckerlis gegeben!", heulte die winzige Witwe auf.

„Leckerlis?", fragte ich verwirrt.

„Ja, ich bin schuld an seinem Tod! Ich habe ihn zu Tode gefüttert!", schluchzte Schorschis Witwe.

„Gefüttert?", verstand ich die Welt nicht mehr.

Auf dem Couchtischchen, dessen Platte aus rauchgelbem Glas war, lagen penibel nebeneinander aufgereiht drei sonderbare Gegenstände. Ein silbrig glänzender, metallener Schuhlöffel mit einem etwa vierzig Zentimeter langen Schaft aus geflochtenem Leder, eine hölzerne Haarbürste mit dichten Borsten aus ganz dünnen Metallstiften und eine klassische Reitgerte mit einem kleinen, schwarzen Lederfleck an der Spitze.

Die noch immer leise schluchzende Witwe hatte mir den Rücken zugedreht, war an den künstlichen Kamin getreten und stützte sich mit der linken Hand an dessen Sims ab.

„Bestrafen Sie mich!", sagte sie plötzlich sehr bestimmt.

„Wie bitte?", fragte ich nunmehr völlig verwirrt.

Mit der rechten Hand, sah ich besorgt, nestelte sie am Reißverschluss ihres Rockes, der von der Hüfte bis knapp an den Oberschenkel lief.

„Bestrafen Sie mich dafür, dass ich an Schorschis Tod schuld bin! Bitte bestrafen Sie mich!"

Als der Rock gefallen war, stand sie in schwarzen Strapsen und einem ebensolchen Hüftgürtel vor mir und präsentierte mir zwei winzige Pobacken, die wie elfenbeinerne Billardkugeln aussahen.

„Der Geruch seines toten Körpers klebt noch an mir. – Prügeln Sie ihn mir heraus! Auf dem Couchtischchen ist alles vorbereitet. – Sie haben die Wahl!"

„Aber ...", keuchte ich und wuchtete mich aus dem Fauteuil hoch.

Rechts über dem Kaminsims entdeckte ich an der Wand ein gerahmtes Foto eines zottigen, schwarzbraunen Schäferhundes mit einem riesigen Hängebauch, der altersdämlich in die Kamera grinste. Darunter stand in goldenen Lettern auf den Fotokarton geprägt: Forever Schorschi.

Der Schäfer, dachte ich, hätte in die Tierkörperverwertung gehört und seine Witwe in Behandlung.

***

Das Essen war im Moment die einzige erfreuliche Sache in meinem Leben. Nach dem Auftritt mit Schorschis Witwe hatte ich noch an vier weiteren Türen des Gemeindebaues in der Kremser Landstraße 43 geläutet, aber niemand hatte mir mehr aufgemacht, obwohl ich in zwei Wohnungen Geräusche vernommen hatte. Vielleicht war hinter den beiden dünnen, furnierten Sperrholz-Türen ja gerade jemand gestorben oder hatte sich selbst geliebt oder der Fernseher lief bereits zwei Monate nonstop vor einer verfaulenden Leiche als einzigem, eher mäßig interessiertem Zuschauer. Es gab genug desperate Szenen in Harland, hatte ich gedacht und war langsam zu meinem Wagen gegangen, den ich vor der Wohnhausanlage unter einem Alleebaum, einer jungen Akazie, geparkt hatte. Mit dem Ford Granada hatte ich das „Florentin“ zwei Straßen weiter angesteuert, ein nur mäßig bekanntes und besuchtes, quasi unsichtbares Lokal an einer unsichtbaren Ecke, in der es nur viel Verkehr gab und kaum Passanten oder Flaneure. Im „Florentin“ hatte ich mir zuerst ein Eierschwammerltatar im Blätterteigherz und danach eine hübsch rosa gegrillte Flugentenbrust mit Lavendel-Schupfnudeln und Orangensauce gegönnt und das Ganze mit einem Brombeersorbet abgeschlossen. Dazu hatte ich ein Vierterl vom roten Hauswein getrunken, der allerdings ein bisschen dünn gewesen war und von der Farbe eher an ein sommergespritztes Himbeerkracherl erinnert hatte als an richtigen Wein.

Es gab ein gerahmtes Riesenposter mit irgendeiner mediterranen Landschaft mit schwefelgelb besonnten Hängen, ein paar schmucklose Resopalplatten-Tische und eine altdeutsche Eichen-Bestuhlung, einen älteren, gelangweilten Kellner, den Koch und mich. Dieses Lokal, dachte ich, war genauso am Ende wie ich. Es war der Abend eines Tages, der wie eine tote Schwalbe gewesen war, und ich hatte noch immer keine Spur von Lászlo Zsigmund, keinen Hinweis auf seinen jetzigen Aufenthaltsort, kein Lebenszeichen und keinen Todesbeweis, ich hatte nichts außer Oberleutnant Gabloner im Nacken, meinen höchstpersönlichen Dibbuk. Weil der Mensch sich aber auch in der Katastrophe wohlig einrichten kann, bestellte ich eine Flasche Blauen Zweigelt aus Langenlois und versuchte alles noch einmal zu überdenken, wie ich mir einredete, um den Konsum der Bouteille vor mir selbst zu rechtfertigen. Aber in Wirklichkeit gab es gar nichts zu überdenken, nichts zu resümieren, nirgends in den Geschehnissen des Tages, in den Fakten, die ich kannte, war irgendetwas versteckt, was mir weiterhelfen hätte können, es gab keinen Schlüssel, keinen Dietrich, keinen überraschenden Trick. Die Tür, durch die hindurch ich mich vielleicht hätte retten können, war fest verschlossen.

Während Derrick längst Dienstschluss hatte, in der Garderobe abgeschminkt wurde und dabei eine Pall Mall rauchte, trank ich und zermarterte mir das Hirn.

***

Meine Beziehung zu Mausl war immer schon ein wenig eigenartig gewesen. Angeblich hatten wir ja gemeinsam den Kindergarten in der Maria-Theresien-Straße und die Grillparzer-Volksschule besucht, aber ich konnte mich an ihn als Kind und als Taferlklassler überhaupt nicht erinnern. Wirklich einprägsam und fassbar wurde er meinem Langzeitgedächtnis erst, als mit fünfzehn unser monatelang geradezu akribisch geplanter Versuch, am Friedhof von Böheimkirchen zu mitternächtlicher Stunde so etwas wie eine schwarze Messe zu feiern, mangels einer schwarzen Katze und eines ebensolchen Hahnes kläglich scheiterte und schließlich damit endete, dass wir vor der dortigen Aufbahrungshalle gemeinsam eine Dose Gösser leerten. Irgendwie erleichtert über den Fehlschlag, radelten wir zu später Stunde auf der Bundesstraße nach Harland zurück und setzten uns in den legendären „Bierbrunnen" in der Wiener Straße, wobei wir die Kellnerin bei jeder Bestellung eindringlich nach nichts weniger als dem Sinn des Lebens befragten. Nach einigen Mutmacher-Krügerln wiederholten wir dieses Spiel bei sämtlichen Gästen des Lokals und waren ehrlich bestürzt, dass wir in dieser rustikal-bürgerlichen Umgebung aus Eiche, Butzenscheiben und Schmiedeeisen keine einzige sinnvolle Antwort erhielten. Das Leben der Erwachsenen schien sinnlos zu sein und der geradezu überwältigend öde eingerichtete „Bierbrunnen" ein Sinnbild dafür. Als dann schließlich um zwei Uhr früh irgend so ein Bazi bamstig wurde ob unserer monotonen Fragerei und Mausl, der zwar fast zwei Meter groß, aber dünn wie ein Bleistift war, eine Faustwatsche androhte, war ich geradezu gezwungen, dem Kerl ein Krügerl in die Visage zu dreschen. Das daraufhin sofort ausgesprochene Lokalverbot nahmen Mausl und ich erleichtert zur Kenntnis und flüchteten auf unseren Fahrrädern gerade noch rechtzeitig vor der eintreffenden Funkstreife, die der Geschäftsführer verständigt hatte, der den Sinn seines Lebens auch nicht zu benennen gewusst hatte. Damit war unser beider Bier-Periode eigentlich für immer zu Ende und die Brauereien dieser Welt gingen zweier hoffnungsvoller Kunden verlustig.

Hinter der Toilettenanlage des „Florentin" gab es einen kleinen, halbdunklen Innenhof, der vor allem der Lagerung von Getränkekisten und leeren Aluminium-Bierfässern diente. Hinter einer schwarzglänzend lackierten Stahltür war der Aufgang in den ersten Stock versteckt, den Mausl ganz allein bewohnte.

Wenn ich mich recht erinnerte, hatte Mausl in der gesamten Oberstufe keine einzige Hausübung abgeliefert. Den regulären Unterricht ließ er völlig desinteressiert über sich ergehen. Stattdessen nahm er unter der Schulbank ausrangierte Radios und Taschenrechner auseinander und baute sie wieder zusammen. Zu Hause versuchte er auf einem der ersten Heimcomputer, einem Commodore 64, einen Logarithmus, eine mathematische Prognose für den Verlauf der Evolution, zu finden oder mischte aus Unkrautsalz und Staubzucker einen ganz passablen Sprengstoff, mit dem wir eines schönen Sommertages den betonierten Gartenweg seines Großvaters wegsprengten, wobei leider ein Betonbrocken den Rauchfang des Nachbarn schwer beschädigte und ein weiterer den älteren Renault seines Vaters, der vor dem Gartenzaun geparkt war. Gott sei Dank war die Zündung der Ladungen in durchaus eleganter Weise mit einer 4,5-Volt-Batterie und zwölf Meter Kupferdraht erfolgt, was Mausl und mir wahrscheinlich das Leben gerettet hat. Aktionen wie diese führten schließlich dazu, dass ich innerhalb und außerhalb der Schule den Großteil meiner freien Zeit mit dem kühnen Sprengmeister verbrachte. Wir wurden nicht nur Freunde, sondern echte Haberer, obwohl wir eigentlich gänzlich verschieden waren. Außer für Practical Jokes begeisterte sich Mausl nämlich noch für Nietzsche, den ich damals bestenfalls für einen mittelmäßigen Schriftsteller, aber keinesfalls für einen Philosophen hielt, für das Erlernen diverser Programmiersprachen, für leicht absonderliche Teilgebiete der Mathematik wie Wahrscheinlichkeitsrechnung und Statistik, die mir höchstens Kopfsausen verursachten, und sowieso für alles, was auch nur im Entferntesten elektrisch oder elektronisch war. Für mich begann und endete die Technik mit Patschenpicken bei meinem Fahrrad und meine Abstrahierfähigkeit war nicht gerade bedeutend. Dafür zerriss ich pro Jahr drei, vier Paar Fußballschuhe, während Mausl von diesem Spiel im Besonderen, aber auch vom Sport im Allgemeinen eigentlich nur befremdet war, um es elegant auszudrücken. Den Turnunterricht in der Schule boykottierte er konsequent, indem er sich selbst massenhaft Entschuldigungen wegen allerlei Wehwehchen schrieb und mitsamt der gekonnt gefälschten Unterschrift eines seiner Elternteile vorlegte. War er doch einmal anwesend, zeichnete er sich die gesamte Turnstunde lang durch absolute Bewegungslosigkeit aus, die an einen gelähmten Zenmeister gemahnte. War er etwa bei einem schulischen Kickerl als Verteidiger eingeteilt, stand er während des gesamten Spiels regungslos am Fünfer herum und wandte sein Gesicht und die geschlossenen Augen der Sonne zu, keinesfalls aber dem gegnerischen Sturm. Als der Mittelstürmer der gegnerischen Mannschaft ihn einmal einfach umrannte, wahrscheinlich, weil er diese penetrante Bewegungslosigkeit als provozierend empfand, setzte ich dem Angreifer nach und grätschte von hinten in ihn hinein, wobei ich ihm das linke Wadenbein brach.

Als ich in den Hinterhof trat und mir einen Pfad durch die übermannshoch gestapelten Kistenberge suchte, wurde mir klar, dass ich Mausl schon seit Jahren nicht mehr gesehen hatte. Er hätte in dieser Zeit sterben können und ich hätte das Verschwinden meines ältesten und vielleicht einzigen Freundes nicht einmal bemerkt. Wie prekär sein Gesundheitszustand immer gewesen ist, war mir schon als Sechzehn-, Siebzehnjähriger bewusst. Er hatte nur eine Niere, kein Brustbein, ein komplett arhythmisches Herz und eine Lunge mit mehr Tbc-Narben als das gesamte Personal des Zauberbergs. Trotzdem war er, wenn er nicht gerade wieder einmal tagelang in einem seiner mathematisch-philosophischen Welterklärungsmodelle versank, eigentlich immer guter Dinge gewesen und hatte seinen Körper, der mit achtzehn schon einigermaßen gefährdet schien, nicht verachtet.

Ruckartig öffnete ich die Stahltür, die in ein enges, gewundenes Stiegenhaus führte, in dem es nach Rattenködern, nach Mäusekot und Rattentod und nicht zuletzt nach zu Staub zerfallendem Kalkverputz roch. Diese Treppe, dachte ich, war mittlerweile Mausls einzige reale Verbindung zur Welt. Meines Wissens hatte er seine Wohnung schon jahrelang nicht mehr verlassen.

An der Universität Wien hatte er, der bei der Musterung für untauglich erklärt worden war, einige Jahre lang eine schräge Fächerkombination aus technischer Physik, Informatik, Entwicklungspsychologie und Indogermanistik studiert, während ich das Bundesheer und anschließend die Polizeischule absolvierte. Wir verloren uns rasch und rückstandslos aus den Augen. Ende der Achtzigerjahre war er dann nach Harland zurückgekehrt, ohne Abschluss, und hatte sich zunächst als freischaffender Elektriker und Veranstaltungstechniker versucht, bis er mit dem Erstellen von Homepages für Firmen und Private zunehmend Erfolg hatte. In dieser Zeit war er mit einer grellen Parfümerie-

Verkäuferin liiert, die so gut zu ihm passte wie ein Hula-Hoop-Reifen und eine Kokosnuss zu einem Eskimo. Ich traf ihn gelegentlich in Nachtcafés und Wirtshäusern. Die alte Faszination wollte sich aber nicht mehr einstellen, wenn er stundenlang über die Strategien und Geheimnisse von Google dozierte oder erschöpfend der mehr als hypothetischen Frage nachging, welche elektronischen Geräte wohl Wittgenstein in der Harlander Mediamarkt-Filiale gekauft hätte. Als die langjährige Beziehung zu Frau Rouge-Lippenstift an einem nicht unhübschen Mediamarkt-Verkäufer zerbrach, kaufte er den ersten Stock des Florentin-Hauses und richtete sich dort eine absolut nietzscheanische Existenz ein. Leider hat er keine Schwester, dachte ich, die ihn nach seinem Tod zu einem richtigen Menschen fälschen würde. Sein Geschäft und sein Leben wickelte er nur noch elektronisch ab. Mausl, dachte ich, war eigentlich schon tot.

Ich stand unschlüssig vor seiner Wohnungstür, die über und über mit Postern von M. C. Escher, mit diesen unmöglichen Geometrien bedeckt war.

***

Ich konnte mich selbst beim besten Willen nicht mehr daran erinnern, wie Mausl im Gymnasium zu seinem Spitznamen gekommen war. Vor mir stand jedenfalls ein ellenlanger, überaus hagerer, leicht gebeugter Mensch mit einer ganzen Menge von grauschwarzen Haaren im Gesicht und auf dem Kopf, ein vollbärtiger, vollhaariger Einsiedler in einer Art schwarzem Pyjama, wie ihn japanische Vorstandsvorsitzende zu Hause tragen mochten.

„Isst du nichts, Mausl?“, fragte ich ihn statt einer Begrüßung.

„Essen? Ist das der Sinn des Lebens?“, fragte er zurück.

„Ich habe zuerst gefragt“, meinte ich besorgt. „Du schaust ja zum Erbarmen aus.“

„Bist du nur gekommen, um mich deppert zu bemuttern?“

„Nein. Eigentlich bin ich hier aufgetaucht, um dich um 279 Euro anzuhauen.“

„Was bietest du dafür, Miert?“, fragte Mausl leise.

„Das pralle Leben“, antwortete ich, „nicht mehr und nicht weniger.“

„Dafür interessiere ich mich, wie du vielleicht weißt, eigentlich am allerwenigsten, aber komm trotzdem herein in die gute Stube.“

Mausls fensterloses, halbdunkles Vorzimmer bestand eigentlich nur aus einem schmalen Gang zwischen zwei Reihen von miteinander verdrahteten Schaltkästen, Festplatten, Messkonsolen und elektronischen Geräten, die quasi ein Spalier des Computerzeitalters bildeten. Das daran anschließende, sehr große Wohnzimmer sah nicht viel anders aus, nur dass als zusätzliche Einrichtungsgegenstände rund sieben oder acht große Bildschirme, ein paar Rollsessel aus hellem Sperrholz, eine Sitzgarnitur aus altem, beigem Knautschleder, ein Couchtischchen, das etwa einen halben Meter hoch mit Taschenbüchern, Ringmappen und Papieren bedeckt war, und zwei penibel aufgeschichtete, etwa mannshohe Haufen aus gebrauchten Pizzakartons vorhanden waren. Es roch nach Frutti di mare und nach der scharfen, vielleicht ionisierten Luft, die elektrische Funken und Strom in Kupferkabeln erzeugen. In einer Ecke hatte Mausl es einer alten, zweistämmigen Yucca-Palme in einem viel zu kleinen, schwarzen Plastiktopf ungemütlich gemacht. Der Wohnraum hatte drei große Fenster, zwei davon waren mit dicken, schwarzen Vorhängen verhängt. Weder an der Decke noch an den Wänden gab es, wie ich bemerkte, irgendwelche Luster, Leuchten oder Lampen. Das meiste Licht kam noch von den Bildschirmen, ein blaugrünes, zuckendes, elektronisches Licht. Aus den Schächten einer Klimaanlage drangen leise, keuchend-klopfende Geräusche, wie wenn Wittgensteins Geist darin herumspuken würde.

„Eigentlich möchte ich dich nur um einen Gefallen bitten, Mausl. Du sollst morgen bei der Firma ITT anrufen und einen Laptop auslösen, der dort nach dem 3. März dieses Jahres repariert wurde und bis heute nicht abgeholt worden ist. Die Rechnung wird ungefähr dreihundert Euro plus minus ein paar Zerquetschte ausmachen. Ich habe das Geld im Moment leider nicht, aber für mich wäre es sehr wichtig, geradezu überlebenswichtig, dass du dir diesen Laptop geben lässt und dass du ihn untersuchst, wirklich eingehend untersuchst! Bei ITT läuft das Ding unter dem Namen Sladki oder unter Zsigmund", ging ich in medias res.

„Alte Schulden liegen und faulen nicht. – Ist es das? Du willst Schulden eintreiben, nicht?", fragte Mausl.

Wir standen, umzingelt von all den Bildschirmen und Geräten, Festplatten und Servern, in der Mitte des riesigen, höhlenartigen Wohnzimmers und mein weiland bester Freund machte keinerlei Anstalten, mir einen Platz oder sonst etwas anzubieten.

„So würde ich das nicht nennen ...", erklärte ich.

„Die Sache mit dem Krügerl? All die idiotischen Kicker und Leibesüber, die du mir immer vom Leib gehalten hast? Die leicht beleidigten Schläger in den Lokalen? Du willst reinen Tisch machen?"

„Und wenn dem so wäre? Würdest du dann den Laptop auslösen und mir sagen, was auf der Festplatte alles drauf ist?"

„Ich glaube, ja. So als kleine Fingerübung zwischendurch könnte mir das schon Spaß machen. Wonach soll ich suchen?"

„Nach dem Leben und den Geschäften eines Mannes, den es nicht gibt", antwortete ich.

Im selben Atemzug dachte ich daran, ihn mit Silvia Sladki zu verkuppeln. Da traf man einen alten Freund nach Jahren wieder und war sofort drauf und dran, ihn noch unglücklicher zu machen, als er eh schon war. Im Stehen erzählte ich dem absonderlichen Klausner, der einmal mein Haberer gewesen war, von Silvia Sladkis magerem, weißem Körper und von Lászlo Zsigmund.

***

Das Schlimmste, wenn man Tag für Tag in eine leere Wohnung zurückkam, war, dass es dort nach niemandem roch, außer nach Hausstaub und nach einem selbst. Das Zweitschlimmste, wenn man schon ein paar Jahre allein lebte, war, dass man sich längst daran gewöhnt hatte.

Mausl war distanziert-kühl wie ein Stück Trockeneis geblieben. Er hatte mir nicht einmal ein Glas Leitungswasser aufgewartet und mir keinen seiner berühmt-berüchtigten Vorträge über Spysoftware und irgendwelche Boltzmann'sche Konstanten gehalten. Ich sagte meinen Sermon auf und wurde bald danach, so gegen 22 Uhr, von ihm zur Wohnungstür hinausbegleitet.

„Warum bist du heute gekommen, Marek? Warum hast du dich jahrelang nicht bei mir anschauen lassen?", hatte er in der Tür stehend gefragt.

Eigentlich hatte ich darauf keine zutreffende, ehrliche Antwort gewusst. Stattdessen hatte ich gesagt: „Weißt du, dass bei uns in Harland eine ganze Menge von Leuten im Ersatzprogramm sind? Wenn sie die Entzugsschmerzen vermeiden wollen, und das wollen sie auf jeden Fall, müssen sie jeden Tag in ihrer Apotheke vorbeischauen, wo sie eine Kapsel mit einem Cocktail aus Substitol und Rohypnol bekommen, die sie unter der Aufsicht des Apothekers einzunehmen haben. Die meisten schlucken die Kapsel aber nicht, sondern behalten sie nur unter der Zunge und spucken sie auf der Straße wieder aus, in eine Handfläche. In ihrer Bude drehen sie die Kapsel dann vorsichtig auf, kochen den Inhalt in einem Kaffeelöffel auf und spritzen sich die Flüssigkeit in eine Vene. Das Ergebnis ist ein mittelprächtiger Flash. Wenn man davor viel Alkohol getrunken oder etwas Valium eingeworfen hat, kann einem der Atem wegbleiben. Für immer. Ein solcher, wahrscheinlich nicht einmal unschöner Tod kostet nicht mehr als zwanzig, fünfundzwanzig Euro."

„Marek ..."

„Ich will damit nur sagen, dass das halt die Sachen sind, mit denen ich mich andauernd beschäftigen muss. Das ist es, was mich umtreibt. Da bleibt nicht viel Zeit für anderes, auch wenn das vielleicht nur eine Ausrede ist. Ich bin genauso allein wie du. Keine Familie, die ich sehen wollte oder die mich sehen wollte, kein gesellschaftlicher Umgang außer mit Gaunern und Klienten, was manchmal auf dasselbe hinausläuft, mit Zeugen und Supermarktkassiererinnen, mit Kellnern und Kieberern und, nicht zu vergessen, mit den netten Damen, die mir dann und wann Leberkässemmeln verkaufen, kein richtiges Autoradio zur Unterhaltung, keine Stereoanlage, kein Mega-Multimedia-Heimkino, nicht einmal ein Goldfisch in einem großen Essiggurkerlglas", hatte ich gesagt.

Im Moment auch keine Kunden außer einer meschuggenen Zahnarzthilfe, die nicht viel zahlen konnte, hätte ich noch hinzufügen können.

„Da geht es dir nicht viel besser als mir", hatte Mausl leise gemeint, war hinter seine Wohnungstür zurückgetreten und hatte diese geschlossen.

„Den Laptop morgen bitte nicht vergessen!", hatte ich noch gegen das Türblatt gerufen.

In dem wendeltreppenartigen Stiegenhaus hätte ich mir auf dem Weg ins Erdgeschoss fast den Hals gebrochen, es hatte dort ebenso wenig irgendeine Beleuchtung gegeben wie in dem winzigen Innenhof voller Bier- und Mineralwasserkisten. Alles, was sich außerhalb seiner Wohnung befand, hatte ich gedacht, schien Mausl mittlerweile vollkommen egal zu sein. Mit einem abgeschürften Ellbogen und einem leicht angeschwollenen Knöchel war ich schließlich beim Ford Granada angelangt. Während der kurzen Fahrt in mein

Grätzel hinter dem Hauptbahnhof hatte ich so gut wie nichts gedacht, was immer ein zuverlässiges Indiz für Verdrängung war. Aber nicht einmal der allergrößte Neurotiker hatte es jemals geschafft, gleich sein ganzes Leben komplett zu verdrängen. Wie immer hatte ich einen Parkplatz direkt vor meiner Haustür gefunden, weil meine Nachbarschaft eher für das Aufbrechen als für das Halten von Kraftfahrzeugen zu haben war. Meinen mehr als bejahrten Ford Granada mit halb durchgerostetem Unterboden, zig Beulen und Kratzern im Lack und einem Fond voller Gerümpel hatten sie bisher aber in Ruhe gelassen. Ich hatte Zsigmunds Aktenordner aus dem Kofferraum geholt, hatte sie unter meine beiden Arme geklemmt und war damit auf die heruntergekommene, fast leer stehende Gründerzeit-Mietskaserne zugegangen, in der ich hauste. Hinter dem Haustor, das sperrangelweit offen gestanden war, weil wahrscheinlich eine Asphaltblüte den Hausflur kurz zuvor als Empfangszimmer genützt hatte, wartete immerhin kein Gabloner, der mich zusammengeschlagen oder arretiert hätte, nicht einmal ein Zeuge Jehovas oder ein Mormone, die hier manchmal allein oder zu zweit aufkreuzten. Zu meiner Überraschung war das Ganglicht angegangen, als ich den Schalter in geradezu akrobatischer Manier mit der rechten Fußspitze betätigt hatte, mein alter Turnprofessor, der ein hoher Funktionär im ÖTB gewesen war und in seinem Schrebergarten einen braun lackierten Terrakotta-Gartenzwerg stehen hatte, dessen rechter Arm zum Hitlergruß erhoben war, wäre jedenfalls ganz zufrieden gewesen mit mir. Die nie versperrte Wohnungstür, die in mein Empfangszimmer führte, hatte ich mit dem Knie aufgedrückt. Die Aktenordner hatte ich zunächst einmal auf dem Schreibtisch zwischengelagert, bevor ich darangegangen war, meine eigentliche Wohnung dahinter aufzusperren.

Ich war gern allein. Immerhin musste ich niemanden je von meinem Cordon bleu kosten lassen oder von einer

Marillenschnitte. Ich konnte, wenn ich wollte, in der Wohnung auch am Nachmittag noch immer in Unterhose und Pyjamaoberteil herumrennen. Niemand trieb mich zu idiotischen Tagesausflügen etwa zur Insel Mainau oder nach Bratislava in einem nur teilklimatisierten Bus und ich hatte nicht sechs oder sieben Prozent meiner Lebenszeit in Fetzengeschäften vor Umkleidekabinen zu verbringen.

Während ich in der Küche nach einer halben Packung gerösteter Kürbiskerne suchte, die noch da sein musste, um mich für mein Nachtwerk am Schreibtisch zu stärken, dachte ich über die Nachteile des Alleinseins nach.

Sie waren allerdings eklatant und überwogen die mickrigen Vorteile bei weitem.

***

In den letzten zwei Jahren hatte Lászlo Zsigmund allem Anschein nach eine ganze Bibliothek ungewöhnlicher und teurer Bücher über eBay verkauft. Zum Beispiel die sechste, illustrierte italienische Ausgabe von Dante Alighieris „La Divina Commedia“, die nicht nur hundert Holzschnitte, sondern auch Dantes Text, umgeben von einem Kommentar von Christoforo Landino, bot, gedruckt 1497 von Pietro Quarengi in Venedig, eine schöne, 612-seitige Ausgabe im Folio-Format mit einem Ledereinband circa aus dem Jahr 1750 und einigen kleineren Reparaturstellen mit Textverlust um schlanke 3000 Euro. Oder die deutsche Erstausgabe von Charles Darwins Werken, gedruckt 1875 bis 1881 bei Schweizerbart in Stuttgart, 13 Halblederbände mit Goldprägung in gutem Zustand mit 506 Holzschnitt-Illustrationen, 19 Karten, sieben heliografischen Tafeln und einem Stahlstichporträt Darwins um schlappe 2690 Euro zuzüglich Versandkosten. Oder das seltene „Emblematische Lust-Cabinet“, des Joseph Friedrich Leopold mit 52 nummerierten Kupfertafeln mit lateinischen, französischen, italienischen und „teutschen Beyschriften“, erschienen anno

1700 in Wien, ein unrestauriertes Exemplar in tadellosem Zustand mit zwei originalen, ziselierten Schließen, alles in allem um rund 2500 Euro inklusive versichertem Versand geradezu ein Schnäppchen. Oder eine schöne und vor allem frühe Ausgabe der „Colloquia oder Tischreden Doctor Martin Lutheri“, erschienen 1568 bei Simon Hüter in Frankfurt am Main, eine beeindruckende Schweinsleder-Schwarte in gutem Zustand um 900 Euro. Oder das 1594 in Rom erschienene Kupferstich-Bilderbuch „De SS. Martyrum Cruciatibus“ von Antonius Gallonius mit vielen hübschen Folter- und Mordszenen, die frühneuzeitliche Form von Horrorfilmen und gewaltverherrlichenden Computerspielen, ein brauchbares Exemplar der zweiten vermehrten Auflage beziehungsweise der ersten lateinischen Ausgabe mit Ganzpergamenteinband und sehr guter Bindung, geradezu geschenkt um nicht einmal 700 Euro. Alles in allem hatte Zsigmund als Internet-Antiquar Monat für Monat ganz schöne Umsätze erzielt, die so manch kleinen Buchhändler vor Neid erblassen hätten lassen. Die Frage war nur, woher er seine uralten, seltenen Schmöker hatte. Die Harlander Flohmärkte kannte ich jedenfalls wie meine eigene Westentasche. Oft genug hatte ich dort im Auftrag des einen oder anderen Klienten nach Diebesgut Ausschau gehalten oder mich einfach nur nach billigen Einrichtungsgegenständen und Möbeln umgesehen. Eines wusste ich daher sicher: All die bibliophilen Kostbarkeiten, die Lászlo Zsigmund über das Internet teuer verkauft hatte, konnte er keinesfalls zuvor auf einem Flohmarkt erworben haben, wie Silvia Sladki behauptet hatte. Dort gab es solche Raritäten in der Regel nämlich nicht.

Während ich die Verkaufsdaten und -preise von weiteren bibliophilen Kostbarkeiten wie etwa einer neapolitanischen Inkunabel von Augustinus' „De civitate dei“ aus 1477 oder einer vollständigen Goethe-Ausgabe letzter Hand, die von 1827 bis 1842 in 60 Bänden bei Cotta erschienen war, in Zsigmunds Akten registrierte, begann ein kugeliger Punkt, ein kleines Areal tief in meinem Hinterkopf zu pulsieren, ein Schmerz, wie wenn eine dünne, isolierte Muskelfaser in der Wade krampfen würde. Nach sechs, sieben Minuten war dieser körperliche Reflex eines furchtbaren Tages auch schon wieder vorbei. Ich war so erleichtert, dass ich es praktisch gar nicht merkte, wie sich mein Kopf auf den aufgeschlagenen Ordner legte und ich schon eingeschlafen war, eine Millisekunde bevor meine rechte Schläfe das Papier berührte.

Im Traum erschien mir Silvia Sladki in der Uniform der Fischhandlung, die allerdings komplett schwarz eingefärbt war. Meine Klientin hatte schwarzen Lidschatten aufgetragen und trug schwarze Ohrringe. Aus Mondglas, glaubte ich im Traum zu wissen.

„Sie können mich auf dem Friedhof treffen", erklärte mir die Freundin des vermissten Zsigmund.

„Warum um Himmels willen auf dem Friedhof?", fragte ich.

„Weil ich gern ein Grab von Lászlo dort hätte", antwortete die Sladki würdevoll.

„Welcher Friedhof übrigens?", fragte ich, weil ich sie keinesfalls verpassen wollte.

„Goldegger Straße", erwiderte sie knapp.

„Der Hauptfriedhof also", sagte ich und sprach diese topografische Banalität getragen wie eine Kriegserklärung oder ein Hochzeits-Ja oder einen anderen bedeutenden Sprechakt, aus.

In der nächsten Traumsekunde tauchte Mausl auf, freute sich wie ein Schneekönig über ein nagelneues Handy, das er bei „News" gewonnen hatte, und erklärte mir freudestrahlend, dass er jetzt im Lagerraum der BP-Tankstelle in Pottenbrunn wohne.

Lászlo Zsigmunds Aufenthaltsort offenbarte sich mir im Traum leider nicht. Ich würde ihn schon ohne die Mithilfe meines Es finden müssen.

***

Ich lag wie die Sau in der Wanne und fühlte jede Faser, jeden Muskel in meinem Körper. Wenn man über vierzig war und am Morgen keinerlei Schmerzen verspürte, keine Wehwehchen hatte, kein Zwicken und Zwacken da und dort, dann war man keinesfalls gesund, sondern tot. Immerhin war ich vorgestern nach allen Regeln der Kunst krankenhausreif geschlagen worden und zu allem Überdruss gestern spätabends auch noch eine dunkle Treppe hinuntergestürzt. Dank meines voluminösen Körpers und der geschwollenen, lädierten Gelenke an ihm hielt sich der Wasserverbrauch, um die Badewanne voll zu bekommen, in Grenzen. Einer der Vormieter hatte die dreieckige, relativ große Wanne einmauern lassen und damit einen Großteil der Gesamtfläche des Badezimmers in Anspruch genommen. Wenn man sich also die Zähne putzen und dabei in den Badezimmerspiegel schauen wollte, musste man das in der Wanne stehend tun. Auch das Rasieren und Abtrocknen funktionierte nur so. Ansonsten verwendete ich nur ein billiges Rasierwasser, das nach in Alkohol eingelegter Minze roch, und einen Kamm. Der Schönheitskult meiner Zeitgenossen, der manche von ihnen länger im Badezimmer hielt als in der übrigen Wohnung, war mir völlig fremd. Den OP eines Schönheitschirurgen würde ich niemals von innen sehen. Meine Nase war relativ groß, wenn nicht sogar prominent, höckrig und alles andere als elegant. Ebenso wie mein übriges Gesicht hatte sie schon einiges abbekommen. Auch meinen kräftigen Backenknochen sah man an, dass sie es schon mit einer ganzen Reihe von Gewalteinwirkungen zu tun bekommen hatten, angefangen von schweren, mit Regenwasser vollgesogenen Lederfußbällen über Stahlruten bis hin zu Fensterscheiben, durch die ich gelegentlich gekracht war. Es ist sicherlich nicht das schönste Gesicht, dachte ich, vielleicht kein Gesicht zum Verlieben, aber es ist mein Gesicht, mein eigenes Gesicht, und ich werde es keinesfalls tauschen gegen eine Larve, gegen eine starrschöne Maske, die mir irgend so ein Skalpellheini ins Fleisch schnitzen würde, während er darüber nachdachte, in welche Investmentfonds er sein Schwarzgeld buttern und ob er die neue, blutjunge Hilfsschwester in der Mittagspause oder nach Ordinationsschluss penetrieren soll. Auch meine paar Lachfalten – ich hatte zwar meistens nichts zu lachen, es sei denn über mich selbst – würde ich nur höchst ungern chirurgisch ausbügeln lassen, weil sie genauso zu mir gehörten wie die uralte Narbe knapp unter dem Kinn, die von einem voll durchgezogenen Eishockeyschläger herrührte. Meine Anzüge kaufte ich von der Stange, meine Hemden im Ausverkauf und bei meinen Schuhen war mir nur ein gutes, rutschfestes Profil wichtig. Alles in allem war ich etwa so elegant und en vogue wie ein Jutesack voll steirischer Kürbisse. Gott möge mich davor behüten, dachte ich, jemals wie Silvio Berlusconi oder Karl Lagerfeld auszusehen. In diesem Fall müsste ich damit beginnen, ernsthaft über Selbstmord nachzudenken.

Im Putzschacht unter der Badewanne bewahrte ich für gewöhnlich meine Wertsachen auf. Im Moment lagerte dort allerdings nur meine allerletzte Flasche Bordeaux, ein 1995er Chateau de Fieuzal, ein spontaner Kauf in besseren Tagen. Ansonsten hatten in meinem Badezimmer eigentlich nur noch meine Schlapfen Platz, ein Handtuchhalter, ein Alibert, den ich gebraucht erstanden hatte, und ich selbst, allerdings nur, wenn ich meinen veritablen Bauch ein wenig einzog.

Zum Frühstück hätte ich mir etwas rohen Hirschschinken gut vorstellen können, ein Lachscarpaccio mit frischem Krentopfen, ein wenig Tiroler Schinkenspeck auf Honigmelone, ein paar Scheiben mittelalten Goudas und einen

Gupf des milden, halbfesten Frischkäses aus Schaf- und Kuhmilch, der in den niederösterreichischen Kalkalpen von manchen Bauern hergestellt wurde und der nicht einmal einen Namen hatte. Dazu ein paar Aborigines-Weckerl, wenn möglich aus einer Biobäckerei, dunkles Roggenbrot und Waldviertler Butter und Akazienhonig.

Tatsächlich fanden sich in meinem Kühlschrank allerdings nur zwei Eier, die ich flugs in der Pfanne zu Spiegeleiern verarbeitete. Ehrlich gesagt war damit auch schon die Fahnenstange meiner Kochkunst erreicht. Während ich dieses frugale Mahl zusammen mit Semmelwürfeln als Brot- und Gebäckersatz verzehrte, klingelte mein Handy. Am Apparat war niemand Geringerer als Leutnant Sladek, Gabloners athletischer Stellvertreter, der statt einer morgendlichen Begrüßung nur einen Befehl ins Telefon bellte: „Sie haben heute Mittag im Krankenhaus anzutanzen, Miert! Verstanden!"

„Ins Krankenhaus bestellen Sie mich?", wunderte ich mich wieder einmal über einen der Einfälle, die Polizisten so hatten.

„Sie treffen mich um zwölf Uhr im Personal-Speisesaal! Seien Sie ja pünktlich, sonst schicke ich Ihnen den Grünen Heinrich in Ihr verkrätztes Glasscherbenviertel!"

Mit Autoritäten habe ich eigentlich immer schon ein Problem gehabt. Noch dazu, wenn sie um zehn oder fünfzehn Jahre jünger waren als ich. Es war eine traurige Tatsache, dass ich einmal auf einen flüchtenden Wohnungseinbrecher nur deswegen geschossen hatte, weil er ein Wham!-T-Shirt getragen hatte. Zum Glück verfehlte ich seine Kniekehle damals knapp. Ich hatte die fabrikneue Dienstwaffe erst ein paar Stunden zuvor ausgefasst und sie war daher noch nicht eingeschossen.

„Essen Sie im Krankenhaus, weil es dort so fantastisch schmeckt? Oder wegen des Heilklimas, wegen des reizenden Ambientes?", fragte ich völlig überflüssigerweise. Nur weil ich nie meine Goschen halten konnte, war ich schon in die ärgsten Bredouillen geraten.

„Trottel!“, fauchte Leutnant Sladek. „Natürlich wegen der vielen Schwesternschülerinnen in diesen hellblauen Kittelchen.“

Damit beendete er das kurze Gespräch abrupt. Mir sollte es recht sein, ich stand sowieso nicht darauf, mit einem aus Gabloners Truppe zu parlieren. Aber wenigstens eine ehrliche Antwort, dachte ich, aus welchen Gründen kann man sonst freiwillig in einem Krankenhaus-Speisesaal essen wollen. Allerdings dürfte Sladeks Intelligenzquotient wohl von seiner Schuhgröße locker übertroffen werden, wenn er mir überhaupt Antwort auf solch eine Frage gab. Richtige Kieberer fragten viel und hörten die Fragen nicht einmal, die man ihnen selber stellte, geschweige denn, dass sie überhaupt so etwas wie eine Antwort gaben.

***

„Sie sind hier das erste und einzige Antiquariat am Platze, nicht? Ansonsten gibt es in Harland nur die Flohmärkte, und die sind keine wirkliche Konkurrenz für Sie, da ein Bibliophiler keine stockfleckige und unvollständige Rosegger-Gesamtausgabe aus dem Jahr 1913 kaufen würde.“

Die Regale aus dunklem Nussholz, ein alter Parkettboden mit Einlegearbeiten, sämtliche Beschläge und Türgriffe aus mattem Messing – das Antiquariat Stern & Hagel in der Wiener Straße hatte zweifellos Klasse.

„Puh, Rosegger!“, meinte der Antiquar gequält, wie wenn ihm ein Batzerl Hundekot zwischen die Zähne geraten wäre.

Er trug einen gut geschnittenen, grauen Flanellanzug und dazu eine dezent gemusterte, dunkelblaue Krawatte, Messerhaarschnitt, eine zugleich flippige und seriöse Designer-Brille, und seiner penibel rasierten Gesichtshaut sah man die teure Kosmetikerin geradezu an.

„Ist der Mann ein Kunde, ein Stammkunde von Ihnen?“, fragte ich ihn unvermittelt und hielt ihm das Foto von Lászlo Zsigmund vor das gepflegte Gesicht.

Als ich am frühen Morgen auf die Straße getreten war, war der Himmel hellrot gewesen und der Gestank der nahen Kunstseidefabrik hatte schwer in der Luft gelegen, wie wenn man seine Nase ganz tief in den Mastdarm eines künstlichen Menschen steckte, der zur Erhaltung seiner selbst nicht Zucker abbaute, sondern Schwefel, reinen Schwefel. Das waren die eklatanten Nachteile des Ostwindes, der Harland zwar selten erreichte, aber dann für gewöhnlich heftige Wetterphänomene, ja -kapriolen von der ungarischen Puszta und von der Agäis mitschleppte. Aber der Himmel war heute Morgen noch wolkenlos gewesen, wenn auch rot wie das dünne, arterielle Blut einer jungen Stechmücke, die man auf dem Unterarm zerklatscht hatte.

„Tut mir ausgesprochen leid, aber Fragen nach unserem Kundenkreis können wir leider nicht beantworten! Sie müssen verstehen, Diskretion ist geradezu eine Säule unseres Geschäftes! Kein Sammler würde es goutieren, wenn Dritte Näheres über seine bibliophilen Schätze ...", versuchte sich der Verkäufer herauszuwinden, der diesen Zsigmund höchstwahrscheinlich erkannt hatte, wie ich am Zucken eines seiner Augenlider bemerkt zu haben glaubte.

„Sie wissen ja gar nicht, was Sie da sagen! Immerhin handelt es sich hier um Ermittlungen in einem Mordfall! Entweder Sie reden mit mir oder mit Oberleutnant Gabloner von der hiesigen Kriminalpolizei, den ich noch hier im Geschäft anrufen werde, oder gleich mit einem Staatsanwalt oder dem Untersuchungsrichter! Ich jedenfalls würde mir an Ihrer Stelle die Telefonnummer meines Anwaltes gleich herrichten."

Es tat schon ein wenig weh, einem offenkundig intelligenten Menschen wie diesem Antiquar solche absurden G'schichteln zu drucken, aber in der Regel waren meine meistens auf nichts beruhenden Schmähs wirksam. Wenn ich damit, gestand ich mir allerdings ein, nicht gerade einem

Wiener Galeristen kam, der sich über die Drohung mit der Harlander Kieberei gewiss totlachen würde.

„Also seit wann ist dieser Lászlo Zsigmund, dessen Foto ich Ihnen gerade gezeigt habe, Stammkunde bei Ihnen? Oder noch genauer gefragt, seit wann ist er Ihr bester Kunde?“, setzte ich nach.

„Sie wissen aber gut Bescheid ...“, sagte der Antiquar leise.

„Na ja, immerhin kenne ich die Buchhaltung von diesem Zsigmund, und zwar bis ins letzte Detail.“

Der Antiquar stand noch immer steif wie ein Stock hinter dem Verkaufspult und schwieg.

„Was hatten Sie für einen Eindruck von ihm als Sammler?“

„Am Anfang hat er vor allem frühneuhochdeutsche Drucke gekauft. Er hat sich alles zeigen lassen, was neu hereingekommen ist. Letztlich hat er eigentlich alles gekauft, von Luther bis zum Fin de Siècle. Nur vor großvolumigen Biblias ist er meistens zurückgeschreckt.“

„Bei den Preisen dürfte er nicht lange herumgefeilscht haben“, vermutete ich.

Der Antiquar nickte.

„Auf Rechnungen ist er nicht so wahnsinnig gestanden, nicht?“

„Wenn Sie es so ausdrücken wollen ...“, sagte der Verkäufer leise.

„Er hat sich die Bücher nicht zuschicken lassen, sondern immer gleich mitgenommen?“, fragte ich weiter

„Oh, das ist absolut üblich bei unserer Kundschaft. Kein Sammler würde etwa gut erhaltene Exemplare der ‚Fackel‘ von Karl Kraus der österreichischen Post anvertrauen!“, bemerkte der Antiquar und fügte hinzu: „Komischerweise hatte er aber immer nur Nylonsackerl dabei, um seine Neuerwerbungen abzutransportieren.“

Kein Wunder, dachte ich, wenn man der Lebensgefährtin erzählt, dass man das 1500 Euro teure Kräuterbuch von

Adamus Lonicerus aus 1573 eigentlich am Lions-Flohmarkt um 15 Euro erstanden hat.

„Von welchem Geschäft?“, hakte ich in einem plötzlichen Geistesblitz nach.

„Feininger, soweit ich mich erinnern kann. Das ist ja gleich hier um die Ecke.“

„Eine letzte Frage, dann haben Sie es überstanden: Wie lange ungefähr war er bei Ihnen Kunde?“

„Zwei Jahre, schätze ich. Davor haben wir ihn hier nie gesehen.“

Dieser pseudomagyarische Falott, dachte ich, hat über dieses Antiquariat und über eBay Geld gewaschen, große Summen. Die Frage war nur, wessen Geld.

***

Meine Stamm-Wäscherei lag in einem Hinterhof in der Wiener Straße, nicht weit vom Antiquariat entfernt. Für mich als Single ohne Bügeleisen und Bügelkenntnisse machten die Wäschereirechnungen einen Großteil meines Haushaltsbudgets aus. Ich sah der neuen Ladnerin, die ich hier noch nie gesehen hatte, fasziniert zu, wie sie ein in Packpapier eingeschlagenes, großes Paket mit meinen frisch gewaschenen, gebügelten Hemden und Hosen von einem der obersten Regale herunterhob. Sie musste sich gehörig recken, fast auf die Zehenspitzen stellen, um einen Zipfel des Packpapiers zu erreichen. Ich stellte mir vor, wie ihre beiden festen Oberarme in dieser Bewegung ihre großen, weißen Milchbrüste streiften. Ich wollte sie aber keinesfalls verstohlen beobachten und wandte daher meinen Blick nicht ab, als sie sich mir mit dem Wäschepaket im Arm wieder zuwandte. Der Ausschnitt des weißen Wäscherinnenkittels, den sie trug, war mehr als imposant und sie dürfte längst bemerkt haben, dass dies einen gewissen Eindruck auf mich machte.

„Neunundfünfzig neunzig“, sagte sie mit leicht ironischem Unterton und legte das Paket auf den Ladentisch.

Sie war etwa in meinem Alter und machte einen vifen Eindruck. Ihr brünettes, dichtes Haar trug sie kurz und der Ton ihrer glatten, straffen Haut war milchigweiß mit einem zarten Stich ins Hellbraune, Karamelige. Ich zückte automatisch die Brieftasche, starrte aber weiter nur auf ihre Brüste, wobei mir zustatten kam, dass der oberste Knopf des Kittels nicht geschlossen war.

„Das passiert mir öfters. Ich habe schon daran gedacht, sie operativ verkleinern zu lassen", sagte sie plötzlich.

„Oh Gott, nur das nicht!", sprudelte es unwillkürlich aus mir heraus, obwohl mir klar war, dass sie mich verbal längst auf der Schaufel hatte.

Ich dachte an meine deprimierend leere Wohnung und an die kalten Gedanken meiner einsamen Nächte und hörte mich plötzlich sagen: „Gesetzt den Fall, ich wäre hier mit einem schönen Strauß dunkelroter, kräftig erblühter Rosen, fein garniert mit Schleierkraut, aufgetaucht, hätte Ihnen formvollendet die Hand geküsst und Sie gefragt, ob Sie heute Abend frei wären und mit mir essen gehen würden, ins ‚Florentin' etwa, um halb acht – was würden Sie ...?"

„Ah, da schau her, ein Charmeur wie der Herr Alfred, den ich vor Jahren gekannt habe, als ich einmal aushilfsweise ein paar Monate bei der Post gearbeitet habe. Er galt nicht ganz zu Unrecht als Charmeur der alten Schule, der Herr Alfred, und auf seine Damen – wie er die sieben ihm unterstellten, weiblichen Schalterkräfte des Postamtes nannte – war er sehr bedacht. Kein Geburtstag, kein Namenstag ging vorüber, ohne dass er sich mit einer Kaffee-Karamell- oder einer Sachertorte, schön dekoriert mit jeweils einer Marzipanrose in den Farben der Saison, eingestellt hätte. Auch seine Naturalspenden in die Kaffeekasse in Form von King-Hadramaut-Kilopackungen waren Legion. Geradezu undenkbar, dass er jemals den Valentinstag vergessen hätte und zu diesem Anlass nicht zu Dienstbeginn mit sieben Biedermeier-Sträußeln im Postamt, das zugleich eine PSK-Filiale war, erschienen wäre. Zu Weihnachten hat er sieben schön verpackte Exemplare eines aktuellen Wellness-Buches verschenkt, in dem vor allem auf die Wichtigkeit des Trinkens, einer ausreichenden Flüssigkeitszufuhr für die Gesundheit, hingewiesen wurde. Nicht zuletzt hat er sich als Oberrevident erfolgreich dafür eingesetzt, dass für den Sozialraum des Postamtes auf Kosten der Gewerkschaft eine moderne, leistungsfähige Kaffeemaschine angeschafft wurde, die wirklich alle Stückerl spielte. Von seinen Einkäufen in der Mittagspause nahm er des Öfteren größere Mengen an gerösteten Pistazien und anderem teuerem Knabbergebäck, aber auch Literflaschen mit Coca-Cola mit ins Amt und verteilte sie großzügig unter seinen Untergebenen. Wenn er im Glaskasten des Oberrevidenten saß und die Kunden, vor allem aber alle seine Damen hinter ihren Schaltern fest im Blick hatte, war er mehr als zufrieden, mit sich völlig im Reinen und hätte mit niemandem tauschen wollen, nicht einmal mit dem Schah von Persien oder ähnlichen Potentaten. Eigentlich hatte er kaum etwas zu tun. Wir Damen benötigten seine Paraphe nur, wenn es um größere Überweisungen oder Barauszahlungen ging, und das kam bestenfalls ein paar Mal am Tag vor. Seine Hauptaufgabe bestand darin, den Dienstbetrieb zu leiten, aber seine Damen waren ein eingespieltes Team aus mehr oder weniger erfahrenen Kräften, und so blieb ihm oft als einzige Aufgabe des Tages, die Abrechnungen zu kontrollieren, die nach Schalterschluss gemacht wurden. Er war ein guter Chef. Seine Damen konnten natürlich jederzeit ihren Schalter verlassen, entweder um in die Teeküche im Sozialraum oder auf das WC zu gehen. Mit der Zeit erkannte er schon an der Länge und Frequenz ihrer ersten Schritte, die sie nach dem Aufstehen von ihrem Drehsessel machten, ihr jeweiliges Ziel, ja mit den Jahren wurde sein Sinn dafür geradezu unfehlbar, was zu seiner Zufriedenheit im Amt wesentlich beitrug. Das Wort ‚abpassen' hätte er für sich selbst vehement abgelehnt, ja empört zurückgewiesen, aber praktisch immer fand er sich in der Sitzzelle des Männer-WCs vor, wenn eine seiner Mitarbeiterinnen, die vor kaum einer Minute von ihrem Platz aufgestanden war, gerade die Tür der einzigen Sitzzelle in der Damentoilette öffnete. Praktischerweise waren die beiden Kabinen nur durch eine dünne Rigipswand voneinander getrennt, und wenn der mehr oder weniger kräftige Strahl einer seiner Damen in die Muschel plätscherte, hatte der hellhörige Herr Alfred längst sein Glied in der Hand. Er hat natürlich nie geheiratet, da wohl keine Ehefrau der Welt, wie er sich leicht ausrechnen konnte, es jemals leisten hätte können, fünfunddreißigmal am Tag Wasser zu lassen."

„Wow, das war aber mal alles andere als ein trockenes Nein!", bemerkte ich mit gefrorenem Lächeln.

„Tut mir leid, aber ich bin vergeben", sagte die Ladnerin und blickte mir ernst in die Augen.

„Der Glückliche!", bemerkte ich konventionell.

„Die Glückliche", korrigierte die Ladnerin.

„Oh."

„Neunundfünfzig Euro neunzig."

„Natürlich."

Während ich zahlte, überlegte ich mir, ob es angebracht war, mir nach dieser Pleite eine neue Wäscherei zu suchen. Als ich das Geschäft verließ, war ich längst zu dem Ergebnis gekommen, dass das eigentlich nicht nötig war. In gewisser Weise, dachte ich, bin ich unblamierbar.

***

Ich schlenderte die paar Schritte von der Wäscherei bis zur Einmündung der Kugelgasse in die Wiener Straße, wo ich den Ford Granada vor einem Stadthaus geparkt hatte, in dem einst die Dienstwohnungen der Spieler des ehemaligen österreichischen Basketballmeisters UKJ SÜBA situiert waren. Als der Hauptsponsor, die Baufirma SÜBA, abgesprungen war, mussten all die Amis inklusive ein paar Kroaten plötzlich Miete zahlen und vertschüssten sich daraufhin in rekordverdächtiger Geschwindigkeit in zahlungskräftigere Ligen. Ich verstaute das Wäschepaket im Kofferraum und zuckelte im zweiten Gang die Kugelgasse hinunter, fuhr die Fuhrmannsgasse Richtung Osten, bog bei der ehemaligen Synagoge in die Promenade ein und fuhr diese bis zum Neugebäudeplatz. Von dort ging die Eybnerstraße Richtung Norden und auf einmal stand ich vor Silvia Sladkis verfallendem Schrebergartenhäuschen und wusste nicht, was ich hier verloren hatte.

In diesem Moment klingelte mein Handy.

„Sie müssen schnell kommen! Bei mir ist eingebrochen worden!“, schrie Silvia Sladki hysterisch. Ich hörte sie schwer atmen, ja keuchen.

„Ich weiß nicht, was Sie von Fällen geradezu erschreckender Antizipation halten, aber eigentlich bin ich schon bei Ihnen“, antwortete ich.

„Legen Sie bitte nicht auf! Ich fürchte mich so!“

„Ich bin in nicht einmal einer Minute bei Ihnen“, versicherte ich.

Bruce Willis wäre längst über den Holzzaun gehechtet und hätte sich einen Kampf auf Leben und Tod mit den Efeuranken und den Stauden auf dem verwilderten Grundstück geliefert. Ich dagegen holte erst einmal mein Reifen-Montiereisen aus dem Kofferraum und ging dann über den schmalen Schotterpfad des Vorgartens auf Silvia Sladkis Holzhütte zu. Die einzige Tür ins Innere war sperrangelweit offen. Offensichtlich war sie brachial aus den Angeln gerissen worden, während das einfache Schloss mehr oder weniger unversehrt schien. Aus dem Inneren der winzigen Behausung war ein leises Wimmern wie von einer jungen Katze zu hören. Ich trat mit dem wuchtigen Montiereisen in der rechten Faust unter den Türstock und musste mich erst einmal an das seltsame gelbe Licht gewöhnen. Meine

Klientin saß in einen schmalen Spalt zwischen zwei ihrer windschiefen, altdeutschen Kleiderkästen gezwängt auf dem nackten Fußboden, hatte die Hände über den Kopf geschlagen und wiegte diesen hin und her wie ein schwer depressives, altes Zootier. Mit Ausnahme des marineblauen Schiffchens auf dem Kopf trug sie die seltsame Uniform der Fischhandlung und sie heulte wie eine Schlosshündin.

„Frau Sladki, was ist Ihnen?“, fragte ich. „Sind Sie vielleicht verletzt?“

Keine Antwort.

Wenn ich etwas auf Dauer nicht ertragen kann, dachte ich, dann ist das eine heftig weinende Frau, die meine Tochter hätte sein können.

Ich sah mich in dem Raum um, für den sogar die Bezeichnung Ein-Zimmer-Wohnung ein Euphemismus gewesen wäre. Der Schreibtisch war umgestürzt, die Papiere, die ihn gestern bedeckt hatten, lagen überall im Raum verstreut herum. Die Polster der Couch waren zerschnitten und im Bildschirm des kleinen Fernsehers steckte eine Kleiderstange, die aus dem umgestürzten Kasten stammen musste, dessen Türen offen standen. Vor dem Couchsessel lag ein kniehoher Haufen Kleidung und Unterwäsche. Als ich einen Schritt auf meine Klientin zumachte, knirschten Glassplitter unter meinen Schuhsohlen.

„Jetzt beruhigen Sie sich doch! Was ist passiert?“, fragte ich.

„Ich hatte heute Frühschicht in der Fischhandlung, aber auf einmal ist mir schlecht geworden, und ich habe es der Filialleiterin gesagt. Als ich vor einer Viertelstunde nach Hause gekommen bin, war die Tür aufgebrochen ...“, antwortete meine blutjunge Klientin schluchzend.

„Sind Sie vielleicht schwanger?“, fragte ich unwillkürlich.

„Nicht vielleicht“, meinte Silvia Sladki leise.

„Von wem?“

„Wir haben an dem Abend noch miteinander geschlafen, bevor er um diese verdammten Zigaretten gegangen ist."

„Von diesem Zsigmund?"

„Ja, von Lászlo", antwortete Silvia Sladki mit leiser Stimme.

Ich sagte sicherheitshalber gar nichts darauf, denn als Lebensberater war ich sowieso eine Niete. So ein Pallawatsch, dachte ich nur, wird das Mädel auch noch schwanger von diesem Falotten.

„Außerdem bin ich heute gekündigt worden, weil ich meine Arbeitsstelle ungerechtfertigterweise verlassen habe", wartete meine Klientin mit einer weiteren Hiobsbotschaft auf.

„Das dürfen die aber nicht!", entfuhr es mir.

„Die Luttenberger darf doch alles, einfach weil sie die Filialleiterin ist", sagte Silvia Sladki resigniert.

„Kindl, das werden wir uns anschauen!", antwortete ich bestimmt.

***

„Tut mir leid, das ist nicht möglich! Frau Sladki ist heute entlassen worden und arbeitet nicht mehr hier."

In der Stimme der Filialleiterin lag gefrorener Fisch. Ich tippte auf Muräne oder Stachelrochen, eiskalt und noch dazu ganz schön giftig.

Meine Klientin, die ich endlich dazu bewegen hatte können, ihren höchst unbequemen Häufchen-Elend-Sitzplatz aufzugeben und sich auf den Lederfauteuil zu setzen, hatte mir die Nummer der Fischhandlung gegeben.

„Nein, ist sie nicht", antwortete ich ruhig, „weil ich Ihnen im Auftrag von Fräulein Sladki bereits gestern Mitteilung über die Schwangerschaft gemacht habe und damit der Mutterschutz voll greift. Natürlich bin ich jederzeit gerne bereit, dies vor dem hiesigen Arbeits- und Sozialgericht an Eides statt auszusagen!"

„Aber …“

„Ab heute befindet sich Fräulein Sladki wegen überaus heftiger Schwangerschaftsbeschwerden im Krankenstand und damit in frühzeitigem Mutterschutz. Wir werden selbstverständlich ein entsprechendes Attest eines Facharztes beibringen.“

„Aber …“

„Bitte nehmen Sie diese Tatsachen einfach zur Kenntnis und informieren Sie die Personalabteilung Ihrer Kette!“

Damit beendete ich das Gespräch.

„Das waren die Typen, die Ihnen auch die kleinen Holzsärge mit der Post geschickt haben, nicht?“, wandte ich mich wieder meiner Klientin zu.

„Sie haben auch über meiner Wäsche onaniert …“, gestand Silvia Sladki mit gesenktem Blick und hochrotem Kopf.

„Wir werden Ihnen neue Sachen kaufen“, meinte ich.

„Ich wollte wirklich, ich wäre tot!“, schluchzte meine blutjunge Klientin. „Was soll ich bloß tun? Wo soll ich denn hin?“

„Ich werde Sie jetzt mitnehmen, Sie können ein paar Tage bei mir unterkommen und dann finden wir schon etwas Passendes für Sie und für das Baby. Die Detektei Marek Miert ist schließlich für ihre phänomenale Rundumbetreuung bekannt“, fügte ich lächelnd hinzu, obwohl dem bisher natürlich keineswegs so gewesen war.

„Wirklich?“

„Wirklich! Aber nur wenn Sie mir versprechen, nicht mehr so viel zu trinken! Das Kindl …“

Wenn man mich engagiert, dachte ich, mietet man keine Firma, keine Organisation, keinen Haufen ausgefuchster Profis wie diese überbezahlten, dem Geld nachdesertierenden Basketballspieler, denen im Grunde alles wurscht war, außer ihr Kontostand. Wenn man mich buchte, bekam man ein Herz und eine Hand. Nicht mehr und nicht weniger.

„Sie reden, wie ich mir gewünscht hätte, dass Lászlo …“, sagte Silvia Sladki und begann wieder loszuheulen.

Da meine Eignung als Klagemauer und Therapeut stark in Zweifel zu ziehen war, ging ich wortlos nach draußen und holte aus dem Kofferraum des Ford Granada zwei stabile, dunkelblaue Plastikkisten, die ich dort für größere Einkäufe in petto hatte. Während sich meine Klientin ausweinte, packte ich rasch alle Sachen aus ihrer Hütte ein, die noch brauchbar schienen.

„Die Uniform schicken wir dieser Luttenberger per Post. Am besten mit einer Handgranate darin“, sagte ich, als ich Silvia Sladkis Sachen im Kofferraum verstaut hatte und wieder in die Hütte gegangen war, um die Schwangere zum Wagen zu bringen. Sie war blass wie eine frisch gekalkte Wand und als sie sich auf der Beifahrerseite auf dem Sitz niederließ, sah ich einen kleinen Schwächeanfall in ihren großen, hellblauen Augen und ein Momenterl später war sie eingenickt wie eine erschöpfte Dreijährige.

Nicht nur, was ihren dinglichen Besitz betraf, war meine Klientin wohl einer der kläglich ärmsten Menschen in dieser Stadt.

***

Mit einem raschen Kontrollblick, ob ich nicht etwas vergessen hätte, verließ ich Silvia Sladkis devastierte Hütte. Die aus den Angeln gehobene Tür lehnte ich zwischen die Türstöcke. Genau in dem Augenblick traf mich die leere Bierdose zwischen den Schulterblättern.

„Ah, der Bock von dieser depperten Schlampen lässt sich also auch einmal bei uns blicken!“

Sie waren zu dritt. Siebzehn-, achtzehnjährige Burschen in weiten Skaterhosen, mit stämmigen Oberkörpern in schwarz-weiß gesprenkelten Military-Jacken. Der Rädelsführer, der als Erster auf mich zukam den geschotterten Vorgarten-Weg entlang, hatte Spuren von weißlichem Make-up, aber auch eine hässliche, alte Schramme, wahrscheinlich von einem breiten, stumpfen Messer, im Gesicht. Seine Fingernägel waren schwarz lackiert. Ich hatte keine Ahnung, warum sie mich attackierten, und sie wahrscheinlich auch nicht. Vielleicht hatten sie nur zu viel gekifft und hielten sich für die Prinzen aus Zamunda. Der König von Harland, dachte ich, war aber immer noch ich, jedenfalls in gewisser Weise.

„Fellatio ist schließlich keine Pasta, Alter", behauptete der Rädelsführer, der mich schon fast erreicht hatte.

Nur Vollidioten kämpften fair. Ich grinste den Burschen so freundlich wie nur möglich an und sagte bestens gelaunt: „Da gebe ich Ihnen natürlich vollkommen recht!"

Praktisch gleichzeitig trat ich so fest, wie ich nur konnte, gegen seinen rechten Außenknöchel und schlug ihm mit der Faust, ohne groß zu zielen, ins Gesicht. Ich sah nicht gerade aus, als wäre ich schnell wie der Blitz, aber in Wirklichkeit war ich so unflink nicht, wenn es ums Ganze ging.

Während der Rädelsführer ein bisschen Blut spuckte und etwas zu theatralisch, wie ich fand, in die Knie ging, rannte ich dem zweiten Burschen meinen Dickschädel mit Anlauf in den Magen und trat dann zwei-, dreimal ungestüm und ungezielt mit den Füßen auf ihn ein, bis er ebenso zu Boden ging.

Der dritte drehte sich um und rannte die Eybnerstraße Richtung Stadtmitte davon.

„Für solche Scherze bin ich mittlerweile eigentlich zu alt ...", meinte ich mehr zu mir selbst als zu den beiden maroden Radaubrüdern und trat dem Rädelsführer mit meinem rechten, stärkeren Kickerfuß gegen die Hüfte. Er gab einen Laut von sich, wie wenn man einen Tischtennisball zertrat.

Im Übrigen nahm ich ebenfalls die Beine in die Hand und lief zum Auto zurück. Ich startete und gab Gas. Zum Glück hatte meine Klientin die hässliche, kleine Schlägerei einfach verschlafen. Das ist, dachte ich, eines der kleinen Wunder, für die man Gott gar nicht genug danken kann.

Zwei Knöchel an meiner rechten Pratze bluteten leicht. Ich nahm die Hand vom Lenkrad und begann das Blut abzulecken. Es war kein schöner Sieg, dachte ich, aber immerhin ein Sieg. Die hätten mich umbringen können in ihrer gloriosen Blödheit.

***

Es war schon seltsam, wenn man plötzlich eine nicht geringe Verantwortung trug, ohne wirklich darauf vorbereitet gewesen zu sein. Jedenfalls war es das absolut erste Mal, dass ich mit einer Schwangeren im Wartezimmer einer Gynäkologin saß. In meinem Alter war das eher ungewöhnlich, außer man sah Opafreuden entgegen, was aber bei mir nicht der Fall war. Ich fühlte mich ein ganz klein wenig fehl am Platz. Wie ein Schnitzel-Connaisseur in einer Versammlung von veganen Tofu-Köchen. Immerhin war das aber ein Ort, an dem mich weder Leutnant Sladek noch Oberleutnant Gabloner je vermuten würden. Denn insgeheim hatte ich längst beschlossen, mich einem weiteren Verhör durch die Harlander Kripo und damit einer drohenden Verhaftung nicht mehr zu stellen, bis ich diesen Zsigmund gefunden hatte und eine plausible Verbindung zum Mord an seinem Doppelgänger herstellen konnte. Wenn ich im Häfen saß, würde ich niemals beweisen können, dass ich diesen Hartlauer-Verkäufer nicht erschossen beziehungsweise mit dem Mord an ihm nicht das Geringste zu tun hatte. In Österreich war es schon seit jeher Brauch, dass ein Polizeigefangener seine Unschuld beweisen musste, während sich die Kieberei mit Schuldbeweisen nicht lange aufhielt. Auch die Justiz war unberechenbar wie das Wetter. Während ein Helmut Elsner dafür, dass er seine Firma durch dummdreiste Spekulationen an den Rand des Abgrundes geführt hatte, zehn Jahre Kerker aufgebrummt bekam, erhielt ein Wendelin Wiedeking für genau den gleichen Tatbestand und eine um zig Milliarden höhere Schadenssumme einen Golden Handshake von fünfzig Millionen Euro und eine halbwegs gute Nachrede noch dazu. Keine Rede jedenfalls davon, dass er je gesiebte Luft atmen würde. Wenn man dagegen einmal in Untersuchungshaft wanderte, kam man so gut wie nie unbeschadet wieder heraus. Die Staatsanwälte hielten sich immer an die, die vor ihnen in Handschellen im Gerichtssaal saßen. Da Gabloner mit an Sicherheit grenzender Wahrscheinlichkeit als eine Art zorniger, böser Gott in Menschengestalt zu gelten hatte, war das geplante Abtauchen natürlich eine Hardcore-Strategie. Irgendwie war es wie bei einer ernsthaften Schlägerei: Man hatte eine Strategie, bis man halt die ersten Schläge einsteckte und nolens volens Wirkung zeigte. Danach gab es nur mehr eine Art „struggle for life", ein mühsames Dahinrangeln, bis man entweder bewusstlos oder tot war oder aber gewonnen hatte und die Walstatt verlassen konnte. In Richtung Krankenhaus oder häusliche Pflege.

Man sah Silvia Sladki an, dass es ihr nicht besonders gut ging. Die Gynäkologin im neuen Ärztezentrum in der Alumnatsgasse war ihre Wahl gewesen. Es war unendlich schwierig gewesen, stante pede einen Termin zu bekommen. Ich hatte meinen besonders grimmigen Detektiv-Blick aufgesetzt und heftig argumentiert, was aber beides nicht das Geringste genützt hatte. Erst als ich der Sprechstundenhilfe einen doppelt zusammengefalteten Fünfzig-Euro-Schein unter Silvia Sladkis E-Card zuschob, hatte es grünes Licht gegeben.

Ich dachte kurz daran, mein Handy abzuschalten, um nicht geortet werden zu können, obwohl ein alter Kieberer wie Gabloner auf so High-Tech-Tricks eh nicht stand. Außerdem war mir klar, dass ich meine Wohnung hinter dem Bahnhof bis auf weiteres nicht mehr benützen würde können. Was mir noch Sorgen machte, war der Ford Granada, der im gegenwärtigen Straßenbild so auffällig war wie ein weißer Rabe mit Universitätsabschluss. Selbst der minderbegabteste Polizeischüler würde es schaffen, den einzigen Granada im Stadtgebiet binnen kurzem ausfindig zu machen, wo immer in Harland er auch bewegt wurde oder herumstand. Aber auch dafür würde sich vielleicht eine Lösung finden.

Ehrlich gesagt sah Silvia Sladki aus wie Erbrochenes. In den weit geöffneten Poren ihrer kalkweißen Gesichtshaut schienen grüne, giftige Punkte zu sitzen. Die schweren Schwangerschaftsbeschwerden, die ich gegenüber diesem Drachen von Luttenberger ins Treffen geführt hatte, bestanden ohne Zweifel tatsächlich. Meine Klientin atmete in kurzen, heftigen Schüben, als ob die Wehen bereits eingesetzt hätten. Von der Figur her sah man ihr den siebten Monat aber fast nicht an. Sie tat mir leid, wie sie da in der läppischen Uniform dieser Fresskette hochaufgeschossen, die langen Gliedmaßen zusammengeklappt wie eine traurige Heuschrecke, auf einem viel zu kleinen Wartezimmerstuhl kauerte. Sie klagte aber nicht, sondern wartete geduldig darauf, aufgerufen zu werden.

Rechts von uns saßen zwei Türkinnen, wohl Mutter und schwangere Tochter, mit golddurchwirkten, blauschwarzen Kopftüchern und großen, strahlend braunen Augen, mit denen sie mich partout nicht ansahen. Sie unterhielten sich gelangweilt in einer orientalischen Sprache, die auch einer der drei kurdischen Hauptdialekte hätte sein können. Wir leben, dachte ich, nicht mit diesen Menschen, sondern neben ihnen und wissen nicht mehr über sie als über irgendwelche Fidschi-Insulaner aus dem Reisemagazin im Nachmittagsfernsehen.

Ganz rechts außen saßen zwei hiesige, angeregt plaudernde Damen, von den Türkinnen durch einen partout freigelassenen Sitz getrennt. Ausländer könnten ja giftig sein oder irgendwelche unanständigen Krankheiten übertragen, und das Kauderwelsch, dass sie unentwegt aus ihren Stimmritzen pressten, verursachte sowieso Kopfweh, Übelkeit und manchmal sogar Erbrechen. Besser also, man hielt einen gewissen Mindestabstand.

„Weißt ja eh, dass mein Egon schon den Mord vom Bahnhof am Hals hat, müssen sie auch noch auf der Deponie einen ausbuddeln!“, erzählte die eine, die violett getönte, dichte Haare hatte, ein breites, feinfaltiges Gesicht und ein braunes Kostüm höchstwahrscheinlich von Fürnkranz oder Stift in Tulln trug, das so billig aussah, dass es ganz schön teuer gewesen sein musste. Gerade prototypische Vertreterinnen der oberen Mittelschicht konnten einen stundenlang darüber anjammern, dass man in Harland nicht einkaufen könne und für jedes Dior-Kostümchen extra in die Haupt- und Residenzstadt fahren müsse.

„Na, geh! Wie denn das?“, fragte die andere, eine magere, verhuschte Blonde in einem blauen Seidenkleid mit dazupassenden Schuhen und Handtasche.

„Beim Eingraben einer neuen Methangasturbine auf der höchsten Spitze des ganzen Müllberges, alternative Energieerzeugung!“, erwiderte die Erzählerin.

„Und?“

Danke für diese Frage, dachte ich, mich interessiert das mittlerweile auch.

„Zum Glück für Egon war es nur ein Herzinfarkt. Die unschönen Knochenbrüche und Gewebszerstörungen sind eindeutig postmortal, sagt jedenfalls der Gerichtsmediziner – wahrscheinlich von einem Bagger. So eine massive Gewalt, sagt er, kann kein menschlicher Körper auf einen anderen ausüben.“

„Wer vergräbt bloß einen mit einem Herzinfarkt im Müll?“ sprach mir die Blonde mit den hängenden Lidern aus der Seele.

„Das frage ich mich auch.“

Auf jede Frage gibt es eine Antwort, eine richtige Antwort, dachte ich, selbst das Rätsel, warum Bodo Herrnstein vor etlichen Jahren in seinem Stammbeisel den Duftstein im Urinal zuerst angeleckt und dann komplett aufgegessen hat, wurde schließlich gelöst. Die Antwort war eigentlich ganz simpel und lautete: 2,7 Promille.

Ein paar Sekunden später wurde die Erzählerin als Frau Gabloner aufgerufen.

Das traute Eheweib, dachte ich, von Oberleutnant Egon Gabloner – wenn der wüsste ... Und so schnell sitzt man dem Teufel auf der Schaufel. Aber vielleicht war es nicht schlecht für mich, dachte ich, dass Gabloner im Moment mit der unbekannten Müll-Leiche ausgelastet ist.

***

Wenn man Verantwortung trug, bedeutete das anscheinend vor allem, herumzukoffern und einen Haufen Wege zu haben. Nachdem ich Silvia Sladki in einem Geschäft für Damen-Unterwäsche am Riemerplatz zurückgelassen hatte, stellte ich den Ford Granada etwas außerhalb der gebührenpflichtigen Kurzparkzone bei der Körner-Hauptschule ab, ging in die Fuhrmannsgasse zurück, kopierte die Arztbestätigung in einem Copyshop mehrmals, kaufte drei Briefumschläge, schrieb die Adressen der Fischhandlung, der Krankenkasse und von Dr. Muratovics Ordination darauf, gab alles eingeschrieben beim Stadtpostamt am Herrenplatz auf und marschierte schließlich durch die halbe Innenstadt zum Dorotheum am Rathausplatz. Dort versetzte ich meine Armbanduhr, eine Glashütte Senator, die rund 1700 Euro wert war, für 700 Euro. Diese Automatic im schlichten Stahlgehäuse mit einem schwarz-weißen, nicht gerade auffälligen Ziffernblatt hatte sowieso nie zu mir gepasst, fand ich, Understatement war meine Sache nun gerade nicht. Ich hatte sie vor Jahren von einem Würstelstandbesitzer, einem fanatischen Uhrensammler, geschenkt bekommen, in dessen Bude innerhalb von wenigen Wochen nicht weniger als elfmal eingebrochen worden war. Gestohlen wurden immer nur Alkoholika, sprich so viel Bier, wie ein Einzelner ohne Auto gerade noch wegschleppen konnte. Den Standler schmerzten weniger die geringen Warenverluste als die Kosten für die elf neuen Schlösser und deren

Einbau, die er zu tragen hatte. Ich hatte mich damals drei oder vier Nächte im versperrten Würstelstand auf die Lauer gelegt und war schließlich einem vierzehnjährigen, hageren und verdreckten Bürschchen gegenübergestanden, das wenig entschlossen mit einem Schraubenzieher auf mich losging. Die Sache hatte schließlich damit geendet, dass ich dem Früchtchen einen gewaltigen Tritt in den Hosenboden versetzt und er alle Einbrüche zugegeben hatte. Ich ließ ihn laufen, weil mich solche Sorgenkinder des Lebens nur traurig machen und nicht wütend. Die Einbrüche in den Würstelstand hörten damit schlagartig auf, das Buberl mit dem Schraubenzieher war anscheinend dazu übergegangen, Schrebergarten- und Bauhütten aufzubrechen, und hatte ein Jahr später, wie ich in der Lokalzeitung lesen konnte, schon seine erste unbedingte Jugendstrafe weg. Das großzügige Geschenk des Standlers überraschte mich damals sehr, vor ein paar Jahren hat er sich bei einer reichlich verunglückten Sexualpraktik versehentlich erhängt. Der jugendliche Einbrecher ist inzwischen angeblich bei einer Schießerei im Wiener Stuwerviertel ums Leben gekommen. Und die teure, deutsche Uhr, die mich an das Schlamassel erinnert, werde ich wohl nicht wieder auslösen, sondern versteigern lassen, dachte ich.

Als ich in das Damen-Unterwäschegeschäft zurückkam, saß Silvia Sladki schwer atmend auf einem Stuhl in der Nähe der Kasse, den ihr das Personal herbeigeschafft hatte. Neben ihr lag ein Haufen Wäsche, den sie wohl nicht bezahlen konnte.

Ich regelte das.

An der Kasse dachte ich unvermutet an eine Stelle aus Amos, an einen Vers, den ich schon als Ministrant gekannt hatte und der mit schuld war, dass ich einst Polizist geworden war: „Ihr aber habt das Recht in tödliches Gift verwandelt und was ihr Gerechtigkeit nennt, ist bitter wie Galle." Sprich, ich dachte an Oberleutnant Gabloner und daran, was mir von seiner Seite alles blühen konnte, an die ganze Flora des Schmerzes und der Erniedrigung, an die Auslöschung einer – meiner – Existenz, die zwar nie so richtig bürgerlich und wohlgeordnet, aber immerhin leidlich lebbar gewesen war.

***

Vor dem Wäschegeschäft hatte ich dem Taxifahrer, den ich bestellt hatte und der einen Wagen aus der Flotte von Kommerzialrat Sabitzer chauffierte, aus einer Anwandlung heraus die Bleiziffer 6 gezeigt. Er war daraufhin sofort aus dem Wagen gesprungen, um das Heck des Fahrzeugs herumgelaufen und hatte Silvia Sladki die Tür aufgehalten. Als er bei mir das Gleiche versuchte, hatte ich abgewunken. In dem Moment hatte es schlagartig zu regnen begonnen, ein dichter, schlieriger Landregen, der nicht mehr aufhören sollte, bis ich Lászlo Zsigmund gefasst hatte. Aber das wusste ich zu diesem Zeitpunkt noch nicht, weder dass es so lange regnen würde, noch dass ich diesen Falotten jemals tatsächlich in die Finger kriegen würde.

Der Fahrer war ein schweigsamer, stiernackiger Bursche mit einem militärisch kurzen Haarschnitt. Sein breites, ungemütliches Gesicht mit den grünen Augen hatte so wie seine braune Lederjacke etwas Osteuropäisches und vielleicht sagte er deswegen kein einziges Wort, weil er unsere Sprache zwar passiv einigermaßen verstand, aber aktiv nicht anwenden konnte. Wer von uns, dachte ich, eine osteuropäische Sprache sprechen, wirklich sprechen kann, werfe den ersten Stein. Immerhin dürfte er das Fahrziel Unterradlberg verstanden haben, denn wir fuhren schon in der Ranzonigasse Richtung Norden, und das war eindeutig die richtige Richtung.

Walter Kobe hatte nach der Schule beziehungsweise mit seinem Leben nichts Gescheiteres anzufangen gewusst, als in das „Gästehaus Edith“ in Unterradlberg einzuheiraten, einen notdürftig renovierten Kleinhäuslerhof, in den seine inzwischen längst verstorbenen Schwiegereltern vor Jahrzehnten ein paar Wehrmachtsfeldbetten gestellt hatten. Seither hatte sich an der Ausstattung nur Unwesentliches verändert. Das Geschäft mit den paar Bauarbeitern und Vertretern, die dort hin und wieder nächtigten, ging seit eh und je schlecht, selbst den Harlandern war meist unbekannt, dass es irgendwo draußen am nordwestlichen Stadtrand überhaupt noch eine Ortschaft namens Unterradlberg gab, deren größte Attraktionen die Ortstafel, ein neues Feuerwehrhaus und ein mickriges Fließgewässer waren, das offiziell Flinsbach, inoffiziell Saubach hieß und alle paar Jahr über die Ufer trat und ganz Unterradlberg unter dem Radlberg unter Wasser setzte. Walter und Edith Kobe konnten vom Ertrag des Gästehauses nicht leben, jedenfalls nicht wirklich. Erst seit Edith vor zwei Jahren bei leichtem Augusthochwasser in eine Wasserwalze bei einer Traisen-Wehr geraten und nicht mehr aus dem tosenden, braungrünen Flusswasser hochgekommen war, ging es meinem alten Schulkollegen etwas besser. Daneben musste er aber immer noch ayurvedische Rasierwässer vertreiben und sein eigenes Zimmermädchen sein. Während der gesamten Gymnasialoberstufe hatte ich nicht mehr als drei oder vier Worte mit ihm gewechselt. Warum, wusste ich nicht.

Während wir mit dem Taxi buchstäblich durch Wasserwände gen Unterradlberg brachen, nickte ich kurz ein und träumte verworren von in flüssigem Stickstoff zu Eis erstarrten Campari-Cocktails, von einer pochierten Birne mit Kohlrabi und Kreuzkümmelgelee und von einer Auster mit Aloe vera und Anisschaum. Ich erwachte mit einem bittersauren Geschmack im Mund, als wir mit einem leichten Ruck vor dem „Gästehaus Edith“ stehen blieben. Im Schlaf hatte ich mir in die rechte Wange gebissen.

„Ich heiße Ovidiu“, sagte der Fahrer in einem völlig akzentfreien Deutsch, das in dieser eher ländlichen Gegend umso fremder klang. „Woher kennen Sie übrigens Kommerzialrat Sabitzer so gut, dass er Ihnen die Sechs gegeben hat?“

***

„Es wäre mir sehr recht, wenn du das Fräulein die nächsten zwei oder drei Tage nicht mit einem Meldeschein belästigen würdest – wenn du weißt, was ich meine!“, befahl ich Walter Kobe. Ich hatte schon ein paar Mal Leute von auswärts in seinem Gästehaus untergebracht, deren Namen im Melderegister sich während ihres Aufenthaltes in Harland eher unvorteilhaft ausgenommen hätten, zuletzt einen älteren Wiener Geschäftsmann, der gegen Oberleutnant Gabloner aussagen wollte, dann aber im letzten Moment doch noch kalte Füße bekam und abtauchte.

„Oh lala!“ grinste mein ehemaliger Klassenkamerad und verdrehte mitverschwörerisch die Augen. „Fellatio sein nicht Name von Spaghetti italiano.“

Nicht schon wieder, dachte ich genervt.

Wir standen im Foyer des „Gästehauses Edith“, einem angebauten windfangartigen Vorzimmer, in dem nicht mehr als zwei, drei Personen, ein riesiges Schlüsselbord und ein Ikea-Schreibtisch Platz hatten. Mit einem größeren Koffer kam man wahrscheinlich gar nicht in die Gästezimmer dahinter, so eng war diese „Lobby“. Mit mir darin war sie jedenfalls voll, proppenvoll.

„Denk nicht so schweinisch – es ist anders, als du denkst!“, antwortete ich scharf.

„Kapiert.“

„Du kannst auf die Gesamtrechnung zehn Prozent Trinkgeld draufschlagen. Hier sind einmal dreihundert als Anzahlung. Dafür verstehen sich frische Leintücher, ein halbwegs passables Frühstück und ein Abendessen, ein Aufschnitt oder so etwas, von selbst. Ich werde auch bei dir übernachten, aber in einem anderen Zimmer als das Fräulein.“

„Kapiert.“

„Wenn jemand hier auftaucht und sich nach ihr erkundigt, rufst du mich sofort an. Die, die nach ihr fragen, hältst du hin, bis ich da bin“, instruierte ich Walter Kobe.

„Kapiert.“

„Wenn das alles so klappt, wie ich mir das vorstelle, können wir über eine Erhöhung des Trinkgeldes auf zwanzig Prozent durchaus reden.“

Silvia Sladki hatte ich in der Obhut von Ovidiu im Taxi gelassen. Es war mir wichtig, zuerst mit Walter Kobe alles zu klären.

„Und im Übrigen gilt, mein alter Freund und Zwetschkenröster: Wenn du das Fräulein, das übrigens hochschwanger ist, anmachst oder anbrätst, ziehe ich dir die Ohren lang und schneide dir den Schniedel kurz!“

„Aber Marek, ich würde doch nie …“, gab er sich empört.

„Lieber würde ich ein ‚kapiert‘ hören. Kapiert?“

„Kapiert.“

„So ist es schön, Walter“, meinte ich.

Inzwischen stand Ovidiu mit einem kleinen, gelb-blauen Ikea-Regenschirm vor dem Windfang. Er versuchte Silvia Sladki mit dem Schirm vollkommen zu überdecken und scherte sich überhaupt nicht darum, dass er selbst pitschpudelnass in einem veritablen Regenguss stand, der nicht von schlechten Eltern war.

Ich gab Ovidiu meine Autoschlüssel und schickte ihn sofort wieder los. Er sollte aus dem Kofferraum des Ford Granada die zwei Kisten mit den Resten von Silvia Sladkis Hausstand holen und mir vor allem einen Regenschirm besorgen, denn der Himmel über Harland hatte seine Schleusen geöffnet. Insgeheim freute ich mich, denn bei einem solchen Sauwetter würde kein Harlander Kieberer einen Schritt nach draußen machen und nach mir oder meinem Auto suchen.

Walter Kobe trug ich auf, die Schwangere, die einen ziemlich ermatteten Eindruck machte, auf ihr Zimmer zu begleiten. Ich brauchte Zeit, um ungestört mit Mausl telefonieren zu können. Irgendwie, fand ich, war unsere ganze Maturaklasse damals ziemlich meschugge gewesen, mich eingeschlossen.

***

„Er hat immer wieder neue Homepages bei Free-Providern freigeschaltet, ganz einfache Sachen, billig und schnell zusammengeschustert. Dem Kern nach immer das Gleiche, die Homepage einer russischen Oberschülerin. Tatjana aus Rostow am Don. Oder Sofia aus Rostow am Don. Oder Olga, ebenfalls aus Rostow. Wer die Homepage anklickt, erfährt etwas über die Hobbys von Tatjana. Ein paar harmlose Fotos in einer dunkelblauen Schuluniform. Ihre Größe, ihr Gewicht, sehr zart übrigens. Ihre Lieblingsfarbe und ihr Lieblingstier und dass sie in einer Plattenbausiedlung am Rande der Stadt wohnt. Schließlich eine E-Mail-Adresse und dass sie sich über jeden Kontakt mit Deutschen oder Österreichern freuen würde, um ihr Deutsch zu verbessern. Ihr inniger Berufswunsch sei Assistentin der Geschäftsleitung in einer Reisebürokette und sie studiere deshalb eifrig Fremdsprachen, sprich Englisch und Deutsch“, referierte Mausl amüsiert am Telefon.

Haben die Jungen keine Träume mehr, fragte ich mich, keine wirklich großen Träume, von Visionen ganz zu schweigen. Andererseits, wie weit man mit Visionen kam, konnte man an mir und den meisten meiner Klassenkameraden sehen.

„In Tatjanas respektive Olgas oder Sofias Lebenslauf gibt es auch eine kurze Beschreibung von Rostow. Offenbar kennt dieser Zsigmund auch Wikipedia.“

„Und so etwas ist abendfüllend?“, zweifelte ich.

„Er hatte Dutzende solcher simpler Hompages gleichzeitig laufen und hat Tag für Tag einen umfangreichen E-Mail-Verkehr geführt“, erläuterte Mausl.

„Männer?“, fragte ich überflüssigerweise in mein Handy hinein.

„No na net. Eunuchen werden voll darauf abfahren, dass ihnen ein Mäderl aus der südrussischen Provinz nach ein paar Tagen naiv-lieblicher Korrespondenz ihre sexuellen Tagträume offenbart“, versetzte Mausl. Ich konnte mir das breite Grinsen in seinem hageren, langen Gesicht direkt vorstellen.

„Nämlich?“

„All diese Tatjanas und Olgas aus Zsigmunds krankem Hirn sehnen sich danach, nichts als einen Beißkorb und ein Hundehalsband mit Stacheln nach innen und nach außen zu tragen und mit der Hundeleine das nackte Hinterteil versohlt zu bekommen. Danach wollen sie alle wie eine Hündin genommen werden, so richtig brutal“, referierte Mausl sachlich.

„Klingt ja ordentlich romantisch“, meinte ich lachend, „was anderes ist dem Saubartl wohl nicht eingefallen?“

„Dieselben abartigen Neigungen auch bei Sofia und Elisaweta, bei Mascha und Gruschenka und wie sie alle noch heißen. Auch dieselben Formulierungen, mit denen sie ihre Liebesfantasien offenbaren, bis hin zum letzten Beistrich“, erzählte mein alter Haberer.

„So ein Schlawiner!“, kicherte ich in mein Handy.

„Immerhin hatte er auch noch eine zweite Schiene, mit der süßen Svetlana, kaum siebzehn, blond und ebenfalls Schülerin aus Rostow am Don. Dieselbe Machart inklusive Hobbys, Lieblingsblumen, Plattenbau und Porträtfoto. Das arme Mädchen ist laut Homepage eine Jungfrau, wie sie im Internet steht. Nur auf der letzten Schullandwoche irgendwo im Ural hat sie mit einer Klassenkameradin unter der Bettdecke intensiv geknutscht, was sie auch jedem ihrer E-Mail-Kontakte nach ein paar Aufwärmmails bereitwilligst und detailverliebt erzählt. Nun aber sehne sie sich, geht die Korrespondenz flott voran, nach einem richtigen Schwanz, vorzugsweise nach einem aus Deutschland oder Österreich, um gleichzeitig auch ihr Deutsch zu verbessern, was ja auf einer Tourismusfachschule von Vorteil ist."

„Dass Männer so blöd sein können!", wunderte ich mich einmal mehr.

„Diese Svetlana gibt es natürlich auch als Irina, Nadeschda und Natascha. Immer dieselbe schwüle Geschichte, immer mit denselben Worten geilfertig serviert", meinte Mausl.

„Und wie hat unser Mann nun mit diesen selbstgestrickten Homepages und Männerfantasien Kasse gemacht?"

„Das Beste ist ja, dass man sich Tatjana oder Natascha, Svetlana oder Sofia zu Besuch holen kann, in den russischen Schulferien, die praktisch immer sind. Für die Kleinigkeit von 450 Euro Reisekosten-Vorschuss", erzählte Mausl lachend.

„Und wie haben diese dämlichen Freier das Geld geschickt?", fragte ich interessiert.

„Ist in den Mails alles detailliert angegeben. Der Typ arbeitet mit Textbausteinen wie ich als Kind einst mit Matador und Lego."

„Wie?", versuchte ich abzukürzen. Mausl hörte sich nämlich eh schon wissen selbst gerne reden.

„Na, einfach mit Western Union nach Rostow am Don beziehungsweise nach Asow, das ist eine kleinere Stadt in der Nähe davon. Funktioniert ebenso watscheneinfach wie eine Postanweisung", erklärte Maus.

„Jetzt bin ich aber verblüfft", gab ich zu.

„Dein Zsigmund muss einen Kontakt in Rostow sitzen haben, der halt für ihn das Geld vom lokalen Western-Union-Büro in Asow abholt. Übrigens ein Fulltime-Job. An manchen Tagen dürften da zigtausend Euro hinübergeflossen sein."

„Und wie hat unser Mann sein Geld aus Russland wieder herausbekommen, abzüglich einer saftigen Provision für den Rostower?"

„Selber Weg, entgegengesetzte Richtung. Bei uns am Postamt im Traisenpark machen die auch Zahlungsverkehr für Western Union."

„Wenn man als Russe Tag für Tag Tausende Euro an Barem von einer einzigen Western-Union-Filiale herausholt, braucht man Beschützer. Sonst macht man es nämlich nicht lange", überlegte ich laut. „Also hatte Zsigmund Geschäftspartner in Südrussland. Und wenn man mit denen über Kreuz kommt, kann es schon passieren, dass die ein Exekutionskommando auf die weite Reise nach Harland schicken. Oder gleich irgendwelche Freelancer in Budapest oder am Wiener Südbahnhof anheuern."

„Eigentlich habe ich überhaupt nichts dagegen, dass der Typ all diese ekelhaften Kinderverzahrer hineingelegt hat, die sich um 450 Euro vierzig, fünfzig Kilo blutjunges Mädchenfleisch kaufen wollten, das Kilo für zehn Euro oder so", sagte Mausl.

„Ich auch nicht", gab ich ihm recht.

Ich hatte eigentlich nur etwas dagegen, als Mordverdächtiger zu gelten, weil diese Trottel aus der russischen Pampa einen Doppelgänger von Zsigmund, also eindeutig den Falschen niedergeschossen hatten.

„Und dann ist da noch jede Menge eBay-Zeugs auf der Festplatte. Der Typ hat offenbar wie ein Verrückter mit Büchern gehandelt. Besser gesagt, er hat jede Menge alter Schwarteken verkauft. Gekauft hat er gar nichts."

„Das weiß ich bereits", antwortete ich. „Sonst noch etwas auf dem Laptop?"

„Ein bisschen heruntergeladene Pornografie, aber nichts wirklich Aufregendes, jedenfalls aus meiner Sicht."

„Du hast mir einen großen Gefallen getan! Ich bin dir wirklich etwas schuldig!", sagte ich ernst.

„Was soll ich mit deinem Laptop jetzt machen?", fragte Mausl.

„Heb ihn bitte noch ein paar Wochen für mich auf. Wenn du nichts mehr von mir hörst, gehört er dir“, antwortete ich.

***

„Der 2. März ist mein Geburtstag, natürlich erinnere ich mich an den Abend! Und den Kerl von Ihrem Foto kenne ich auch. Der ist aus dem Haus vis-à-vis und drückt sich bei uns immer Zigaretten heraus. Allerdings habe ich ihn schon länger nicht mehr gesehen.“

Der auskunftsfreudige Mieter war mehr breit als hoch und trug ein weißes, ärmelloses T-Shirt mit der dezenten Aufschrift „Ich Chef – du nix!“ quer über der Brust. Als ich an seiner Wohnungstür geläutet hatte, dürfte er gerade Eierspeise gegessen und Bier getrunken haben. Spuren des Gerichtes fanden sich auf seiner Oberbekleidung, den Alkohol roch man sowieso, wahrscheinlich bis ins Steirische hinein. Unter dem sehr kurzen und engen T-Shirt quoll ein lilienweißer, veritabler Kugelbauch über den Hosenbund hinunter. Die stämmigen Beine steckten in kanarigelben Leggins und grasgrünen Plastikpantoffeln. Trotzdem war der vielleicht fünfunddreißigjährige Gauch meine letzte Chance. Seine Wohnungstür war jedenfalls die letzte im Gemeindebau in der Kremser Landstraße 43, an der ich noch nicht geklingelt oder geklopft hatte.

„Haben Sie ihn am 2. März gesehen, am Abend, so gegen 19.30 Uhr?“, fragte ich gespannt.

„Natürlich, ich war etwas beschwipst von meiner Geburtstagsfeier, bei der sich eine Flasche Cognac und ich geradezu königlich amüsiert haben, und wie ich mich aus dem Fenster gelehnt habe, um etwas Luft zu bekommen, da habe ich ihn gesehen am Zigarettenautomaten.“

„Echt?“, konnte ich es nicht glauben.

„Eh klar. Der hat sich ein Packerl Tschick herausgedrückt und ist dann in einen gelben Ferrari gestiegen?“

„In einen gelben Ferrari?“, fragte ich mit zitternder Stimme.

„Habe ich doch schon gesagt! Hören Sie schlecht?“

Die Frage ist nur, überlegte ich, wie betrunken mein Zeuge damals war beziehungsweise heute ist. Aber dann dachte ich, dass sich so etwas Absurdes wie einen gelben Ferrari wohl nicht einmal ein Schizophrener ausdenken würde, geschweige denn ein Besoffener.

„Ein gelber Ferrari!“, konnte ich es noch immer nicht glauben.

„Und Sie sind wirklich Detektiv?“, begann der Gauch an mir zu zweifeln und trat einen Schritt zurück in seine Wohnung.

„Sie haben was gut bei mir! Echt! Mindestens eine Kiste Bier!“

„Hoffentlich kein alkoholfreies …“

„Sehe ich etwa aus wie so ein Gesundheitsapostel?“

Auf der Verbindungsstraße zwischen Unterradlberg und Harland war das Wasser stellenweise bereits knöchelhoch gestanden. Obwohl Ovidiu das schwere Taxi konzentriert gelenkt hatte, waren wir zweimal für etwa eine Zehntelsekunde aufgeschwommen. Der Regen kam wie eine graue Steinwand von oben herab. Alles, was weiter als fünfzig, sechzig Meter von einem entfernt war, schien hinter dieser Wand zu verschwinden.

„Wo starren Sie jetzt hin? Nach Tripstrüll? Ins Narrenkastl?“, fragte mein Zeuge ärgerlich. „Was ist jetzt mit meinem Bier?“

In dieser Sekunde stand mein Plan fest. Ich ließ den Kerl einfach stehen und rannte so schnell, wie ich nur konnte, das Stiegenhaus hinunter.

Ovidiu hatte den schweren, schwarzen Mercedes keine zehn Meter vom Haupteingang des Gemeindebaus abgestellt. Trotzdem wurde ich klitschnass während des Sprints vom Haustor bis zur Beifahrertür, den ich in circa viereinhalb Sekunden bewältigte, was für meine Gewichtsklasse nicht einmal eine allzu schlechte Zeit war.

Ich wuchtete meinen Luxuskörper auf den Beifahrersitz und sagte zu dem Taxifahrer, der einer mehr als seltsamen Firma angehörte: „Ich habe kein Geld mehr, aber ich würde Ihnen gerne welches geben. Vor allem, weil ich Sie auch morgen noch brauchen werde."

Ich hörte mir quasi zu, während ich dies sagte, und es war mir noch nie so peinlich gewesen, wieder einmal knapp bei Kasse zu sein.

„Von jemandem, der die Sechs von Kommerzialrat Sabitzer bekommen hat, nehmen wir kein Geld", kam die unerwartete Antwort.

Ovidiu hatte die Rückenlehne des Fahrersitzes in eine Art Liegeposition gebracht und döste mit geschlossenen Augen. Der Taxameter war schon seit geraumer Zeit ausgeschaltet, ebenso der Sprechfunk. Ich verstand es nicht.

„Warum? Ich verstehe es nicht!", sagte ich.

„Eine Frage der Ehre", antwortete der Taxifahrer, als wäre diese Antwort das Selbstverständlichste der Welt.

„Welche Ehre?"

„Unsere Ehre. Vielleicht die einzige, die in dieser Welt noch Bestand hat."

Mit einem Mal wurde der Regen schwarz und der Innenraum des Mercedes verschwamm vor meinen Augen. Ich hörte, wie der Motor angeworfen wurde, und plötzlich bohrten sich die beiden Scheinwerfer des Wagens in die dunkle, schwere Nässe. Ovidiu saß kerzengerade auf dem Fahrersitz, die Rückenlehne hatte er wieder hochgeklappt.

„Woher können Sie übrigens so gut Deutsch?", fragte ich.

„Na ja, ich war ein junger Bursche und die Vortragende im Deutschkurs hat sich wohl verguckt in mich. Ich habe jedenfalls eine ganze Menge Privatstunden genossen."

„Warum haben Sie kein Radio im Auto?"

„Rumänien ist unmöglich hereinzukriegen", bemerkte Ovidiu. „Aber wenn Sie mich dauernd solche Banalitäten fragen, könnte ich noch auf die Idee kommen, dass es bei unserer nächsten Station gefährlich wird, richtig gefährlich. Stimmt's oder habe ich recht?"

Harland ist an sich überhaupt nicht gefährlich, dachte ich, es gibt nur ein paar brandgefährliche Leute hier.

„Es ist nicht weit von hier, praktisch nur einmal um die Ecke. Daniel-Gran-Straße 16", wich ich aus.

***

Die Tschetschenen waren unsichtbar. Sie hausten in ehemaligen Kohlenkellern und Werkzeugschuppen, sie vegetierten im Substandard, in halb verfallenen Gründerzeit-Zinskasernen, in deren bröckelnde Bausubstanz schon seit dem Attentat von Sarajevo nichts mehr investiert worden war, in den Hinterhöfen einer einzigen, kurzen Häuserzeile in der Daniel-Gran-Straße zwischen einer Peepshow und einer aufgelassenen Straßenbahnremise, eingewiesen von einer Wiener Elendsverwaltungsbürokratie, der das Schäbigste und Billigste noch viel zu gut war für sie. Sie lebten in Leichnamen von Häusern, in denen sonst niemand mehr leben wollte, abgesehen von ein paar uralten kurdischen oder tunesischen Gastarbeitern, deren Arbeitgeber sie einst nur sporadisch bei der Krankenkasse angemeldet hatten und die jetzt daher keine Rente bekamen, und von ein paar unverbesserlichen Notstandshilfebeziehern, die sich glücklich und zufrieden dem Tod durch eine zünftige Leberzirrhose entgegensoffen.

Die Mütter und Großmütter, all die jungen und alten Witwen, hockten in den kläglich möblierten Kämmerchen auf den Linoleum-Fußböden und weinten schwarze Tränen. Zu neunt oder zehnt saßen sie in den winzigen Zimmern und Verschlägen und erzählten ihren Kindern immer wieder und immer wieder die Geschichten aus Grosny, die unendlich traurigen Geschichten vom zertretenen Land Tsche-

tschenien, die wahren Geschichten, die niemand hören wollte, nicht in Russland, nicht in der Welt und schon gar nicht hier in Harland.

Als die Ungarn und die Tschechen sich einst gegen die Russen auflehnten, haben unsere Großeltern noch Tränen des Mitleids vergossen. Als die Tschetschenen Jahrzehnte später das gleiche Spiel verloren, wurde das zunächst nicht einmal bemerkt. Erst als die Witwen und ihre Kinder aus Traiskirchen nach Harland verschickt wurden, knirschten die Harlander mit den Zähnen und pressten zwischen den Kiefern schnell Worte der Abneigung und des Abscheus hervor. Die Mütter und Großmütter und die paar uralten tschetschenischen Männer zogen sich in die Mitte ihrer ausgebluteten, ausgetrockneten Herzen zurück und nahmen den Hass, der ihnen entgegenschlug, nicht mehr wahr.

Daniel-Gran-Straße 16 war ein grauschwarzes, völlig unproportioniertes Zinshaus aus der Gründerzeit, dem man schon vor Jahrzehnten sämtlichen Fassadenschmuck, all die Giebel, Ornamente und Girlanden abgeschlagen hatte. Mit einem moosigen Dach aus uraltem Eternit hockte das windschiefe Mietshaus im dichten, zähen Regen und das verwitterte Eingangstor aus altem, ungestrichenem Holz sah wenig einladend aus.

Ich zögerte ein wenig, die Beifahrertür aufzumachen und auszusteigen. In diesem Abschnitt der Daniel-Gran-Straße war es so dunkel wie in einem nordkoreanischen Operationssaal und sämtliche Passanten hatte der Regen schon vor geraumer Zeit in die Häuser getrieben.

Ovidiu wuchtete seinen stämmigen Oberkörper ruckartig nach vorne und griff unter seinen Sitz. In seiner rechten Hand befand sich plötzlich Artillerie, meine abgesägte Schrotflinte aus dem Ford Granada.

„Vielleicht können Sie die ja brauchen", meinte mein Chauffeur lakonisch. „Ich habe mir erlaubt, ein bisschen in

Ihrem Handschuhfach herumzukramen, einfach weil ich wissen wollte, wer da die Sechs bekommen hat."

„Stecken Sie das Ding lieber wieder weg – kein Bedarf", erwiderte ich. „Gegen die da in dem Haus sind schon ganz andere, weit größere Kaliber gerichtet worden, und die fürchten sich immer noch nicht."

„Soll ich vielleicht mitkommen?"

„Drei sind zu viel. Da hinein sollten nur mein Mundwerk und ich."

***

Ich stand vor dem verschlossenen Tor des Hauses Daniel-Gran-Straße 16 und der Regen kam schwarz und kalt wie aus einer voll aufgedrehten Dusche auf mich herab. Ich spürte, wie das Wasser meinen Nacken und meinen Rücken hinabrann und irgendwo bei meinen Knöcheln wieder austrat. Ich stand vor dem Tor, atmete kalten Wasserdampf ein und klopfte circa alle zwei Minuten mit der Faust kräftig gegen das massive Holz. Alle straßenseitigen Fenster des Hauses waren dunkel, aber ich hatte das Gefühl, beobachtet zu werden, nicht nur von Ovidiu, der auf der gegenüberliegenden Straßenseite in seinem Mercedes saß und wohl die ganze Zeit eine Hand am Griff der Schrotflinte hatte.

Sie ließen mich ungefähr zehn Minuten lang warten. Dann ging ein Flügel der Tür wie von allein einen Spalt auf. Ich drückte gegen das Holz und öffnete den Türflügel vorsichtig und langsam. Keine drei Meter von mir entfernt saß ein uralter, verhutzelter Mann mit einem grauweißen Vollbart bis ans Brustbein auf einem Campingsessel und rauchte eine selbstgedrehte Zigarette. Er sah mich an wie einen toten, mumifizierten Maikäfer. Neben ihm saß ein vielleicht zwölf oder dreizehn Jahre alter Bub auf einem roten, abgewetzten Polster am Boden und las in einem dicken Buch ohne Illustrationen und einer runden, ornamental wirkenden Schrift. Vor sich hatte er eine Art

Petroleumlampe stehen, die einen kleinen Lichtkegel warf. Hinter den beiden war ein langer, finsterer Gang oder Flur zu erahnen. Es war still wie in einem verlöteten Sarg. Ich machte ein, zwei Schritte über die Schwelle und schloss den Torflügel hinter mir. Ich wusste, dass ich in diesem Haus nicht viel weiter kommen würde.

Ich nickte den beiden ungleichen Gestalten zu und setzte zu einer Erklärung an: „Ich suche keinen Tschetschenen, sondern einen Ungarn, der vor ein paar Jahren in diesem Haus gelebt hat."

Sicherheitshalber erwähnte ich mit keinem Wort, dass der Ungar wahrscheinlich gar keiner war und möglicherweise auf der Todesliste irgendeiner südrussischen Lokalmafia stand. Das hätte die Dinge, die eh schon schwierig genug waren, vielleicht nur unnötig verwirrt.

Der alte Mann sah mich noch immer wortlos an, während der Junge mich völlig ignorierte. Dabei übersetzte er aber offenbar jedes Wort aus meinem Mund, ohne auch nur einmal aufzuschauen.

„Dieser Mann", sagte ich und hielt das Foto von Zsigmund hoch, „hat bis vor zweieinhalb Jahren in diesem Haus gelebt. Heute nennt er sich Lászlo Zsigmund. Ich möchte wissen, wie er damals geheißen hat."

Der alte Mann äußerte etwas in einer Sprache, die ich noch nie gehört hatte. Fast gleichzeitig hörte ich das Kind fragen: „Warum wollen Sie wissen?"

„Um einer werdenden Mutter Gewissheit über das Schicksal ihres Lebensgefährten zu verschaffen. Lászlo Zsigmund ist verschwunden. Wenn ich seine Vergangenheit kenne, kenne ich vielleicht auch seine Zukunft", erklärte ich.

Der Bub übersetzte meine inhaltlich etwas verschwommene Rede in Worte und Wendungen, die irgendwie traurig und abgehackt klangen und mir so fremdartig vorkamen wie das Innere meiner Zirbeldrüse. Auf ein fast unmerkliches Nicken des Patriarchen klappte er plötzlich das Buch zu, kam gelenkig-geschwind hoch von seinem Polster und war mit kleinen, schnellen Schritten bei mir. Ich gab ihm das Foto. Als ich von seiner Hand hochschaute, die nach dem Porträt griff, war der alte Mann im Dunkel des Ganges verschwunden. Der jugendliche Übersetzer stürzte ihm nach.

Ich blieb sicherheitshalber, wo ich war.

***

„Chejlmutt. Der Mann, den was Sie suchen. Der Mann von Foto."

Diesmal hatten sie mich meinem Gefühl nach rund eine halbe Stunde warten lassen. Mein bis auf die Unterwäsche komplett durchnässtes Gewand fühlte sich an, als wäre ich von Hals bis Fuß in feuchte Müllbinden eingewickelt. Die kleine Petroleumlampe war die einzige Wärmequelle weit und breit. Ich war Pluto am dunklen, kalten Ende des Sonnensystems.

„Helmut?", fragte ich den tschetschenischen Buben, der wieder im Flur erschienen war und mir das Foto zurückgegeben hatte. Danach hatte er sich wieder auf den roten Polster gesetzt. Das dicke Buch hatte er allerdings nicht mehr dabei.

Zsigmunds Porträt fühlte sich merkbar abgegriffen an, wie wenn es inzwischen durch viele Hände gegangen wäre.

„Ja, Chejlmutt. Chejlmutt Schoen."

„Helmut Schön?"

„Ja. Hat gewohnt hier. War arbeitslos, hat aber Computer repariert. Immer Computer repariert. War aber nicht Ungar. Auch nicht Tschetschene. Auch Lászlo Zsigmund hat gewohnt hier. Ist aber weg, bevor Chejlmutt Schoen ist weg."

„Warum hat man mir hier geholfen?", fragte ich nachdenklich. „Ich bin doch ein Fremder für Sie alle."

„Sie müssen gehen jetzt. In der Nacht müssen wir Tor halten geschlossen. Sie werfen nicht nur Ziegelsteine in unsere Fenster", erwiderte der Bub mit unbewegtem Gesicht und ebensolcher Stimme.

„Ich bin den Bewohnern dieses Hauses etwas schuldig", versicherte ich.

„Falls auf Straße Sie es nicht schon vergessen haben ... In diesem Land leicht man vergisst."

„An solche alten Schulden erinnern mich die Heerscharen von Geistern, die mir dann und wann im Genick sitzen", erwiderte ich und öffnete das Tor.

Der Regen war noch stärker geworden, hatte ich den Eindruck. Ohne mich noch einmal umzusehen, lief ich auf Ovidius Taxi auf der anderen Straßenseite zu. Meine gewichtigen Plattfüße tappten in knöchelhohe Wasserlachen. Ein bisschen noch, lachte ich innerlich, und das Unternehmen Sintflut kann beginnen.

Nach einem langen, anstrengenden Tag, an dem ich unter anderem eine trunksüchtige Prinzessin gerettet und zwei Kampfzwerge verdroschen hatte, und das auch noch ohne eine annähernd ausreichende Kalorienzufuhr, war ich nur noch müde und hungrig. Ich dachte ernsthaft daran, mich meinem Wohnhaus über die aufgelassenen Schrebergärten dahinter zu nähern und durch ein einzuschlagendes Wohnzimmerfenster in meine eigene Wohnung einzusteigen, um einen eventuellen Posten Gabloners vor meinem Haustor auszutricksen. Aber dann waren mein Phlegma und meine Erschöpfung einfach zu groß und ich ließ mich von Ovidiu genau vor meine Haustür chauffieren, lief schnell in die Wohnung hinauf und raffte eine Reisetasche mit trockenen Sachen, Zahnbürste und Zahnpasta und meinen Notgroschen zusammen, den ich in einem verschlossenen Kuvert aufbewahrte, das an die Unterseite der vierten Schreibtischschublade von links geklebt war.

Als ich zurückkam, hatte Ovidiu eine Nylonplane über den Beifahrersitz gelegt. Entweder wollte er mich ermorden, ohne allzu viele Spuren in seinem Taxi zu hinterlassen, oder meine total nassen Klamotten gingen ihm schön langsam auf die Nerven. Auch Taxifahrer waren eben nur Kleinbürger.

„Ich habe vor, heute im Gästehaus Edith ein Fest zu geben – Sie sind herzlich dazu eingeladen!", meinte ich euphorisch, weil ich wieder im warmen Wagen saß.

„Es tut mir leid, ich weiß das wirklich zu schätzen, aber ich würde heute Abend lieber Steaua Bucuresti schauen im Fernsehen. Sie wissen schon, die Qualifikation für die Champions League."

Auch gut, dachte ich, gebe ich eben kein Fest. Ist wahrscheinlich sowieso zu früh oder zu spät, wer weiß schon, ob ich morgen oder übermorgen noch am Leben sein werde.

***

Ich wusste von Kollegen, die vor jedem Stuhlgang den Deckel des Spülkastens hochhoben, weil sich der Schwimmer-Mechanismus der Spülung leicht und elegant mit dem Abzugsring einer Handgranate verbinden ließ. Manche schliefen mit Survivalmessern unter dem Kopfpolster, andere wieder mit Pistole oder Revolver in den Hausschuhen vor dem Bett. Schon klar, wer fühlt sich nicht dann und wann beobachtet, in einer belebten Fußgängerzone oder in einer Einkaufsmall oder von einem gelangweilten Nachbarn durch die Gardinen? Aber viele Leute aus der Sicherheitsbranche pflegten solche ganz normalen, gelegentlich vorkommenden Anwandlungen hochzuschaukeln und verbissen zu kultivieren, bis sie bestimmende, paranoide Affekte waren. Paranoia war bei meinesgleichen die einzig anerkannte Berufskrankheit. Wenn es einem dann noch gelang, die eigene Paranoia auf Kunden zu übertragen, hatte man es sowieso geschafft. Verfolgungswahn war in unserer Branche absolut verkaufsfördernd, einfach gut fürs Geschäft. Und erst die ganze einschlägige Technik, die Handyscanner und Wanzen, die Richtmikrofone und Trojaner, all die elektronischen Sicherungen, die selbst das Husten einer sich nähernden Stechmücke auf zwei Kilometer registrierten! All die Fachmessen, dachte ich, waren mir eigentlich schon seit Jahren verleidet, weil sie nur noch technischen Heerschauen glichen und man dort nicht mehr lernen konnte als elektrotechnische Feinheiten und Kniffe.

Durch die himmelhohen, schwarzen Regenwände hindurch, unter denen Harland in dieser Nacht begraben lag, hätte man nicht einmal so etwas Großes wie den Stephansdom im Auge behalten, das heißt observieren können, geschweige denn ein schwarzes, flott dahinfahrendes Taxi, das sich im Landregen verlor, der weiter dicht wie Spucke fiel. Wenn mich Oberleutnant Gabloner wirklich beschatten ließ, so waren alle seine Bemühungen im wahrsten Sinne des Wortes ins Wasser gefallen. Ganz zu schweigen davon, dass man Polizisten, die sich im Dauer-Schnürlregen auf die Straße stellten und irgendwelche Fahrzeuge anhielten und kontrollierten, erst einmal finden musste. Fahndungen hatten hierzulande nur bei einigermaßen erträglichen Wetterverhältnissen Aussicht auf Erfolg.

Ovidiu chauffierte mich schweigsam durch die Sintflut, er war mit seinen Gedanken längst bei dem Fußballspiel. Als wir in Unterradlberg einfuhren, bemerkte ich das nicht einmal, so dicht war der Niederschlag noch immer. Das „Gästehaus Edith" tauchte unvermutet auf wie der Eisberg vor der Titanic.

Ich drehte mich zu meinem Chauffeur um und steckte ihm zwei Hundert-Euro-Scheine aus meiner eisernen Reserve in die rechte Brusttasche.

„Das ist kein Fuhrlohn, den Sie ja sowieso nicht nehmen würden. Setzen Sie das Geld einfach auf einen Sieg von Steaua!", sagte ich rasch, als ich eine leichte Verärgerung sein Gesicht hochkriechen sah.

„Woher wissen Sie, dass ich wette?", fragte er misstrauisch. „War das doch kein Zufall, dass Sie gerade mich angefordert haben?"

„Ich weiß praktisch gar nichts von Ihnen, das war ein Schuss ins Blaue, der ins Schwarze getroffen hat."

„Ich glaube, Sie sind einer, den man nicht unterschätzen sollte“, sagte Ovidiu nachdenklich.

„Lag der Verbannungsort von Ovid, Ihrem Namenspatron, nicht am Schwarzen Meer?“, versuchte ich abzulenken.

„Constanta“, antwortete Ovidiu. „Ich dagegen bin nach Harland verbannt worden. Die Spiele von Steaua im Fernsehen sind meine einzige Auszeit von dieser Verbannung.“

***

Der Mann war durchaus eifrig, ja, mitunter hat er sich sogar in seine Fälle verbissen. Aber alles in allem war da nie Methode dahinter, kein System, keine Disziplin, keine Konsequenz. So ein Mann beziehungsweise Betrieb wäre niemals ISO-zertifiziert worden. Alle diese praktisch ungesteuerten Abläufe nach eigenem Gutdünken! Viel zu eigensinnig, der Mann. Eigentlich schon als Fußballer. Lieber auf seiner Position als linker Außenverteidiger den Ball erkämpft und sich dann die ganze Außenbahn durchgetankt, als einmal das Mittelfeld mit einem langen Pass nach rechts überbrückt. Gerade in unserer Branche darf aber der Kampf kein Selbstzweck sein! Wir sind Dienstleister, keine edlen Ritter! Wir erbringen Dienstleistungen, vor allem für die Wirtschaft. Prinzipiell retten wir auch keine Prinzessinnen, sondern liefern unseren Auftraggebern schlicht und einfach Daten und Ergebnisse. Wir sind nüchterne, zuverlässige Zeugen in etwaigen Gerichtsverfahren und halten uns an die Spielregeln. Überhaupt diese ewige, fast schon kindische Sehnsucht nach einer Gerechtigkeit, die es so ja gar nicht gibt, jedenfalls nicht hier und wahrscheinlich auch nicht woanders, nicht jetzt und auch nicht zu einer beliebig anderen Zeit. Letztlich war sein daraus resultierendes, überaus schlampiges Verhältnis zu Recht und Gesetz wohl auch der Grund für seinen Untergang – Requiescat in pace!

Mitten im außer mir menschenleeren Foyer hörte ich plötzlich so etwas wie meinen eigenen Nachruf, in meinem

Kopf gesprochen von einem Insider, einem kollegial-unkollegialen Beobachter meines Lebens und meiner Laufbahn. Wenn ich schon solche akustischen Halluzinationen hatte, lag das sicherlich vor allem daran, dass mein Magen so leer war wie die Staatskasse der Republik.

Das Foyer war völlig dunkel gewesen, als mich Ovidiu vor dem „Gästehaus Edith" abgesetzt hatte. Die Eingangstür war unverschlossen gewesen. Ich hatte mit der Reisetasche in der Linken und der Schrotflinte, die mir Ovidiu wieder ausgehändigt hatte, in der Rechten nach einem Lichtschalter gesucht. Aus den Tiefen des Gebäudes war so etwas wie dünnes Lachen zu hören gewesen, aber vielleicht hatte sich irgendein Teil meines Gehirns die vielfältigen, permanent vorhandenen Geräusche des Regens auch nur zu einer menschlichen Äußerung zusammengebastelt. Nachdem ich den Schalter endlich gefunden und Licht gemacht hatte, hatte ich irgendeinen Zimmerschlüssel vom Wandbord genommen und mich auf die Suche nach der Nummer 9 begeben. Soweit ich mich erinnern konnte, lag der Zimmertrakt links und ebenerdig. Bevor ich mich allerdings auf die Suche machte, klemmte ich als alter Paranoiker von Berufs wegen noch Walter Kobes Portierstuhl unter die Klinke der Eingangstür, sodass sich diese von außen nicht mehr niederdrücken ließ.

Ich stellte mir kurz vor, wie ich Oberleutnant Gabloner energisch mit meiner Flinte bedrohte und knapp neben ihn in eine Gipskartonwand mit einer feingliedrigen Blümchentapete ein ordentliches Loch schoss, aber dieser kleine Tagtraum machte mir auch keinen wirklichen Spaß. Ich ersetzte die Wumme in Gedanken durch einen Morgenstern, dann durch eine Motorsäge und schließlich durch eine Kalaschnikow, aber der Spaßfaktor wurde nicht unbedingt größer dadurch, eher im Gegenteil.

***

Walter Kobes Wohnzimmer mit den dunklen, altdeutschen Möbeln sah man an, dass es einst von einer Frau dekoriert worden war. Es gab einen kleinen Zimmerbrunnen aus Rosenquarz, mehrere Trockengestecke in Vasen und an den Wänden, eine nicht einmal schlechte Kopie der van Gogh'schen Sonnenblumen, eine ganze Menge von Spitzendeckerln auf praktisch allen waagrechten Flächen, eine Sammlung von Parfümfläschchen und Swarovski-Figuren in einer integrierten Glasvitrine sowie verspielte Rokoko-Vorhänge.

Aber Walter Kobes Witwerschaft hatte Lücken in dieses Konzept geschlagen. Von manchen Trockengestecken waren nur noch die Wandhalterung oder das Gefäß, das sie einst aufgenommen hatte, vorhanden und die Wände hatte er zusätzlich mit einem alten, mit Leder bezogenen Lenkrad eines MG-Sportwagens und mit zwei Ferrari-Postern dekoriert, was zur altdeutschen Möblierung ungefähr so gut passte wie ein One-Night-Stand zur Unbefleckten Empfängnis.

Aber es war nicht so sehr die Einrichtung, die mich in ihren Bann zog, sondern einzig und allein das Abendessen, das Walter Kobe auf einem großen Tisch in der Mitte des Zimmers aufgebaut hatte. Es gab eine schöne Länge Blutwurst, einen aufgeschnittenen, ganz annehmbar aussehenden Kümmelbraten, Polnische und Käsewurst, es gab in Streifen geschnittenen roten Paprika, Essiggurkerl und Zwiebelscheiben, es gab Liptauer und einen Kräuter-Topfenkäse, Butter, Gouda und Emmentaler, es gab dunkles Landbrot, Semmeln und Salzstangerl. Die meisten Lebensmittel waren jedoch noch in den Plastikverpackungen, so wie sie Walter, der Barbar, Walter, der Single, im Supermarkt gekauft hatte. Andererseits, dachte ich, war ich ja auch nicht anders, auch meine Tischkultur ließ mehr als zu wünschen übrig.

Am Tisch saßen einander Silvia Sladki und Walter Kobe gegenüber, sie blasser und schmäler denn je, er mit hochrotem Kopf, unablässig erzählend und dabei heftig mit den

Händen gestikulierend. Ich hatte in Zimmer 9 meine nassen Fetzen ausgezogen und meinen Luxuskörper in einen trockenen, alten Trainingsanzug gehüllt. An der Tür von Walter Kobes Wohnzimmer hatte ich ein paar Minuten gelauscht, bevor ich eingetreten war, er hatte einen schlechten Witz nach dem anderen erzählt, sie hatte zu jeder der idiotischen Pointen gezwungen, nervös und bitter gelacht. Ihrem Teller sah man an, dass sie kaum etwas gegessen hatte. Dafür war der Aschenbecher zu ihrer Linken fast voll.

Am liebsten hätte ich mich blitzartig an den Tisch gesetzt und trotz des kalten Tabakgestanks sofort zu essen begonnen. Mein Magen krampfte bereits vor Hunger. Aber die vor Sehnsucht nach einer Antwort brennenden, fast aus den Höhlen tretenden Augen von Silvia Sladki brachten mich schließlich dazu, so etwas wie eine kurze Erklärung abzugeben: „Ich glaube, ich weiß, wo er ist, und ich habe einen ungefähren Plan, wie ich ihn da heraus und zu Ihnen bringe."

„Wo?", fragte Silvia Sladki flehentlich.

„Der liebe Walter wird uns jetzt verlassen", erklärte ich, „zu seinem eigenen Schutz."

Vor allem, dachte ich, empfinde ich es geradezu als meine Pflicht, meine Klientin von seinen dämlichen Witzen zu erlösen.

„Was ist los? Traust du mir nicht, Marek?", protestiere Walter Kobe aufgebracht.

Im Moment, musste ich mir eingestehen, konnte ich nur mir selber trauen und vielleicht auch meiner Klientin.

„Schon mal was von Intimsphäre, von Datenschutz gehört? In meinem Bericht an meine Auftraggeberin geht es schließlich um sehr persönliche Dinge."

„Mit mir kann man es ja machen", maulte er.

„Jetzt hör aber auf! Du kannst eh in einer Viertelstunde wiederkommen – und bei der Gelegenheit vielleicht Perlzwiebel mitbringen und etwas scharfen Senf, wenn du hast, nur ja keinen Kremser Senf."

„Schon gut."

***

„Wenn du in sie verliebt sein solltest, dann kannst du dir das gleich wieder abschminken! Die kann keinen brauchen, der doppelt so alt ist wie sie und noch dazu arm wie eine Kirchenmaus! Das gilt natürlich für uns beide! Die hat das Leben noch vor sich, wir dagegen nur mehr die Niederlagen ..."

Der Regen hatte die ganze Nacht lang mehr oder weniger stark auf das Blechdach des „Gästehauses Edith" getrommelt. Ich hatte kaum ein Auge zugetan. Kein Wunder, dass ich mich Walter Kobe gegenüber, der mit mir im noch von gestern verrauchten Wohnzimmer frühstückte, wieder einmal als Ungustl gebärdete. Silvia Sladki war noch nicht erschienen. Sie war mir gestern Abend noch anämischer und bleicher erschienen und mit einem Mal sah man ihr die Schwangerschaft auch an.

„Der Keller ist überflutet", sagte Walter Kobe nur, „es gibt heute keine Milch."

„Hast du schon die Feuerwehr angerufen?", fragte ich.

„Es sind nur fünfzehn Zentimeter, aber der Kühlschrank steht unten und hat einen Kurzen gerissen. Das muss heute so gegen ein oder zwei Uhr früh passiert sein. Die Milch ist jedenfalls sauer."

„Wie sieht es mit Tee aus?", fragte ich.

„Ich bin eigentlich kein Teetrinker. Deshalb habe ich auch keinen daheim."

„Aber du führst doch hier ein Gästehaus, oder nicht!?"

„Ein Gästehaus ohne Gäste – da kann man auch nicht so viel Tee gebrauchen", antwortete er resigniert. „Warum hast du eigentlich damals in der Schule nie etwas geredet mit mir?"

„Wenn sie heute Wein verlangen sollte, dann gib ihr keinen! Und wenn sie das Haus verlassen will, hindere sie irgendwie daran und ruf mich sofort an! Heute geht es Spitz auf Knopf, und es ist überhaupt noch nicht klar, wer der Spitz und wer der Knopf sein wird."

„Warum hast du damals kein Wort geredet mit mir?"

„Ich weiß es nicht, Walter. Es war schwierig genug, die Pubertät zu überstehen, die Schule und meine Eltern. Heute ist das anders, heute rede ich mit dir."

„Aber nur weil du mich momentan brauchst, weil du wieder Zores hast mit irgendwelchen Großkopferten."

„Solange du nicht irgendwo Milch auftreibst, möchte ich über dieses Thema nicht sprechen. Ohne eine ordentliche Melange bin ich in der Früh kein Mensch, kein richtiger Mensch", äußerte ich mich bestimmt.

„Ich werde sehen, was sich machen lässt, vielleicht habe ich noch irgendwo Kondensmilch", meinte er und stand auf. „Danke für das Gespräch."

„Mein Gott, Walter", seufzte ich, „das ist doch Jahrzehnte her, dass ich dich geschnitten habe! Das ist so lange her, dass es schon gar nicht mehr wahr ist! Darauf kannst du doch nicht ernstlich herumreiten wollen, nach so vielen Jahren!"

„Ich möchte nur wissen, warum du mich geschnitten hast! Für mich ist das wichtig!", beharrte er.

„Ich bin nicht dein Therapeut, sondern nur ein Gast, ein zahlender Gast, der jetzt gerne etwas Milch hätte ..."

„Schon gut, mit mir kannst du es ja machen", sagte Walter Kobe und trollte sich. Ich widmete mich längst der von gestern übrig gebliebenen Blunzen.

***

Der Buckel drehte meinen rechten Arm hinter meinen Rücken, dass es schmerzte, wirklich schmerzte. Ich ließ es mir nolens volens gefallen, weil ich mit Pfeifenberger ins Gespräch kommen wollte. Der ehemalige Zeitsoldat des österreichischen Bundesheeres war in Harland seit einigen Jahren der unbestrittene Marktführer für alles, was Gott einst verboten hatte, vor allem für Prostitution, Menschenhandel und jene Drogen, welche die Prostituierten einnahmen, um ihren ekelhaften Job länger als ein paar

Wochen durchzuhalten. Fast jeder Hiesige wusste, dass er einen gelben Ferrari fuhr und dass er praktisch jeden Tag im „Feinkost Feininger“ in der Kremser Gasse zu finden war, wo er unter anderem das echte englische Roastbeef und die Lachssteaks für seine Schäferhunde kaufte. Außerdem war er für seine Eleganz in Sachen Style bekannt, für sein Feinschmecker- und Weinkennertum, und er betätigte sich regelmäßig als Sponsor für diverse lokale Kunstausstellungen. Der Mann, dachte ich, war mit knapp vierzig am Höhepunkt seines Lebens, ein anerkannter, erfolgreicher, fast schon bürgerlicher Krimineller, der hier in Harland wenn nicht schon zur Gesellschaft, so doch sicherlich zur lokalen Folklore gehörte. Sein Buckel dagegen war einfach ein riesiger Brocken Fleisch mit Drachen- und Teufelstätowierungen auf den Händen und am Hals. Den Rest der Haut des Monstrums verdeckte ein mittelmäßiger, beiger Anzug, den ihm sein Chef wohl als Dienstkleidung zur Verfügung gestellt hatte.

„Kaufen Sie Ihre Avocados eigentlich immer unter Bedeckung?“, keuchte ich.

Pfeifenberger, eine mittelgroße, geschleckte Erscheinung im feinen, dunkelblauen Maßanzug, kam lächelnd näher. Als er ganz nahe war, griff er unter mein ausgewerngeltes Sakko und angelte sich geschickt die Brieftasche aus der Innentasche.

„Die Welt ist schlecht, mein Lieber. Und in meiner Position ist es immer besser, ein bisschen Rückendeckung zu haben“, bemerkte er, während er mein Portemonnaie durchsuchte. Darin befanden sich vor allem, ein- oder zweimal gefaltet, offene Rechnungen, manche davon schon seit Jahren.

„Weit werden Sie damit in dem Laden nicht kommen ...“, lächelte Pfeifenberger. Ich erinnerte mich, etwa zwanzig Euro in kleinen Scheinen und Münzen in der Brieftasche gehabt zu haben.

„Wenigstens ist es ehrlich verdientes Geld“, antwortete ich patzig.

Es ist schon ein seltsames Gefühl, dachte ich, mit dem Teufel höchstpersönlich zu parlieren. Na ja, vielleicht war er ja auch nur das vierzehnte Unterteufelchen von links.

„Wie kann sich ein kleiner Hinterhof-Schnüffler wie Sie eine so große Attitüde wie Ehrlichkeit überhaupt leisten?“, fragte Pfeifenberger aggressiv.

Das frage ich mich auch manchmal, dachte ich, sagte aber nichts.

Pfeifenberger hatte inzwischen meinen Handelskammerausweis und meine Lizenz entdeckt und studierte beide wie die Offenbarung des Johannes.

„Scheint echt zu sein.“

„Wie alles an mir, nur für den Arm werde ich eine Prothese brauchen, wenn mich Ihr Gorilla nicht bald loslässt.“

Pfeifenberger wackelte nur kaum merklich mit dem Kopf und schon ließ der Ringer meine rechte obere Extremität los. Ich zog den malträtierten Arm hinter dem Rücken hervor und begann ihn mit der Linken vorsichtig zu massieren. Wir standen vor einem riesigen Regal mit allerlei eingemachten Wild- und Gänseleberpasteten.

„Fühlt sich an wie eine seit drei Wochen abgelaufene Knackwurst“, jammerte ich, aber in Wirklichkeit war das Ganze halb so wild.

„Selber schuld – was lauern Sie mir hier auch auf, statt sich einen Termin geben zu lassen?“, zischte Pfeifenberger.

„Ich bin keine moldawische Nutte, die in einer Ihrer ‚Sprechstunden‘ angekrochen kommt“, versetzte ich.

„Ja, ja, ich glaube, ich weiß, wer Sie sind. Ich habe Ihr Bild in der Zeitung gesehen. Sie sind doch der, der diese patzigen Ukrainer aufgemischt hat. Na ja, auf jeden Fall waren Sie irgendwie daran beteiligt“, meinte Pfeifenberger und warf mir mein Portemonnaie zu.

„Eigentlich müssten Sie mir sogar dankbar sein, die hätten auch Sie aufgeschnupft“, erwiderte ich keck.

„Wer weiß, wie es ausgegangen wäre. Aber natürlich war die damalige Polizeiaktion schon ein wenig hilfreich …“

„Ich möchte mir den Mann mit den russischen Teenie-Homepages für ein, zwei Stunden von Ihnen ausborgen“, ging ich in medias res.

„Wen?“, gab sich Pfeifenberger amüsiert wie ein Elefant, dem eine Ameise soeben angekündigt hatte, ihn allen Ernstes in den Hintern zwicken zu wollen, während sein Buckel mit verschränkten Armen seitlich hinter ihm stand und mit den Zähnen knirschte.

„Na, Ihren Goldesel, Pfeifenberger, der Ihnen diese ganzen Western-Union-Überweisungen einträgt, wenn auch höchstwahrscheinlich nicht mehr aus Asow am Don.“

„Sie sehen eigentlich gar nicht alkoholisiert aus, aber Sie müssen schrecklich betrunken sein, um so einen Schwachsinn von sich zu geben“, lachte mich Pfeifenberger aus. „Und jetzt lassen Sie mich im Kraut mit dem Blödsinn, damit ich mir in Ruhe meinen Champagner aussuchen kann!“, schnaubte der Harlander Rotlichtkönig.

„Baden Sie darin oder waschen Sie auch Ihren Ferrari damit? Oder saufen den nur Ihre Zuhälterhunde?“, versetzte ich.

Pfeifenbergers riesenhafter Buckel mit den entzückenden Tätowierungen fixierte mich und machte die Geste des Halsabschneidens.

„Worauf stehen Sie denn, Miert? Auf kleine, blonde Frauchen in Ketten? Oder auf eine feste Mama, die Ihnen die Scheiße aus Ihrem Hintern und Ihrem Hirn prügelt?“, fragte Pfeifenberger ruhig.

Der Teufel ist Illusionist, dachte ich, eine Art umgekehrter Psychotherapeut, der die Triebe entflammt, anstatt sie zu begrenzen und wegzureden.

„So tief sind meine persönlichen Abgründe auch wieder nicht. Und im Übrigen geht Sie das überhaupt nichts an, Pfeifenberger!“

„Weiß ich eh, die meisten Harlander inklusive der Kieberer gehen in Krems oder sonstwo ins Puff ...“

„Wovon leben Sie dann?“, fragte ich den Rotlicht-Multi verblüfft.

„Natürlich von den Kremsern, die zu uns kommen“, antwortete er.

„Krems ist nicht gerade meine Stadt“, meinte ich achselzuckend.

„Was für ein Glück für Krems!“, grinste Pfeifenberger. „Außerdem denke ich, dass unsere nette kleine Unterhaltung jetzt beendet ist.“

„Entweder Sie geben mir Helmut Schön alias Lászlo Zsigmund oder ich hole ihn mir!“, meinte ich großspurig, griff in meine Hosentasche und warf dem überraschten Pfeifenberger den schwarzen Minisarg mit der eingeschnitzten Ziffernfolge 666 zu, den einst irgendwer an Silvia Sladki geschickt hatte. In einer unwillkürlichen, ungewollten Bewegung fing er das kleine Teufelsding auf, nicht einmal ungeschickt übrigens, während sein Buckel hektisch in die linke Sakkotasche griff und ich mich längst auf einem ungedeckten Rückzug in Richtung der Abteilung mit französischen und italienischen Weinen befand. Man muss Zeichen setzen im Leben, dachte ich im Laufen, nicht immer nur reden; nur war mir keinesfalls klar, welches Zeichen ich da eben gesetzt hatte.

***

„Irgendwie habe ich mir einen Plausch mit dem Teufel spannender vorgestellt“, meinte ich genüsslich kauend zu Ovidiu. Wir saßen in seinem Taxi und verzehrten jeder eine Leberkässemmel, die ich spendiert hatte. Immerhin hatte ich mir im „Feininger“ fast zwei Stunden lang die Füße in den Bauch gestanden, bis Pfeifenberger kurz vor Mittag endlich aufgetaucht war. Soviel ich wusste, kam der Edel-Strizzi zwar jeden Tag in den Fresstempel in der Kremser Gasse, aber immer zu einer anderen Zeit. Der übliche Verfolgungswahn von Kriminellen, im Kern nicht einmal unähnlich der Paranoia von Polizisten und Privatdetektiven.

Ich hätte gern gewusst, dachte ich, was das Ärgste ist, was Ovidiu jemals erlebt hat.

Weder Pfeifenberger noch sein Buckel hatten den „Feinkost Feininger" durch den Eingang in der Kremser Gasse verlassen. Von unserem Standort an der Ecke zur Marktgasse hatten wir eine gute Sicht auf das Portal des Fresstempels. Aber wahrscheinlich, fiel mir ein, steht er mit seinem Wagen an der Rückfront des Geschäftes auf dem privaten, durch einen Schranken versperrten Lieferantenparkplatz und hat den Laden längst auch wieder durch den Lieferanteneingang verlassen. Seinem besten, seinem allerbesten Kunden würde Kommerzialrat Feininger sicherlich bereitwilligst eine solche Extrawurst braten. Wahrscheinlich lädt sein Buckel gerade ein paar Maschinenpistolen durch, um der Bedrohung durch mich zu begegnen. Oder aber, dachte ich, die beiden lachen sich gerade tot, wenn sie an das faktische, das tatsächliche Bedrohungspotenzial durch Marek Miert denken.

Eigentlich brachte es überhaupt nichts, Pfeifenberger und seinen Leibwächter zu beschatten. Der Plan stand fest. Ob sie zu gegebener Zeit in ihrem Nest saßen und mit ausgeräuchert wurden oder nicht, war eigentlich ohne Belang.

Die Kremser Gasse war fast menschenleer, obwohl der Regen deutlich nachgelassen hatte. Aber es würde schon noch reichen. Solange ich lebe, dachte ich, ist niemand vor mir sicher, nicht einmal ich selbst.

„Kommerzialrat Sabitzer hat mich eingeladen, ihn im Pflegeheim zu besuchen. Ich glaube, es wäre jetzt hoch an der Zeit", sagte ich zu Ovidiu.

„Irgendwann kommt man alleine nicht mehr weiter, wenn die Luft voller Dämonen ist“, meinte mein Fahrer kryptisch und nickte.

„Hat Steaua eigentlich gewonnen?“, fragte ich beiläufig.

„Wollen Sie Ihre zweihundert Euro zurückhaben?“, knurrte Ovidiu.

Offensichtlich hatte sein Verein verloren oder bestenfalls unentschieden gespielt.

„Schon gut, war ja nur eine Frage.“

In diesem Moment klingelte mein Handy. Mausl war in der Leitung.

„Dein Mann war nicht nur ein Pornopoet, der sich die ersten intimen Erlebnisse von halben Kindern aus was weiß ich gesaugt hat, sondern hatte gerade auch mit einer zweiten Masche begonnen. Das Ganze war allerdings ein bisschen verkramt auf seinem Motherboard. Deshalb bin ich erst jetzt fündig geworden.“

„Ich bin ganz Ohr“, antwortete ich, „wen hat er womit abgezockt?“

„Diamant-Bestattung“, antwortete Mausl sachlich.

„Was bitte?“, fragte ich verblüfft zurück.

„Wo lebst du, Marek? Keinen Schimmer davon, dass man die Asche Verstorbener zu Diamanten pressen lassen kann?“

„Wer tut so etwas?“, fragte ich mehr mich selbst als meinen alten Schulfreund.

„Man braucht dazu hohen Druck, hohe Temperaturen wie im Erdinneren und ein paar Wochen Zeit und dann hat man den Opa als Halb- oder Einkaräter. Ein ziemlich aufwendiges, teures Verfahren, daher gibt es weltweit nur wenige Firmen, die dieses physikalische Zauberkunststück offerieren.“

„Und Lászlo Zsigmund wäre ein weiterer Anbieter gewesen? Hätte in seiner Garage Temperaturen und Druck wie im Erdinneren hergestellt?“, fragte ich ungläubig.

„Genau das ist die Crux, wo die Bauernfängerei beginnt. Er hatte gerade eine Homepage aufgebaut, auf der er diese

Diamant-Bestattung anbot. Er hätte die Preise der etablierten Unternehmen stark unterboten und auch noch eine Lieferzeit von nur einer Woche garantiert", referierte Mausl.

„Die Leute schicken ihm eine Urne mit der Asche der Omama und bekommen einen Diamanten zurück, den sie sich dann fassen lassen und um den Hals hängen?", fragte ich irritiert.

„In Lászlo Zsigmund E-Mail-Ordner gibt es allerdings keine Korrespondenz mit irgendeinem Labor, das ihm die Asche der Toten gepresst hätte. Dafür jede Menge Kontakte zu irgendwelchen dubiosen Afrikanern, mit denen er über Diamantenlieferungen verhandelt hat."

Wenn man mit blutigen Diamanten handelt, dachte ich, kann man sich ganz leicht eine Kugel einfangen.

„Marek, bist du noch dran?"

„Ja."

„Was soll ich jetzt mit dem Laptop machen?"

„Ich möchte, dass du ihn verlässlich sieben Jahre aufhebst und ihn dann vernichtest!", antwortete ich bestimmt. „Damit wären alle deine Schulden bei mir getilgt, ein für alle Mal!"

„Warum gerade sieben Jahre?", fragte Mausl.

„In der Zeit kann man ein Kind gebären und ein Studium abschließen", antwortete ich nachdenklich.

„Was du so alles vorhast!", kicherte Mausl.

***

Kommerzialrat Sabitzer sah heute nicht aus wie die Mumie von Mick Jagger, sondern wie die von Keith Richards, aber er kaschierte das fast völlig durch Haltung und eine gepflegte Erscheinung. Er trug dunkelblaue Hosen mit einem scharfen Bug, ein hellblaues Hemd und eine ebenfalls dunkelblaue, nagelneue Strickweste mit einem goldenen Anker über der linken Brust. Sein Haarschnitt war akkurat, die Rasur sowieso. Die schöne, alte Rolex an seinem linken Handgelenk hatte ich gestern nicht bemerkt. Alles in allem war er so proper wie ein Senior aus der Fernsehwerbung.

Die große Wiese südlich des St.-Vinzenz-Pflegeheimes hatte ausgesehen, als könnte sie streckenweise von Kindern in hölzernen Waschtrögen befahren werden. Alle kleinen und größeren Mulden und Vertiefungen im Rasen waren mindestens knöchelhoch überflutet gewesen. Es hatte immer noch geregnet, allerdings nicht mehr wie aus Schaffeln, sondern wie aus Stamperln. Hinter der aufgeschwemmten Wiese hatten sich die Balkone des Altersheimes vier, fünf Stockwerke in einen grauen, griesigen Himmel erhoben. Ein unbeholfen dimensionierter Zweckbau aus den Siebzigerjahren aus Stahlbeton und Waschbetonplatten. Ovidiu, der Fürsorgliche, hatte mich auf knapp zwanzig Zentimeter an das Hauptportal herangefahren, da ich den Regenschirm meistens im Fond vergaß.

„Soll ich Kommerzialrat Sabitzer einen schönen Gruß von Ihnen ausrichten?“, hatte ich Ovidiu beim Aussteigen gefragt.

„Der weiß längst, dass ich mit Ihnen unterwegs bin“, hatte mein seltsamer Chauffeur geantwortet.

Ah, da schau her, hatte ich gedacht.

In der verglasten Portierloge linker Hand vom Eingang hatten Poster von Robbie Williams und des heiligen Vinzenz gehangen. Der Portier war ein blutjunger Zivildiener mit drei oder vier Piercings im Gesicht. Geduldig hatte er mir den Weg zum Zimmer des Kommerzialrats im ersten Stock erklärt.

„Ich wusste, dass Sie kommen werden“, begrüßte mich dieser freundlich und versuchte nicht einmal, höflichkeitshalber von seinem Stuhl aufzustehen.

Alles, was einem im Heim bleibt, dachte ich, sind ein Bett und ein Kasten, ein Tisch und bestenfalls zwei Stühle, eine Waschmuschel und sonstiges Sanitärporzellan samt Klobrille und jeden Tag viel Zeit, mehr als man jemals hatte, viel mehr Zeit, als man gebrauchen kann. Dabei waren die hellen, relativ neuen, wenn auch einfachen Buchenholzmöbel nicht einmal schlecht, und die blau-weißen, elegant gerafften Vorhänge und das rot-goldene Tischtuch konnte man sowieso nur als großbürgerlich prächtig bezeichnen. Und Kommerzialrat Sabitzer hatte sich offenbar noch etwas behalten, das viel mehr Spaß machte als die prächtigste Wohnung und die schönste Wohnungseinrichtung: Macht. Der große Kitzel.

„Ich finde den Gedanken, eventuell mit dem Teufel einen Pakt zu schließen, ohne es zu merken, ein wenig erschreckend“, sagte ich, „aber ich könnte jetzt wirklich etwas Rückendeckung durch zehn oder fünfzehn Ihrer Taxifahrer gebrauchen. Ich bräuchte auch die beiden Araber.“

„Natürlich trägt der Teufel nicht Prada, sondern Fell, aber darüber wohl doch eher das feine Tuch der besseren Leute als die Ausverkaufs-T-Shirts der armen Teufel“, erklärte Kommerzialrat Sabitzer. „Und natürlich wird es keinen Kontrakt geben, keinen Vertrag, keinen Letter of Intent, überhaupt nichts Schriftliches, auch keine Rechnung, aber Sie würden mir natürlich danach etwas schulden, einen Gefallen.“

„Wie würde so ein Gefallen aussehen?“, fragte ich vorsichtig.

„Das kommt darauf an“, gab sich der Greis kryptisch.

„Kommt worauf an?“

„Na ja, zum Beispiel wurden in den letzten Jahren immer mehr unserer Taxifahrer attackiert. Von hinten gewürgt, geschlagen. Durch die Rückenlehne mit Schraubenziehern, Messern und Samuraischwertern angestochen. Mit Elektroschockern malträtiert. Mit Trommelrevolvern, Schlagruten und Mastino-Hunden bedroht. Ausgeraubt wegen 50, 100, maximal 200 Euro. Natürlich wenden wir uns in solchen Fällen immer an die Polizei, erstatten Anzeige, kooperieren mit den Ermittlern und schließen uns bei einem etwaigen Prozess als Privatbeteiligte an. Aber wenn dann so ein besoffener Hallodri, nachdem er zum Beispiel einem meiner Fahrer das Jochbein gebrochen hat, nach der ersten Einvernahme bei der Polizei auf freien Fuß gesetzt wird, sprich, gleich heimgehen darf und beim Prozess dann bestenfalls zu einer Geldstrafe von, sagen wir mal, 750 Euro verurteilt wird, zu einer Strafe, die er ohnehin nie bezahlen wird, da er sein ganzes Leben von der Sozialhilfe bestreitet und auch nie gewillt sein wird, das jemals zu ändern ...“

Kommerzialrat Sabitzer verstummte.

„Dann kann es schon mal passieren, dass der Betreffende wieder einmal in eines Ihrer Taxis einsteigt, beim Einsteigen sehr, sehr unglücklich ausrutscht, mit dem Kopf gegen die Türkante knallt und sich wunderbarerweise ebenfalls ein Jochbein bricht.“

„Das kann schon mal passieren“, grinste Kommerzialrat Sabitzer. „Ich denke, wir verstehen uns.“

„Sie verschaffen sich und Ihrer Firma einfach Respekt, denke ich.“

„Mein Sohn würde das natürlich nicht goutieren, auf der WU lernt man solche Sachen nicht. Aber ich und die Fahrer ...“

„Soll ich Ihnen Ort und Zeit, die Anforderungen und den Schlachtplan aufschreiben?“, fragte ich.

„Nicht nötig. Ich höre es mir an und danach telefoniere ich gleich, jedenfalls bevor ich es wieder vergesse“, meinte der greise Kommerzialrat, noch immer der eigentliche Chef seiner Firma, und zwar ein Grand Chef.

***

„Haben Sie sich das alles gut überlegt?“, fragte mich Kommerzialrat Sabitzer. „Mich werden sie nämlich nicht mehr einsperren.“

„Ja, wir sind schon eine recht hübsche, kriminelle Vereinigung“, bestätigte ich, „aber ich habe wohl keine andere Wahl.“

Den Tod roch ich noch immer nicht in diesem Zimmer, aber er war da.

„Ich sollte jetzt telefonieren, bevor ich noch vergesse, dass die Leute Krampen mitbringen sollen und Schaufeln", bemerkte der unorthodoxe Taxiunternehmer.

„Eines wollte ich noch sagen, bevor Sie das angehen. Ich bin mir nämlich nicht sicher, ob ich wirklich jemandem das Jochbein brechen will und werde, nur weil Sie das so haben wollen", gestand ich ein. Ich war schon immer ganz groß darin gewesen, mir jeweils im letzten Moment alles zu vermasseln.

„Vielleicht ist das ja meine letzte Aktion. Dann sind Sie sowieso jeglichen Gefallens enthoben. Aber Sie werden meinen Fahrern post festum eine ganze Menge Bier spendieren müssen. Alkoholfreies natürlich", grinste der Kommerzialrat.

„Sie verzichten also eventuell auf den Gefallen?", fragte ich vorsichtig.

„Von einem wie Ihnen war sowieso nicht zu erwarten, dass er einen Auftrag ausführt wie ein Hund, dem man ein Steckerl wirft."

„Da sind Sie bedeutend klüger als die meisten meiner bisherigen Klienten", meinte ich nachdenklich.

„Ich habe mich erkundigt, wer unmittelbar vor mir in diesem Zimmer den letzten Rest seines Lebens verbracht hat", sagte Kommerzialrat Sabitzer unvermittelt, „ein drahtiger Nazi aus Ginzburg, der neunundneunzig Jahre alt geworden ist, was wieder einmal darauf hindeutet, dass Gott nicht gerecht ist. Er hatte Matura, musste aber 1945 als einfacher Arbeiter beim hiesigen Wasserverband anfangen. Jeden Tag um halb sieben in der Früh hatte er zwei Ingenieuren, die er von den Ortsgruppensitzungen sehr, sehr gut kannte, die Aktentaschen in den zweiten Stock des Verbandsbüros zu tragen. Ein paar Jahre später, als das Belastetsein dank dem Kalten Krieg vom Tisch war, ist er zum Verbandsdirektor aufgestiegen. Sein Faible war klassische Musik, Wagner vor allem und Puccini. Das ganze Zimmer war voll mit Programmheften. Er muss seit den frühen Vierzigerjahren jede

Wagner-Aufführung im Osten Österreichs besucht haben. Als junger Mann hat er Ginzburg ‚judenrein' gemacht, im Alter war er, haben mir jedenfalls die Zivildiener erzählt, ein feiner Mensch, ein charmanter, grundgütiger Herr mit dem Gesicht eines Engels, obwohl er von seinen Überzeugungen nie abgelassen hat."

„Woran ist er schließlich gestorben?", fragte ich.

„Das Bild seines Vaters, eines deutschnationalen, antisemitischen Lehrers, mit einem geschnitzten, schweren Holzrahmen, das er hier über seinem Bett hängen hatte, ist ihm auf dem Kopf gefallen. Sonst wäre der Teschek sicherlich noch hundert geworden und hätte eine Feier mit dem Bürgermeister, dem Landeshauptmann und vielleicht sogar mit dem Bischof gekriegt!"

„Wie hat der Vater ausgesehen?"

„Es ist nur mehr das Loch mit dem Dübel in der Wand", antwortete Kommerzialrat Sabitzer.

***

„Das Beste, was ich Ihnen über ihn sagen kann, ist, dass er nur ein Kleinkrimineller ist. Allerdings hat er mit seiner Masche so viel Geld verdient, dass halt jetzt auch die großen Jungs mit ihm spielen wollen."

„Masche?", fragte Silvia Sladki verkrampft. Sie trug einen violetten Herrenpullover, den ihr wohl Walter Kobe geborgt hatte, und eine schwarze Trainingshose. Alles schlabberte an ihr.

„Er hat wahrscheinlich ein paar tausend Geilspechte über den Tisch gezogen, die gerne halbe Kinder, kleine Mädchen vögeln würden", sagte ich leise.

„Oh."

Vor dem „Gästehaus Edith" hatte sich das bisschen Licht, das der Regen noch nicht weggewaschen hatte, ins Nirgendwo verzogen. Es war bereits am Spätnachmittag so dämmrig gewesen, dass ich Ovidius Profil nicht mehr hatte erkennen können, nur noch die beleuchteten Schalter auf dem Armaturenbrett.

„Sind Sie heute Nacht dabei?“, hatte ich meinen Fahrer gefragt.

„Jemand anderer wird Sie abholen“, hatte Ovidiu emotionslos geantwortet.

Silvia Sladki saß mit seltsam verdrehten Gelenken in einem Fauteuil in Walter Kobes kleinbürgerlichem, restfemininem Wohnzimmer. Ihre langknochige Gestalt glich irgendwie einer Heuschrecke, der ein bösartiges Kind die Gliedmaßen verrenkt hatte.

„Wie war denn Walter so zu Ihnen den Tag über?“, fragte ich meine Klientin.

„Er hat mir eine Flasche Wein gebracht, aber ich habe abgelehnt. Zu Mittag gab es eine Fertigpizza“, antwortete sie teilnahmslos.

„Was ich vorhin über Ihren Lászlo gesagt habe“, sagte ich, „es gibt natürlich wesentlich üblere Kerle als ihn, die nie irgendwelche Zores haben und zeit ihres Lebens eine bürgerliche Existenz führen. Zum Beispiel ein alter, ungepflegter Mann, ein ehemaliger Optikergehilfe, der Tag für Tag sein Fahrrad die Wiener Straße hinunterschiebt, um möglichst vielen und möglichst jungen Passantinnen schmutzige Witzchen zu erzählen. Wenn doch einmal eine stehen bleibt, um sich den einen oder anderen Schwank aus seinem Leben fertig erzählen zu lassen, ersucht er sie ganz zum Schluss höflich, ihm ihr Arschloch zu zeigen. Weil er leider ziemlich kräftig gebaut ist, hat er dafür noch recht wenig Ohrfeigen kassiert.“

Meine Klientin rührte kein Ohrwaschel, wie man so schön sagt, und verdrehte ihre langen, dünnen Gliedmaßen noch ein wenig mehr in Richtung Heuschreckenstellung.

„Das Pech Ihres Freundes ist halt, dass er zum Goldesel geworden ist, zu Pfeifenbergers wertvollem Haustier, das sozusagen Geld sch...“, sinnierte ich.

„Er lebt im Herzen der Finsternis!“, schauderte es meine Klientin. „Aber ich bin mir sicher, dass er ans Licht zurück möchte!“

„Natürlich“, versicherte ich rasch.

Dabei war ich mir da gar nicht so sicher. Ich hatte etwa von einem hiesigen Postchauffeur gehört, der sich, bevor er jeden Monatsersten eine vom Straßenstrich hinter dem Bahnhof dafür bezahlte, mit ihm in einem nahe gelegenen Abbruchhaus zu verschwinden, von oben bis unten mit reichlich Klospray von der Bahnhofstoilette eindüftelte, besonders die Lenden. Wenn dieser Lászlo auch auf solche und andere ekelhafte Geschichten stand, war er als Dauerlogiergast in Pfeifenbergers Luxusbordell genau am richtigen Platz und konnte sich Tag für Tag entsprechend austoben, ohne dafür mehr auslegen zu müssen als das Verfassen von ein paar romantisch-verlogenen E-Mails. Und da soll noch einer sagen, dachte ich, dass es den heimischen Schriftstellern schlecht geht.

***

All die Detektive und Kommissare in den Büchern und Filmen schliefen nie. Und wenn doch, dann war es eine Art nervöser Angstschlaf mit der Knarre unter dem Kopfpolster, ein hastiger Halb- oder Viertelschlaf, aus dem sie nach ein paar Minuten wieder hochschreckten, um gleich in Anzug und Krawatte aus dem Bett zu springen und den Bösewichten an die Gurgel zu gehen. Ich dagegen war mit einem massigen Körper gesegnet, den es viel zu oft nach ordentlichen, ausgiebigen Tiefschlafphasen verlangte. Das Bett in Zimmer Nummer 9 hatte allerdings zwei klitzekleine Nachteile. Es war für mein Gardemaß eindeutig zu kurz und es knarrte infernalisch, wenn ich auch nur eine Zehe rührte. Nun pflegte ich mich aber, hatten alle meine Exfreundinnen unisono gemeint, im Schlaf weit mehr zu bewegen als im Wachen. Daher war es mit mir in Zimmer Nummer 9 nicht auszuhalten und an Schlaf nicht zu denken, nicht einmal im Traum. Ich stand auf, machte Licht und rieb überflüssigerweise meine Schuhe mit Papiertaschentüchern ab. Dann holte ich meine Schrotflinte aus dem Plastiksack, nahm die Patronen heraus und wischte eine Weile ebenfalls mit Taschentüchern am Schaft und an der Außenseite des Laufes herum. Trotzdem war immer noch eine ganze Menge Nacht übrig. Einen Augenblick dachte ich daran, im Angesicht des Kommenden mein Testament niederzuschreiben, aber ich hatte außer ein paar untermittelprächtigen Anzügen, einem alten Ford Granada und Schulden nichts zu vererben. Ich drehte das Licht wieder ab und setzte mich im Dunkeln auf die Bettkante. Der Regen fiel unregelmäßig, bald prasselte es geradezu gegen die Scheibe des einzigen Fensters, bald war wieder gar nichts mehr zu hören von irgendeinem Niederschlag. Ich hätte jetzt gern jemanden angerufen, um über meine Angst zu sprechen, das Quäntchen Angst, das ich verspürte, aber erstens gab es niemanden, dem ich meine Gefühle auf diese Art und Weise hätte offenbaren wollen, und zweitens hatte ich das Handy vor kurzem abgeschaltet, um nicht geortet werden zu können. Einen Augenblick überlegte ich, Walter zu wecken und nach Wein zu fragen, aber der würde meiner Einschätzung nach Bordeaux nicht einmal schreiben können, und irgendeinen stocksauren Grünen Veltliner aus der Wachau, den er wie die meisten in dieser Gegend höchstwahrscheinlich im Keller oder im Kühlschrank hatte, würde ich nicht trinken.

Ich war hundemüde, aber heilfroh, als gegen vier Uhr in der Früh endlich ein Auto mehrmals vor dem „Gästehaus Edith“ hupte.

***

Pfeifenbergers „Body Resort“ lag am westlichen Rand des Betriebsbaugebietes Nord zwischen einen Ford-Händler, einem Regionallager der Brau AG und einer Schrottpresse und galt geradezu als die Attraktion dieses aufstrebenden Gewerbeparks. Er hatte es vor ein paar Jahren in eine Betonwanne auf den Grund einer aufgegebenen Schottergrube, einen besonders billigen Baugrund, setzen lassen, einen riesigen Betonwürfel mit jeweils circa vierzig Meter Seitenlänge, der zu einem Viertel über und zu drei Viertel unter der Erde lag. Es gab keinerlei Fenster in dem Kubus, der oberirdisch mit weißen Kalkplatten verkleidet war. Nichts als die reine Form, dachte ich, wie der Körper von Norma Jeane Baker. Denn auf dem mit Schotter abgedeckten Flachdach des Lustwürfels räkelte sich zu Werbezwecken eine vielleicht fünfzehn Meter große Plastik-Marilyn-Monroe, leicht bekleidet mit nichts als rosa Pantöffelchen und einer Haarspange, in einer der Schwerkraft spottenden Stellung, wie wenn sie, mit einer Hand im Nacken abgestützt, auf einer Chaiselongue liegend mit ihren halb gespreitzten Beinen in der Luft strampeln würde. Ihre Beine waren so unendlich lang, dass sie noch ein, zwei Meter über die Gebäudekante Richtung Kunden-, sprich Freierparkplatz ragten. Ein gutes Dutzend schwarzer Stahlstreben machte dieses Wunder der Statik möglich. Natürlich hatte der Bischof gegen die riesenhafte Nackte als Krönung des „Body Resort" pflichtschuldigst protestiert und hin und wieder warfen ein paar katholische Aktivisten schwarze Farbbeutel gegen die Plastik-Marilyn, aber die Gute war mit einer schmutzabweisenden Nanoschicht überzogen, sprich mit einem simplen Gartenschlauch relativ leicht abwaschbar. Zwischen Marilyns Beinen ragte eine schwarze Liftkuppel übermannshoch in die Höhe. Ein videoüberwachter Lift brachte Pfeifenbergers nächtliche Gäste vom Flachdach in das Innere des mehrstöckigen Gebäudes. Vom Flachdach führte eine Art schmaler Stegtreppe auf einen grob geschotterten Parkplatz an der Zufahrtsstraße. Kein Wunder, dachte ich, dass die Ukrainer damals Pfeifenberger nichts anhaben konnten, denn er wohnte mit seinen Huren und seiner Mannschaft auch im

„Body Resort“ und verließ es nur zum regelmäßigen Einkauf von Delikatessen im „Feininger“ oder zu Geschäftsreisen nach Wien oder Pressburg, auf denen er frisches Mädchenfleisch besorgte. Der einzige weitere Zugang zum Gebäude war eine quasi private, nur von Pfeifenberger und seinen Buckeln benützte Tiefgaragenzufahrt zur Straße hin, die allerdings durch ein massives Chrom-Stahlgitter gesichert war.

Alles, was die konservativ-honorigen Stadtväter, getrieben von ein paar Berufskatholiken, gegen den Bau von Marilyns Lustgrotte letztlich unternommen hatten, war die absichtliche Nachlässigkeit, die Zufahrtsstraße zum „Body Resort“ nicht befestigen und asphaltieren zu lassen. Pfeifenberger hatte nach allerlei vergeblichen Interventionen bei der Gemeinde zwar einen Gräder über das Straßenstück rollen lassen, aber es war und blieb eine Schotterpiste, während alle anderen Verkehrsflächen im Betriebsbaugebiet Nord längst asphaltiert waren. Manchmal, dachte ich, konnte man sogar den Teufel ein wenig triezen.

Gleich neben der Schotterpiste und parallel zu ihr kroch der Saubach dahin, normalerweise ein klägliches Rinnsal, jetzt aber ein vier bis fünf Meter breiter, ungebärdiger Wildbach, in dem selbst ein unalkoholisierter Markus Rogan untergegangen wäre. Die schmutzig braunen Fluten reichten bereits rund fünfzehn Zentimeter unter das Niveau der Zufahrtsstraße heran und hatten sich auf der anderen Seite in eine Gstätten ergossen, in der laut Baustellentafel demnächst ein McCafé errichtet werden sollte.

Wenn ich jemals Alzheimer bekommen sollte, dachte ich, möchte ich als Erstes Oberleutnant Gabloner vergessen und dann all das amerikanische Junkfood.

***

Letzten Endes hatten sich gerade mal fünf von Kommerzialrat Sabitzers Fahrern dazu bereitgefunden, mit mir gemeinsam einen boshaften Akt von Sachbeschädigung öffentlichen und privaten Eigentums sowie von Gemeingefährdung zu setzen. Das sprach eindeutig, dachte ich, für die Intelligenz der übrigen Chauffeure, die nicht gekommen waren. Meine fünf Komplizen trugen allesamt orangefarbene Warnwesten und hatten jeder eine Spitzhacke oder eine Schaufel dabei. Sie waren in einem weißen, unauffälligen Kastenwagen ohne jede Firmenaufschrift zum „Body Resort“ gekommen, wo ich und die beiden arabisch aussehenden Leibtaxler von Kommerzialrat Sabitzer, die mich vom „Gästehaus Edith“ abgeholt hatten, schon auf sie warteten. Der Jüngere von den beiden sah leider nicht ganz so kräftig, der Ältere nicht ganz so gefährlich aus, wie ich sie in Erinnerung hatte.

Vor dem Megapuff standen keine Wagen von Freiern mehr. Überhaupt war es im ganzen Betriebsbaugebiet Nord so dunkel und still wie im Euter einer Kuh. Nur die riesenhafte Marilyn wurde von zwei knapp neben dem Straßenbankett mit Erdankern befestigten Scheinwerfern beleuchtet, deren erhebliche Lichtstärke sich vor allem auf die monströse Oberweite und die Schamgegend konzentrierte. Die beiden Araber bemühten sich krampfhaft, nur ja nicht in Richtung der obszönen Lichtinstallation zu blicken. Das kümmerliche Scheinwerferlicht unserer beiden Autos wurde dagegen von der schweren, feuchten Dunkelheit eingesogen wie ein versehentlich verschlucktes Hustenzuckerl. Die Gesichter der Männer konnte ich kaum erkennen, obwohl der Regen vor gut einer halben Stunde, als ich noch schlaflos in meinem Pensionszimmer gelegen hatte, völlig aufgehört hatte. Aber die ganze Gegend dampfte wie ein Topf frisch aufgekochten Gulaschs.

Ich instruierte das Häuflein und holte mir einen Krampen aus dem Laderaum des Kastenwagens. Dabei war ich mir nicht einmal sicher, ob mich meine Mitstreiter überhaupt verstanden hatten, denn keiner von ihnen sagte auch nur ein einziges Wort. Schließlich zog ich mit der Spitzhacke eine oberflächliche Furche quer über die Schotterstraße vor dem „Body Resort" beziehungsweise vor dessen Tiefgaragenabfahrt.

„Die stille Kraft", sagte der Ältere der beiden Araber leise.

Der Jüngere holte sich eine Schaufel aus dem Kastenwagen.

Ich hatte mir ein befreiendes Hochgefühl erwartet, tief in mir drinnen, als ich den ersten Krampenschlag tat, aber eigentlich war ich nur besorgt, unausgeschlafen und hundemüde.

***

Als Erster kam der monströse Buckel, der mich im „Feininger" malträtiert hatte, aus der Liftkabine zwischen Marilyns Beinen. Allerdings in einem knallgelben Seidenpyjama, was ihm doch viel von seiner Bedrohlichkeit nahm. Ein paar Sekunden zuvor hatte ich auch den zweiten Scheinwerfer mit der Schrotflinte zerschossen, um den geplanten Auflauf hübsch unübersichtlich zu machen. Vom Rand des Betriebsbaugebietes Nord, von der Zufahrt über die Bundesstraße waren bereits die Sirenen mehrerer Feuerwehr- und Rettungsautos zu hören, die ich über die jeweiligen Notrufnummern alarmiert hatte. Meine fünf Hackler waren mit ihrem Kastenwagen schon wieder abgefahren, aber mein Greiftrupp, bestehend aus den beiden Leibtaxlern des Kommerzialrats, lauerte hinter Marilyns entzückendem rechten Fersenbein. Ich gesellte mich zu ihnen, wobei ich im Dunkeln aufgeregt die Parole „Wasser marsch" krächzte, um nicht versehentlich niedergeschlagen zu werden. Sie hatten seit einer Stunde praktisch nichts mit mir, ihren Kollegen oder untereinander gesprochen, aber ich traute ihnen zu, dass sie die Endphase meines Planes entsprechend auszuführen imstande waren. Was blieb mir auch anderes übrig.

Mittlerweile waren die sirenenheulenden Fahrzeuge keine fünfzig, sechzig Meter mehr vom „Body Resort" entfernt. Im Licht ihrer tanzenden Scheinwerfer sah ich wieder eine kleine Gruppe von Pfeifenbergers Leibwächtern und Schlägern, Barmännern, Stripperinnen und Huren in Nachtwäsche der Liftkabine entsteigen. Keiner von ihnen hatte, soweit ich das erkennen konnte, eine Schuss- oder sonstige Waffe in Händen. Offenbar hielten sie unseren Angriff für ein reines Naturereignis, für ein Hochwasser eben.

Helmut Schön alias Lászlo Zsigmund kam mit der dritten Fuhre der Liftkabine nach oben, mitten in ein veritables Tohuwabohu aus Feuerwehrleuten mit Handscheinwerfern und Seilwinden, Rettungssanitätern mit Decken und Thermoskannen und den verdutzten Puffangestellten, von denen bereits einige gemeinsam mit ein paar Florianijüngern versuchten, den quer über die Straße laufenden Kanal, unsere Umleitung des reißenden Saubachs in das „Body Resort", wieder zuzuschütten. Noch flossen aber ein paar Kubikmeter Bachwasser pro Sekunde in die Tiefgarage des Komplexes, eiskaltes, dunkles Wasser, welches das „Body Resort" gründlicher zerstören würde, als es ein Rollkommando der ukrainischen Mafia oder ein Überfallkommando von Oberleutnant Gabloner jemals vermocht hätten.

Ich stürzte auf Zsigmund zu und versuchte ihm den Lauf der abgesägten Schrotflinte mit Wucht über den Kopf zu ziehen. Mein überhasteter Schwinger traf jedoch nur seine rechte Schulter. Einen Moment später hatten ihn aber schon meine beiden Mitstreiter zu Boden geworfen und fixiert. Zufrieden bemerkte ich, dass praktisch keiner der Umstehenden im Halbdunkel von diesem Kampf Notiz nahm. Offenbar war jeder genug mit sich selbst beschäftigt, entweder damit, „gerettet" zu werden, oder damit, selbst zu retten, die Geschöpfe der Nacht ebenso wie die halbe Kompanie an Rettungskräften. Auch ich hatte nur im Sinn, meine Haut zu retten, aber dafür musste ich Lászlo Zsigmunds habhaft werden, um ihn Oberleutnant Gabloner vorführen zu können. Freiwillig würde mich ein Gauner wie er wohl nicht zur Kieberei begleiten. Und jetzt, lächelte ich in mich hinein, war es auch eindeutig zu spät, um ihn noch groß zu fragen, ob er nicht doch freiwillig mitkommen wollte.

Eigentlich hatte ich nur vorgehabt, die Tiefgarage des Komplexes absaufen zu lassen, aber wer konnte um fünf Uhr in der Früh bei entsprechend schlechter Sicht sagen, wie viel Wasser tatsächlich durch den von uns gegrabenen Kanal Richtung Garagenabfahrt schoss?

***

„Ich verspreche Ihnen freies Geleit", sagte ich zu Lászlo Zsigmund, der neben mir an Händen und Füßen gebunden im Fond des Taxis der beiden Araber saß. „Ich werde Sie noch im Laufe dieses Tages wieder hierher zurückbringen, wenn Sie das wünschen. Ansonsten an jeden anderen Ort in Harland."

„Vollkoffer!", schnaubte Zsigmund. „Pfeifenberger wird Sie in kleine Stücke schneiden!"

„Das lassen Sie mal meine Sorge sein", erklärte ich unbeeindruckt.

„Außerdem werde ich Sie wegen Entführung anzeigen!", knurrte dieser Helmut Schön. „Das ist immerhin ein Kapitalverbrechen! Ich bringe Sie vor ein Schöffengericht!"

„An Ihrer Stelle würde ich mir das aber noch einmal gründlich, sehr gründlich überlegen", antwortete ich ruhig, „ich habe nämlich Ihren Laptop."

„Was ...", schreckte der Schönling auf.

„Menschenhandel ist kein Kavaliersdelikt, wenn man ihn beweisen kann, nicht einmal in Österreich. Vielleicht haben Sie ja all diese Nataschas und Olgas wirklich eingeschleust. Und selbst wenn nicht, bleiben zusammen mit den echten Kunstdiamanten ein paar hübsche Betrugsdelikte übrig, die Ihnen wahrscheinlich ein bis eineinhalb Jahre einbringen würden. In Ihrem Alter sitzt man die nicht so leicht auf einer Backe ab ..."

„Woher wissen Sie …“, fragte mein Gefangener verschreckt.

„Na, so wahnsinnig toll haben Sie Ihr Motherboard auch wieder nicht gesichert“, erwiderte ich sachlich. „Also, wenn Sie die nächsten zwei, drei Stunden mit mir kooperieren, können Sie danach meinetwegen hingehen, wo der Pfeffer wächst, und Ihren Laptop vergesse ich auch.“

Das Lügen, dachte ich, klappt ja heute wieder mal ganz vorzüglich, direkt professionell meine unverschämte Flunkerei.

„Was bleibt mir denn anderes übrig?“, jammerte Schön.

„Schön, Schön. An Ihrer Stelle würde ich das ganz genau so sehen!“, grinste ich ihn an und machte mich daran, wenigstens den Strick um seine Knöchel zu lösen. Ein Mann in einem grasgrünen Flanellpyjama, dachte ich, sollte nicht auch noch gefesselt sein, das sah vollkommen idiotisch aus.

***

Es lief auf eine geradezu idyllische Biedermeierszene im „Gästehaus Edith“, in Walter Kobes kleinbürgerlichem Wohnzimmer mit all den dick furnierten Möbeln einer vergangenen Epoche, hinaus: Silvia Sladki gespannt, aber noch nichts ahnend beim Frühstück sitzend, und plötzlich schob ich den widerstrebenden Helmut Schön vor sie hin.

„Lászlo!“, hauchte Prinzessin Rauschkind mit feuchten Augen und breitete ihre Arme aus, wobei sie noch das Besteck in Händen hielt.

„Putz dich, du blöder Trampel!“, antwortete der schöne Helmut völlig ungerührt. „Was du mir da eingebrockt hast!“

Begleitet von einem spitzen, unendlich traurigen Schrei wie von einem weidwunden Tier war da eine ganz schnelle Bewegung des rechten Arms der verschmähten Prinzessin und plötzlich hatte Helmut Schön ein kleines Käsemesser in seinem linken Bizeps stecken.

Schön veranstaltete ein wahnsinniges Plärrament, ein Geschrei wie zehn bekiffte Groupies von Mick Jagger vor einem knappen halben Jahrhundert, während die Schwangere heulend aus dem Frühstückszimmer rannte.

Mittendrin im Beziehungsdrama, dachte ich, und dafür habe ich mir einen gefürchteten Schwerverbrecher, einen brandgefährlichen Berufskriminellen wie Pfeifenberger zum Todfeind gemacht.

„Spielen Sie sich nicht so auf mit Ihrer lächerlichen Fleischwunde“, sagte ich ungerührt zu Schön und zog ihm das putzige, kleine Messer, das kaum mehr als zwei oder drei Zentimeter tief eingedrungen war, mit einem Ruck aus dem Oberarm. Der Schönling sah das Blut auf seinem Pyjama-Oberteil, verdrehte die Augen, bis nur mehr das Weißlichgelbe zu sehen war, und kippte nach vorne um. In Zeitlupe, wie in einem Buster-Keaton-Film. Was für ein Krimineller, dachte ich, der Bursche kann nicht einmal sein eigenes Blut sehen, ohne gleich umzufallen.

„Eine Mullbinde! Wir brauchen eine Mullbinde!“, schrie Walter Kobe hysterisch.

Währenddessen überlegte ich, dass ich eigentlich gerne mehr über Silvia Sladki wissen würde. Ihre Reaktion auf die rüde Beschimpfung durch ihren Exfreund fand ich erfrischend unkonventionell, wenn auch etwas ungebärdig. Jedenfalls hatte sie ihren Abschied bekommen, und was für einen! Mochte mein Privatleben auch ein einziges Desaster sein, beruflich gelang mir hin und wieder doch das eine oder andere für meine Klienten.

***

„Sie können sich Ihre bescheuerten Privatermittlungen sparen, Miert!“, blaffte die rüde Stimme von Leutnant Sladek. „Der Schütze vom Hauptbahnhof sitzt nämlich schon seit gestern in Budapest in Untersuchungshaft. Die Ungarn haben ihn in irgendeiner Pension aufgegabelt, nachdem wir anhand der beiden Geschosse die Spezifikation der Waffe durchgegeben haben. Der Trottel hatte sogar noch das Bahnbillet von Budapest nach Harland und retour in der Tasche, abgestempelt am Tag der Schießerei bei uns. Ansonsten schweigt der Typ zwar eisern, aber die Glock, die bei ihm im Kulturbeutel gefunden worden ist, passt haargenau."

Wir waren in aller Ruhe vom „Gästehaus Edith" abgefahren. Ich hatte Walter Kobe im Gehen noch rasch einen Hunderter aus dem Notgroschen in meiner Hosentasche zugesteckt, damit er die Nerven behielt. Im Wagen hatte Schön zuerst eine Ohnmacht vorgetäuscht und dann beschlossen, betont trotzig und dramatisch zu schweigen. Wenn er glaubt, er tut mir etwas zu Fleiß damit, dachte ich, dann soll er doch.

Ich hatte Leutnant Sladek angerufen, um bei meiner Ankunft in der Bundespolizeidirektion nicht gleich in Ketten gelegt und abgeführt zu werden, noch bevor ich Helmut Schön alias Lászlo Zsigmund präsentieren konnte. Der lebende Beweis, dass am Hauptbahnhof irrtümlich ein unschuldiger Doppelgänger des falschen Ungarn erschossen worden war, würde mein verdächtiges Verhalten dort erklären und mich reinwaschen. Hatte ich jedenfalls gedacht.

„Wieso?", fragte ich nun verblüfft.

„Na, die Ungarn kämmen gelegentlich all diese Vorstadtpensionen in Buda und in Pest auf der Suche nach Flüchtigen durch. Wenn sich unser Mann im Hilton eingemietet hätte, wäre er noch auf freiem Fuß."

In Zeiten wie diesen, dachte ich, sind offenbar auch Auftragsmörder gehalten, die Spesen möglichst niedrig zu halten.

„Danke jedenfalls für die Info", war alles, was ich Sladek erwidern konnte. Die hatten mich auf dem komplett falschen Fuß erwischt.

Im Übrigen hatte ich mich nicht nur vollkommen lächerlich, sondern mir ohne Not auch einen Teufel wie Pfeifenberger zum Feind gemacht. Die nächtliche Attacke auf sein

„Body Resort“ war eigentlich völlig unnötig gewesen, um meine Haut zu retten.

Na ja, ganz sinnlos ist es doch nicht gewesen, beruhigte ich mich, hast es ja vor allem für Prinzessin Rauschkind getan.

***

„In Ihre Vorhaut, Miert, werde ich Löcher mit dem Lötkolben brennen! Ihre Eichel werde ich mit einer rostigen Nagelschere abschneiden!“, brüllte Pfeifenberger ins Telefon.

„Ach, lassen wir doch die Nettigkeiten, Pfeifenberger!“, unterbrach ich ihn. „Sie sind schließlich Geschäftsmann und ich habe Ihnen einen rein geschäftlichen Vorschlag zu machen.“

Der daraufhin folgende Schreikrampf des Harlander Rotlichtkönigs war nicht von schlechten Eltern und auf jeden Fall nicht zitier- beziehungsweise literaturfähig.

Auf der Ausfallstraße, die wir in Richtung Stadtmitte fuhren, hatte ich mein seltsames Taxi anhalten lassen und war ausgestiegen, um die Nummer des „Body Resort“ zu wählen. Die stand seit eh und je im Telefonbuch und war mit der Nummer von einem von Pfeifenbergers Handys ident. So hatte er immer alles in der Hand und unter Kontrolle.

„Einmal habe ich die Zerstörung des ‚Body Resort‘, durch die ukrainische Platte nämlich, verhindert, einmal habe ich das ‚Body Resort‘ zerstört. Also, aus meiner Sicht sind wir quitt!“, unterbrach ich den brüllenden, tobenden, krächzenden, keifenden und dazwischen nach Luft ringenden Puffbesitzer schon wieder. „Sie werden viel Geld brauchen, um Ihr Etablissement ordentlich zu renovieren, Pfeifenberger, und so wie es derzeit aussieht, kann Ihnen dieses Geld nur Helmut Schön vulgo Lászlo Zsigmund verdienen. Was halten Sie also davon, wenn ich Ihnen den Kerl wieder zurückschicke, frisch gekampelt und geschneuzt und in einem Stück sozusagen? Das ist doch ein Angebot, das man eigentlich nicht ablehnen kann!", setzte ich hinzu.

Das nervende Gekreische hörte schlagartig auf. Pfeifenberger, dachte ich, war halt doch vorwiegend Geschäftsmann. In dem Moment hielt ich mich für unbesiegbar und unverwundbar, aber das war natürlich nur eine schöne Illusion.

„Außerdem vergesse ich, dass ich Schöns Laptop mit all seinen obskuren Unternehmungen und Transaktionen besitze. Weiters verspreche ich Ihnen, Sie im Feininger nicht mehr zu belästigen. Der Laden ist mir eh viel zu teuer."

Vielleicht spende ich ja sogar noch was für den Wiederaufbau des „Body Resort", amüsierte ich mich im Stillen.

„Was wollen Sie dafür?", zischte Pfeifenberger.

„Außer unversehrten Geschlechtsorganen eigentlich nur eine Kleinigkeit, wenn man in finanziellen Dimensionen denkt, wie Sie sie sicherlich gewöhnt sind. Nur eine Bankomatkarte von Ihnen", antwortete ich.

„Eine Bankomatkarte?"

„Ja, Sie werden sie im Laufe dieser Woche an mein Postfach am Hauptbahnhof schicken, zusammen mit dem Pin-Code. In den nächsten sieben Jahren werden davon monatlich 1600 Euro abgebucht werden", erwiderte ich. „Und Sie werden dafür sorgen, dass das Konto auch immer gedeckt ist. Die einzige Alternative zu diesem Prozedere wäre die sofortige Zahlung von 134.400 Euro, die Sie aber im Augenblick wohl nicht flüssig haben dürften beziehungsweise in die Renovierung Ihres Schuppens stecken müssen."

„Also macht er doch seinen Rebbach, der edle Ritter!", knurrte Pfeifenberger.

„Sie zahlen nicht mich damit, sondern Alimente."

Und wenn er nur zwei oder drei Jahre zahlt, dachte ich, ist dem Kindl von Prinzessin Rauschkind auch geholfen.

„Alimente?", fragte der Rotlichtkönig verblüfft.

„Ja, sozusagen anstelle von Helmut Schön, der ziemlich zahlungsunwillig sein dürfte. Sie könnten die 1600 natürlich von seinem Monatsgehalt abbuchen lassen, obwohl ich glaube, dass in Ihrer Branche die Bargeldwirtschaft noch ziemlich dominiert. Jetzt fragen Sie mich aber nicht nach Besuchsrechten, die wird es nämlich für den werdenden Vater nicht geben. Niemals", erklärte ich. „Und für meine Bemühungen sind streng nach Tarifordnung der Kammer lediglich 1242,37 Euro fällig, die ebenfalls von Ihrer Bankomatkarte abgebucht werden. Wenn Sie wollen, bekommen Sie auch eine Rechnung dafür."

Pfeifenberger grunzte.

„Ich werte das mal als Zeichen der Zustimmung und freue mich, dass wir eine gemeinsame geschäftliche Basis gefunden haben", meinte ich.

„Bleiben Sie mir in Zukunft bloß weg vom ‚Body Resort'!", zischte Pfeifenberger.

„Das wird mir nicht schwerfallen", versicherte ich, „überhaupt nicht."

Im Übrigen gab es natürlich keinerlei Garantie für mich, dass Pfeifenberger mich nicht trotzdem demnächst umbringen lassen würde. Es war schon ein wenig verwunderlich, dachte ich, dass ein Kaliber wie er so schnell klein beigegeben hatte. Möglicherweise hatte er, um mich in Sicherheit zu wiegen, einfach schamlos ins Telefon gelogen und wetzte in Wirklichkeit schon die Messer. Aber was soll's, überlegte ich, das Leben ist sowieso lebensgefährlich, ob mit oder ohne die Pfeifenbergers dieser Welt. Auf jeden Fall würde ich das Nylonsackerl mit der abgesägten Schrotflinte, so viel war sicher, in nächster Zeit immer dabeihaben, sogar am Klo.

***

„Es wird Zeit für Sie, dieses Fahrzeug zu verlassen, Schön", sagte ich beim Einsteigen in das Taxi.

„Bringen Sie mich nicht ins ‚Body Resort' zurück? Ich kann doch nicht im Pyjama durch die halbe Stadt hatschen!", meinte Schön entsetzt.

„Schleich dich, du Gfrast!“, zischte ich ihn an.

Helmut Schön blickte mich an, als hätten er und ich gleichzeitig den Verstand verloren, öffnete dann aber doch brav die Autotür.

„Kommerzialrat Sabitzer ist vor einer halben Stunde verstorben“, ließ sich nun der ältere Araber am Beifahrersitz vernehmen, „das alte Gesetz gilt nicht mehr.“

„Wie bitte?“, fragte ich überrascht.

„Auch für Sie ist es an der Zeit, unser Taxi zu verlassen“, meinte der Todesbote.

„Ich verstehe“, antwortete ich und öffnete die Tür, „danke jedenfalls für die Unterstützung. Sie haben was gut bei mir, mehr als ein alkoholfreies Pils.“

„Danken Sie nicht uns, sondern dem Kommerzialrat.“

Wie soll das denn gehen, dachte ich und stieg aus.

Der Fahrer gab Gas wie ein algerischer Nelson Piquet.

Da standen wir also am Bankett der feuchtglatten, um diese frühe Zeit noch mäßig befahrenen Ausfallstraße zwischen einer Diskont-Tankstelle und der Halle eines Blumengroßhändlers, der schöne Helmut Schön im Pyjama, ich mit tiefen Müdigkeitsfalten im Gesicht und einer abgesägten Schrotflinte im Billa-Einkaufssackerl.

„Wohin gehen Sie?“, fragte der Pseudo-Magyare unvermittelt.

„In die entgegengesetzte Richtung“, antwortete ich.